新编 21 世纪高等职业教育电子信息类规划教材·应用电子技术专业

单片机实践与应用

罗学恒　主　编
罗　懿　副主编

电子工业出版社

Publishing House of Electronics Industry

北京·BEIJING

内 容 简 介

本书共 17 章，分别介绍了常用部件、程序中的各种数据、MCS-51 单片机的结构、8051 单片机指令系统、汇编语言应用、定时计数器应用、串行接口应用、中断系统应用、外部存储器扩展应用，以及任务 1 ~ 任务 8 的 8 个单片机的实际应用案例。涵盖了开发一些小型单片机系统的所有知识。

若需要本书中用到的实验装置可与作者取得联系，邮箱 luoxueheng@ sina. com。为了方便教学，可登录 www. hxedu. com. cn 免费下载与本书配套的教学资源。

图书在版编目（CIP）数据

单片机实践与应用/罗学恒主编. —北京：电子工业出版社，2010.5
新编 21 世纪高等职业教育电子信息类规划教材. 应用电子技术专业
ISBN 978 - 7 - 121 - 10780 - 1

Ⅰ. ① 单…　Ⅱ. ① 罗…　Ⅲ. ① 单片微型计算机 - 高等学校：技术学校 - 教材　Ⅳ. ① TP368.1

中国版本图书馆 CIP 数据核字（2010）第 076903 号

策划编辑：徐建军
责任编辑：徐　萍　文字编辑：徐　磊
印　　刷：北京丰源印刷厂
装　　订：三河市鹏成印业有限公司
出版发行：电子工业出版社
　　　　　北京市海淀区万寿路 173 信箱　邮编 100036
开　　本：787×1092　1/16　印张：14.5　字数：371.2 千字
印　　次：2010 年 5 月第 1 次印刷
印　　数：4 000 册　定价：25.00 元

前　言

单片机是器件级计算机系统，它可以嵌入到任何对象体系中去，实现智能化控制。它将以嵌入系统作为主干形成最富活力的新型学科。

正如绿色食品让人们备感亲切一样，任何引入单片机的智能产品都将备受人们关注。本书根据教育部高职高专应用型人才培养目标精神，为满足高职高专单片机应用专业实践能力培养的需要而编写。

本书立足于高职高专人才的培养目标，遵循主动适应社会发展需要，突出应用性和针对性，着重加强实践能力、应用能力的培养原则，根据高职高专的培养特点，以知识够用、动手能力强为出发点，遵循适应性、突出实用性、强调实践性。充分考虑高职高专学生的知识层面和学习特点，强化学以致用。

笔者根据多年从事单片机教学的经验发现，学生在学习完单片机课程后很茫然，缺乏整体概念，不知道单片机能干什么，怎样完成单片机系统设计，做单片机系统还应具备哪些知识。本书正是为解决学生的这些困惑而编写的。

全书共 17 章，分别介绍了常用部件、程序中的各种数据、MCS-51 单片机的结构、8051 单片机指令系统、汇编语言应用、定时计数器应用、串行接口应用、中断系统应用、外部存储器扩展应用，以及任务 1 ~ 任务 8 的 8 个单片机的实际应用案例。涵盖了开发一些小型单片机系统的所有知识。

学习完本书就基本具备了利用单片机开发智能产品的能力。本书前 9 章突出理论学习并备有理论复习的习题，第 10 ~ 17 章的每一章都重点围绕一个专题展开，有硬件设计、软件设计的实例，并有要求学生进行模仿学习的思考题。为了让学生有一个综合实践的机会，附录 A 精心设计了一个"课程设计实验"，以强化学生的动手能力。

本书的编写结合了一些实用型单片机最小系统产品，一则可加深重难点知识的理解，二则可体验实践的乐趣，使读者有一种成就感，提高学习兴趣。学生还可以借助这一平台，展开广阔的想象空间，只需修改程序便可将其改造成不同的智能系统。这样，既解决了教师为设计课犯难的问题，也为日后学生的毕业设计提供了广阔的课题。

本书第 1、2 章由罗懿编写，第 3 ~ 17 章由罗学恒编写，全书由罗学恒统稿，由周诗虎在百忙之中为本书审稿，在此表示衷心感谢！

若需要本书中用到的实验装置可与作者取得联系，邮箱 luoxueheng@ sina. com。为了方便教学，可登录 www. hxedu. com. cn 免费下载与本书配套的教学资源。

由于编者水平有限，加之时间仓促，书中难免有不妥之处，敬请读者批评指正，以便在今后的修订中不断改进。

编　者

目　　录

第1章 常用部件简介

1.1 概 述

1.1.1 什么是单片机

单片机是单片微型计算机的简称。单片机是把微型计算机的各个功能部件（中央处理器 CPU、随机存取存储器 RAM、只读存储器 ROM、I/O 接口、定时器/计数器及串行通信接口）集成在一块芯片上，构成一个完整的计算机，即单片微型计算机（Single Chip Microcomputer）。

由于单片机的结构和功能均按工业控制要求设计，所以，确切地说，单片机是单片微型控制器（Single Chip Microcontroller）。

1.1.2 单片机能做什么

单片机是器件级计算机系统，它可以嵌入到任何对象体系中去，实现智能化控制。单片机可以作为控制核心，与不同的功能部件连接形成各种功能产品。如图 1.1 所示是一个单片机集成产品开发板。

图 1.1 单片机集成产品开发板实物图

- 单片机通过和 RS232 连接可以制作成各种各样的通信系统，如多层管理、控制系统。
- 单片机和 LED 点阵连接可以制作成各种各样的 LED 大屏幕，如证券公司的行情屏幕。
- 单片机和 LCD 液晶屏连接可以制作成各种各样的 LCD 大屏幕，如商场广告屏幕。
- 单片机和温度传感器、执行机构连接可以制作成各种各样的温度控制系统，如空调器。

- 单片机和发光二极管连接可以制作成各种各样的光动感效果，如霓虹灯。
- 单片机和数码管连接可以制作成各种各样的数字显示器，如日历时钟。
- 单片机和键盘连接可以制作成各种各样的人机对话系统，如抢答器。
- 单片机和扬声器连接可以制作成各种各样的音乐产品，如儿童玩具。

这些都是我们日常生活中经常见到的。至于单片机在工业控制、国防科学、医疗器械、商业管理等领域的应用实例更是不胜枚举。

1.1.3　单片机的发展

1971 年 Intel 公司首次推出 4 位机。

1976 年 Intel 公司推出 8 位机。

1980 年 Intel 公司推出 MCS-51 单片机，其后 Intel、Phlips、Siemens、Atmel 等公司相继推出名目繁多的单片机。

1983 年 Intel 公司推出 16 位机。

20 世纪末 32 位单片机已进入使用阶段。

1.1.4　单片机的特点

与 PC 不同的是单片机的 CPU、RAM、ROM、PIO（并行输入/输出接口）、SIO（串行输入/输出接接口）、时钟、定时器/计数器等电路都集成在一块芯片上。因此单片机具有集成度高、体积小、功耗低、成本低廉、控制能力强、速度快、抗干扰能力强、易开发等诸多优点，从而备受青睐。

1.1.5　单片机的展望

在 20 世纪五六十年代，最具代表性的先进的电子技术就是无线电技术，它包括无线电广播、收音机、无线通信（电报）、业余无线电台、无线电定位、导航等遥测、遥控、遥信技术。早期就是这些电子技术带领着许多青少年步入了奇妙的电子世界，无线电技术展示了当时科技生活的美妙前景。电子科学开始形成了一门新型学科。无线电电子学、无线通信开始了电子世界的历程。

单片机是器件级计算机系统，它可以嵌入到任何对象体系中去，实现智能化控制。它将以嵌入系统作为主干形成最富活力的新型学科。

正如绿色食品让人们倍感亲切一样，任何引入单片机的智能产品都将备受人们关注。

如果说 20 世纪 50 年代，无线电世界造就了几代精英，那么当今的单片机世界将会造就出新一代的电子精英。

1.2　单片机集成产品开发板任务简介

为了让广大单片机爱好者更好地学习单片机，本节围绕单片机集成产品开发板中的 8 个产品（以下简称任务）展开，让读者的学习目的性更强。单片机的学习过程就是一个模仿的过程，通过模仿使读者对单片机的知识体系加深理解。下面分别对 8 个任务进行简要介绍。

1.2.1 程序下载

单片机的工作是提供对程序的控制。要让单片机按照人的意图工作，我们必须把意图编写成程序存放在单片机的存储器中由单片机执行。

传统的方法是通过编程器将程序写入单片机，这会给我们的学习带来不便。为了解决这个问题在这里专门介绍一种不需要编程器的写入程序的方法——程序下载。

程序下载是指单片机通过 RS232 接口与 PC 连接，将 PC 中编写好的单片机程序通过串行通信的方式写入单片机中（实现方法将在第 10 章中详细介绍），如图 1.2 所示。它的主要优点如下。

- 抛开编程器。
- 速度快。
- 修改程序方便。

图 1.2 集成开发板与 PC 连接

1.2.2 流水灯

所谓流水灯，是指 8 个发光二极管在单片机的控制下轮流点亮，其形态就像水流自上而下、缓慢流动一样。

在夜晚的闹市区，霓虹灯令人眼花缭乱，你一定觉得很神奇。如果你掌握了单片机的使用方法，一定会恍然大悟。

其实，这些神奇可以用 1 块单片机按照流水灯的原理（实现方法将在第 11 章中详细介绍）来实现。它的主要优点如下。

- 控制简单明了。
- 费用低廉。
- 修改方便。

1.2.3　键盘输入

人们常常将单片机比做黑匣子，程序一旦编写好并写入单片机后，它就会周而复始地工作。如果人们试图改变其工作方法，只有通过键盘来告诉单片机。当单片机接到键盘命令后便做出相应的响应，这就是所谓的"人机对话"。如图 1.3 所示为键盘实物图。

图 1.3　单片机用键盘实物图

实际上，键盘在单片机系统中充当的是输入设备。该任务主要解决单片机如何识别键盘命令（实现方法将在第 12 章中详细介绍）。它的主要任务如下。

- 键盘如何与单片机连接。
- 如何消除键盘抖动。
- 如何识别键盘命令。
- 单片机如何做出反应。

1.2.4　数码管输出

上面介绍了键盘的主要功能，当我们按键后怎么知道单片机就接到命令了呢？如果单片机在接到命令后在数码管上显示一个提示信息，我们就知道单片机已经接收了命令，这是"人机对话"的另一个重要部分。实际上，数码管在单片机系统中充当的是输出设备。由单片机、键盘、数码管就可以组成一个最简单的"人机对话"系统。

数码管是用发光二极管组成的七段显示器。由于它只能显示 0~9 十个数字，所以人们习惯称之为"数码管"，如图 1.4 所示。

数码管的主要任务是作为单片机的一个窗口，提供经过处理后的有用的数码信息（实现方法将在第 13 章中详细介绍），如数据、控制信息、日历时钟等。

图 1.4　数码管实物图

1.2.5　LCD 液晶屏

在日常生活中我们经常看到一些 LCD 液晶屏，如电子钟、空调温度显示器、洗衣机定时显示器等。这些都是 LCD 点阵和单片机连接的典型应用。

在这个任务中主要要让读者知道如何通过硬件连接和软件编程来实现 LCD 液晶屏显示，继而介绍电子钟、空调温度显示器、洗衣机定时显示器等 LCD 液晶屏的制作方法（实现方法将在第 14 章中详细介绍）。

液晶屏是由液晶材料制成的，专门用来显示数字和字符的称字符屏，专门用来显示图形的称为图形屏。本书主要介绍字符屏，如图 1.5 所示。

LCD 液晶数字屏也是单片机另一个重要的输出装置，其功能类似于数码管。但与数码管相比它具有以下特点。

- 信息量大。
- 功耗小。
- 亮度可控。

图 1.5　LCD 液晶字符屏

1.2.6　LED 点阵

在日常生活中我们经常看到一些漂亮的大屏幕，如银行的利率屏、证券公司的行情屏、公交车上的信息屏等。这些都是 LED 汉字屏和单片机连接的典型应用。

在这个任务中主要要让读者知道如何通过硬件连接和软件编程来实现汉字的显示（实现方法将在第 15 章中详细介绍），继而介绍银行的利率屏、证券公司的行情屏、公交车上的信息屏等 LED 屏的制作方法。

LED 汉字屏是用发光二极管按矩阵形式组成的，也称为 LED 点阵，如图 1.6 所示。

（a）LED汉字屏显示汉字　　　　　　　　　（b）LED汉字屏显示图像

图 1.6　LED 汉字屏

LED 汉字屏集显示数字、汉字、图形于一身，可通过单片机控制获取最佳显示效果。

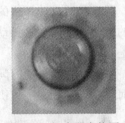

图 1.7　扬声器实物图

1.2.7　音乐编辑

音乐编辑的主要功能部件是扬声器，如图 1.7 所示。通过编写单片机的程序，可控制扬声器发音的音阶和音节，从而获得悦耳的声音。

1.2.8　温度控制

温度控制的主要部件是温度传感器。本书介绍的是 DAL-LAS18B20 温度传感器，如图 1.8 所示。通过单片机设置被控温度的上限和下限，当被控温度达到上限或下限时，温度传感器发出提示信息，由单片机读出温度信息和提示信息后完成温度显示和温度控制。

图 1.8　DALLAS18B20 温度传感器

1.3　任务延伸

1.3.1　由程序下载到分布式系统

我们知道单片机的工作是由单片机的程序存储器中所存放的程序决定的。那么程序是如何进入单片机的程序存储器的呢？

传统方法是通过程序编程器写入。这样做除了调试程序不方便外，还增加了硬件开销，为了解决这个问题，本集成开发板采用的是在线下载的新技术。这样既解决了编程调试问题，还可以将 PC 和单片机组成分布式控制或监测系统，如图 1.9 所示。

图 1.9　分布式控制系统

根据单片机内部程序存储器较少但控制方便而 PC 资源丰富但控制不灵活的特点，我们可以将 PC 作为主机，单片机作为从机，通过下载线将它们连接起来，实现互补。扩大 PC 的应用范围，为实际生产服务。

1.3.2　由流水灯到霓虹灯

流水灯和霓虹灯的控制原理完全一样，只需要将单个发光二极管换成霓虹灯带即可。除此以外，按照这种设计方法，还能准确完成多控制点的定点控制，如供水控制系统、多故障点监测系统等。

十字路口车辆穿梭，行人熙攘，车行车道，人行人道，有条不紊。那么靠什么来实现这井然的秩序呢？靠的就是交通信号灯的自动指挥系统。在本系统中只需将发光二极管换成交通信号灯，就能实现对交通信号灯的控制。

1.3.3　由键盘到人机对话

键盘是所有计算机的输入设备，在单片机中使用键盘要解决的关键技术是消除抖动。常用的方法有硬件消除抖动和软件消除抖动，从节约资源的角度后者优于前者。本节着重介绍的是软件消除抖动。

解决好键盘抖动的问题，掌握数码管（或其他输出器件）的使用方法，我们就可以为任何单片机系统加进人机对话，使其更加人性化。

1.3.4　由数码管到银行利率屏

我们经常在银行看到显示存款利率的屏幕。其实它是由多个数码管组成的，将利率数据存放在存储器中，再由单片机控制显示。掌握数码管的控制方法，是制作利率屏的关键。控制数码管的显示有静态显示和动态显示两种，本节介绍如何用单片机实现静态显示和动态显示的控制方法。只要我们掌握了方法，就可以轻松制作银行利率屏和其他数字屏了。

1.3.5　由 LCD 液晶屏到商场广告屏

LCD 液晶屏对我们来说并不陌生，如家里的液晶数字钟、各种计算器、电子玩具、家电显示器，以及我们天天拿在手里的手机等。

1.4　常用接口驱动部件简介

近年来随着科技的飞速发展，单片机的应用正在不断深入，同时带动传统控制检测技术日益更新。在实时检测和自动控制的单片机应用系统中，单片机往往只作为一个核心部件来使用，仅具有单片机方面知识是不够的，还应根据具体硬件结构，进行软硬件结合来加以完善。

1.4.1　三极管

三极管是电流放大器件，有三个极，分别叫做集电极 c，基极 b，发射极 e。三极管分成 NPN 和 PNP 两种，如图 1.10 所示。

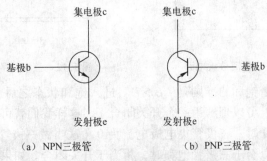

　　（a）NPN三极管　　　　　　（b）PNP三极管

图 1.10　NPN 三极管和 PNP 三极管示意图

我们仅以 NPN 三极管的共发射极放大电路为例来说明三极管放大电路的基本原理。

我们把从基极 b 流至发射极 e 的电流叫做基极电流 I_b；把从集电极 c 流至发射极 e 的电流叫做集电极电流 I_c。这两个电流的方向都是流入发射极的，所以流过发射极 e 的电流 $I_e = I_b + I_c$，如图 1.11 所示。

三极管的放大作用就是集电极电流受基极电流的控制（假设电源能够提供给集电极足够大的电流），基极电流很小的变化，会引起集电极电流很大的变化，且变化满足一定的比例关系，即集电极电流的变化量是基极电流变化量的 β 倍，即电流变化被放大了 β 倍，所以我们把 β 叫做三极管的放大倍数（β 一般远大于 1，如几十，几百）。如果我们将一个变化的小信号加到基极跟发射极之间，这就会引起基极电流 I_b 的变化，I_b 的变化被放大后，导致了 I_c 很大的变化。如果集电极电流 I_c 是流过一个电阻 R_c 的，那么根据电压计算公式 $U_c = R_c I_c$ 可以算得，电阻 R_c 上的电压就会发生很大的变化。我们将这个电阻上的电压取出来，就得到了放大后的电压信号。

R_b 是固定不变的，而 $I_b = E_b / R_b$，我们可以通过改变 E_b 的大小而改变 I_b 进而达到改变 I_c 的目的，我们称之为放大。而这时候的 I_c 与 I_b 的关系是 $I_c / I_b = \beta$，我们把 β 叫做三极管的电流放大倍数。

由于 $I_c = E_c / R_c$，集电极的最大电压 E_c 是固定的，因此当 E_b 增加到一定值时，I_c 不再随基极电流 I_b 的变化而变化，这时候三极管进入饱和。

又由于输入电压 E_b 必须大到一定程度后（对于硅管，常取 0.7V）才能产生基极电流 I_b，因此在 E_b 为 0～0.7V 时，三极管实际是不工作的，我们称之为截止。

三极管集电极 c 与发射极 e 之间的电压称为 U_{ce}，我们不难看出 $U_{ce} = E_c - I_c R_c$ 或 $I_c = (E_c - U_{ce}) / R_c$。$E_c$、$R_c$ 是固定值，当三极管进入饱和以后，I_c 也是接近固定值（受 E_c 的限

制）所以这时的 U_{ce} 也是接近固定值，通常把这时的 U_{ce} 称为 U_{ce0}。

从以上分析，我们可以看到三极管的工作实际有 3 个不同区间：截止区、放大区、饱和区，如图 1.12 所示。

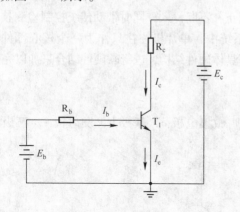

图 1.11　三极管电流放大电路　　　　　　　图 1.12　三极管的 3 个工作区间

一般判断三极管是否饱和的准则是 $I_b\beta > I_c$。进入饱和状态之后，三极管的集电极跟发射极之间的电压将很小，可以理解为一个开关闭合了。这样我们就可以把三极管当做开关使用了，即当基极电流为 0 时，三极管集电极电流为 0（这叫做三极管截止），相当于开关断开；当基极电流很大，以至于三极管饱和时，相当于开关闭合。如果三极管主要工作在截止和饱和状态，那么这样的三极管我们一般把它叫做开关管。

在单片机应用系统中，常用三极管作为驱动器件。通常使其工作在截止区和饱和区。因为三极管工作在这两个区间时非常适合单片机的控制逻辑，即截止时记做逻辑 0、饱和时记做逻辑 1。

了解了 NPN 三极管的工作原理和实际用途后，PNP 三极管的工作原理和实际用途就不难理解，它们的区别就是电源极性相反和常用于需要负逻辑控制的场合。

1.4.2　整流桥

在单片机控制系统中所用到的电源都是直流电源，通常只有电瓶和电池能够提供直流电。用电瓶和电池为单片机供电显然是不现实的。在我们生活中看到的更多、更容易得到的是交流电。将交流电转换成直流电就需要整流桥。

整流桥的作用就是通过二极管的单向导通特性将电平在零点上下浮动的交流电转换为单向的直流电。如图 1.13 所示是整流桥的原理图和符号图。

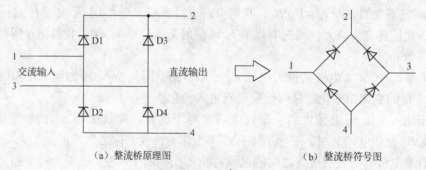

（a）整流桥原理图　　　　　　　　　　　（b）整流桥符号图

图 1.13　二极管整流桥的原理图和符号图

交流电通过 1、3 端输入，在 2、4 端得到脉动直流输出，其波形如图 1.14 所示。

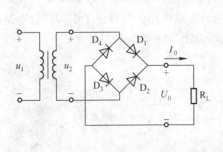
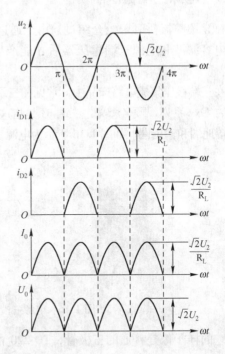

图 1.14　整流桥输出波形图

由于整流桥只能将交流变直流，不能改变电压的大小，所以可在整流桥的前面加变压器将交流电压变成我们期望的值，再进行整流。

从波形图中不难看出，负载电阻 R_L 两端的电压 U_0 和流过负载电阻 R_L 的电流 I_0 还是一个脉动直流电流，实际应用时必须加电容滤波和三端稳压器将脉动直流电流变成真正的直流电流。

1.4.3　晶振

晶体振荡器，简称晶振，其作用在于产生原始的时钟频率，这个频率经过频率发生器的整形、倍频或分频后就成了电脑中各种不同的总线频率。在单片机系统中，晶振是作为单片机的时钟源，指挥单片机同步协调工作的。如图 1.15 所示为晶振的实物图和符号图。

由于外加电压、温度等因素，会造成晶振频率有偏差，所以在接入单片机之前要加接补偿电容。这在后面的章节中还会详细介绍。

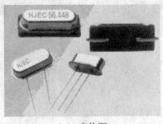

（a）实物图　　　　　　　　（b）符号图

图 1.15　晶体振荡器的实物图和符号图

1.4.4　电源三端稳压器

在介绍整流桥时曾经介绍过，由于通过整流桥输出的电压电流只是脉动直流，因此需要经过电容滤波和电源三端稳压器后才能产生可以使用的直流电。那么电源三端稳压器是什么呢？

在三端稳压集成电路产品中，常见的三端稳压集成电路有正电压输出的 78xx 系列和负电压输出的 79xx 系列。顾名思义，三端 IC 是指这种稳压用的集成电路，只有三个引脚，分别是输入端、接地端和输出端。如图 1.16 所示为电源三端稳压器 7805 的实物图和符号图。

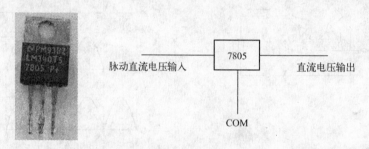

图 1.16　电源三端稳压器的实物图和符号图

它的样子像是普通的三极管，TO-220 的标准封装，也有像 9013 那样的 TO-92 封装。用78/79xx 系列三端稳压 IC 来组成稳压电源所需的外围元件极少，电路内部还有过流、过热及调整管的保护电路，使用起来可靠、方便，而且价格便宜。

脉动的直流电压经过三端稳压器 7805 的调整后即可输出平直的直流电压。

该系列集成稳压 IC 型号中的 78 或 79 后面的数字代表该三端集成稳压电路的输出电压，如 7805 表示输出电压为正 5V，7905 表示输出电压为负 5V。

1.4.5　MAX232

MAX232 是由德州仪器公司（TI）推出的一款兼容 RS232 标准串行接口的芯片。

其主要特点如下：

- 单 5V 电源工作；
- LinBiCMOSTM 工艺技术；
- 两路发送和两路接收；
- 低电源电流，典型值是 8mA。

MAX232 的原理图如图 1.17 所示。

MAX232 芯片是专门为计算机的 RS232 标准串口设计的接口电路，使用 +5V 单电源供电。内部结构基本可分为 3 个部分。

第一部分是电荷泵电路，由 1、2、3、4、5、6 脚和 4 支电容构成。功能是产生 +10V和 -10V 两个电源，提供给 RS232 串口。

第二部分是数据转换通道，由 7、8、9、10、11、12、13、14 脚构成两个数据通道。其中 13 脚（R1$_{IN}$）、12 脚（R1$_{OUT}$）、11 脚（T1$_{IN}$）和 14 脚（T1$_{OUT}$）为第一数据通道；8 脚（R2$_{IN}$）、9 脚（R2$_{OUT}$）、10 脚（T2$_{IN}$）和 7 脚（T2$_{OUT}$）为第二数据通道。

TTL/CMOS 数据从 T1$_{IN}$、T2$_{IN}$ 输入，转换成 RS232 数据从 T1$_{OUT}$、T2$_{OUT}$ 送到计算机 DP9 插头；

DP9 插头的 RS232 数据从 $R1_{IN}$、$R2_{IN}$ 输入，转换成 TTL/CMOS 数据后从 $R1_{OUT}$、$R2_{OUT}$ 输出。

　　第三部分是供电电路，由 15 脚（GND）和 16 脚（V_{CC}）组成。

　　由于计算机串口 RS232 的电压是 ±10V，而一般的单片机应用系统的信号电压 TTL 是 +5V，因此 MAX232 就是用来进行电压转换的。该器件包含两个驱动器、两个接收器和一个电压发生器电路，可提供 TIA/EIA-232-F 电压。

　　该器件符合 TIA/EIA-232-F 标准，每一个接收器将 TIA/EIA-232-F 电压转换成 5V TTL/CMOS 电压。每一个发送器将 TTL/CMOS 电压转换成 TIA/EIA-232-F 电压。

　　MAX232 的引脚如图 1.18 所示。

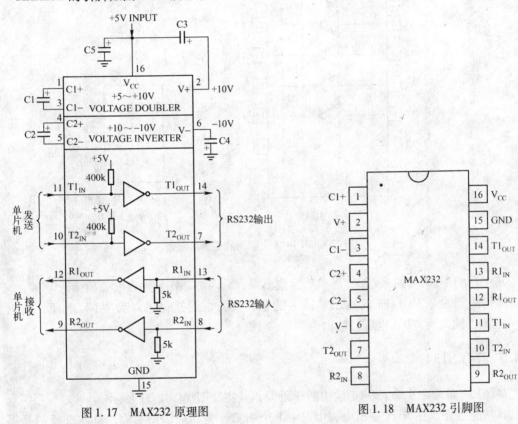

图 1.17　MAX232 原理图　　　　　　　图 1.18　MAX232 引脚图

1.4.6　MC1413

　　MC1413 是大电流达林顿三极管阵列，由 7 个硅 NPN 达林顿管组成。

　　该电路的特点如下。

　　MC1413 的每一对达林顿都串联一个 2.7kΩ 的基极电阻，在 5V 的工作电压下它能与 TTL 和 CMOS 电路直接相连，可以直接处理原先需要标准逻辑缓冲器来处理的数据。

　　MC1413 工作电压高，工作电流大，灌电流可达 500mA，并且能够在关断时承受 50V 的电压，输出还可以在高负载电流下并行运行。MC1413 采用 DIP-16 或 SOP-16 塑料封装，其实物图如图 1.19 所示。

图 1.19　MC1413 实物图

达林顿复合三极管无论是从使用的方便性还是对输出功率的要求上来说都优于单个三极管。

MC1413 是典型的达林顿复合三极管集成电路，该芯片一共有 7 个输入端（A1 ~ A7），7 个输出端（Y1 ~ Y7）。引脚如图 1.20（a）所示，其逻辑功能如图 1.20（b）所示。

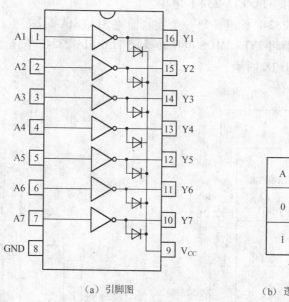

（a）引脚图　　　　　　　　　（b）逻辑功能表

图 1.20　MC1413 引脚图和逻辑功能表

其中，A1 ~ A7 为输入端，Y1 ~ Y7 为输出端，V_{CC} 和 GND 分别为电源和接地。

值得注意的是 MC1413 的输出是输入的逻辑反，也就是说输入为"1"电压、输出为"0"电流，输入为"0"电压、输出为"1"电流。

1.4.7　74LS154

74LS154 是一个 4 输入 –16 输出的译码器，其实物图如图 1.21 所示。

其功能是完成在 16 个输出引脚中选中 1 个引脚作为当前输出引脚。具体选择的是哪一个，由 4 个输入引脚的状态确定。

图 1.21　74LS154 实物图

74LS154 的引脚如图 1.22 所示。

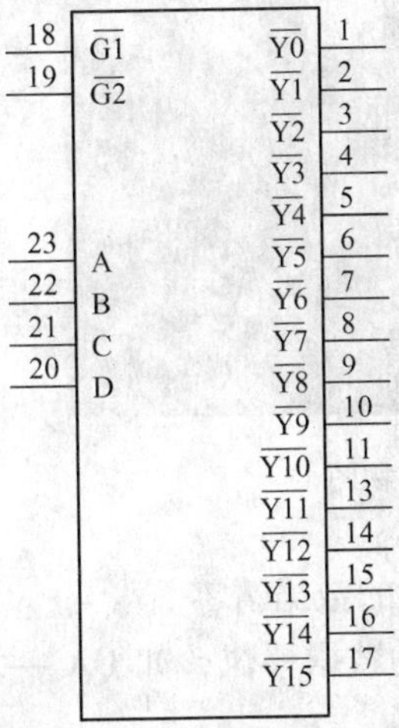

图 1.22　74LS154 引脚图

其中，A、B、C、D 为译码地址输入端（输入端），$\overline{G1}$和$\overline{G2}$为选通端（控制端、低电压有效），$\overline{Y0}$~$\overline{Y15}$为输出端（选择输出端）。控制端、输入端、选择输出端三者之间的逻辑关系如表 1.1 所示。

表 1.1　74LS154 真值表

控制端		输入端				输出端Y$_n$															
G1	G2	D	C	B	A	0	1	2	3	4	5	6	7	8	9	10	11	12	13	14	15
L	L	L	L	L	L	L	H	H	H	H	H	H	H	H	H	H	H	H	H	H	H
L	L	L	L	L	H	H	L	H	H	H	H	H	H	H	H	H	H	H	H	H	H
L	L	L	L	H	L	H	H	L	H	H	H	H	H	H	H	H	H	H	H	H	H
L	L	L	L	H	H	H	H	H	L	H	H	H	H	H	H	H	H	H	H	H	H
L	L	L	H	L	L	H	H	H	H	L	H	H	H	H	H	H	H	H	H	H	H
L	L	L	H	L	H	H	H	H	H	H	L	H	H	H	H	H	H	H	H	H	H
L	L	L	H	H	L	H	H	H	H	H	H	L	H	H	H	H	H	H	H	H	H
L	L	L	H	H	H	H	H	H	H	H	H	H	L	H	H	H	H	H	H	H	H
L	L	H	L	L	L	H	H	H	H	H	H	H	H	L	H	H	H	H	H	H	H
L	L	H	L	L	H	H	H	H	H	H	H	H	H	H	L	H	H	H	H	H	H
L	L	H	L	H	L	H	H	H	H	H	H	H	H	H	H	L	H	H	H	H	H
L	L	H	L	H	H	H	H	H	H	H	H	H	H	H	H	H	L	H	H	H	H
L	L	H	H	L	L	H	H	H	H	H	H	H	H	H	H	H	H	L	H	H	H
L	L	H	H	L	H	H	H	H	H	H	H	H	H	H	H	H	H	H	L	H	H
L	L	H	H	H	L	H	H	H	H	H	H	H	H	H	H	H	H	H	H	L	H
L	L	H	H	H	H	H	H	H	H	H	H	H	H	H	H	H	H	H	H	H	L
L	H	X	X	X	X	H	H	H	H	H	H	H	H	H	H	H	H	H	H	H	H
H	L	X	X	X	X	H	H	H	H	H	H	H	H	H	H	H	H	H	H	H	H
H	H	X	X	X	X	H	H	H	H	H	H	H	H	H	H	H	H	H	H	H	H

其中，H 代表高电平，L 代表低电平，X 代表不确定。它的具体使用方法将在后续章节中详细介绍。

1.4.8　74HC595

74HC595 是 8 位输出锁存移位寄存器（三态、串行输入、并行输出），即 8 位串入并出移位寄存器，并具有储存功能，可进行级联，移位触发器有直接清零端，移位频率可从直流到 30MHz。74HC595 的实物如图 1.23 所示。

74HC595 的引脚如图 1.24 所示。

其中，QA~QH 为 8 位并行输出端。QH ' 为级联输出端，可将它接下一个 74HC595 的 SER 端。SER 为串行数据输入端。

图 1.23　74HC595 的实物图

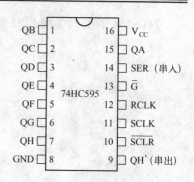

图 1.24　74HC595 的引脚图

$\overline{\text{SCLR}}$在低电平时将移位寄存器的数据清零。

SCLK 在上升沿时数据寄存器的数据移位，如 QA --> QB --> QC --> … --> QH；下降沿移位寄存器数据不变。

RCLK 在上升沿时移位寄存器的数据进入数据存储寄存器，下降沿时存储寄存器数据不变。通常将 RCLK 置为低电平，当移位结束后，在 RCLK 端产生一个正脉冲数据进入数据存储寄存器。

$\overline{\text{G}}$为高电平时禁止输出（高阻态）。如果单片机的引脚多余时，可用一个引脚控制它，则可方便地产生闪烁和熄灭效果，比通过数据端移位控制要省时省力。

74HC595 的主要优点是具有数据存储寄存器，在移位的过程中，输出端的数据可以保持不变。这在串行速度慢的场合很有用处，可使数码管没有闪烁感。

74HC595 是串入并出带有锁存功能的移位寄存器，它的使用方法很简单，在正常使用时 $\overline{\text{SCLR}}$ 为高电平，$\overline{\text{G}}$ 为低电平。从 SER 每输入一位数据，串行输入时钟 SCLK 上升沿有效一次，直到 8 位数据输入完毕，输出时钟 RCLK 上升沿有效一次。此时，输入的数据就被送到了输出端。74HC595 的功能如表 1.2 所示。

其中，H 代表高电平，L 代表低电平，X 代表不确定，↑代表上升沿。

表 1.2　74HC595 功能表

RCLK	SCLK	$\overline{\text{SCLR}}$	$\overline{\text{G}}$	功　能
X	X	X	L	QA ~ QH = 三态
X	X	L	X	移位寄存器清除
X	↑	H	X	移位寄存器 $Qn = Q_{(n-1)}$，$Q0 = $ SER
↑	X	H	X	移位寄存器的数据传输到锁存器

1.4.9　DS18B20

DS18B20 是 DALLAS 公司生产的一线式数字温度传感器，它具有 3 引脚 TO-92 小体积封装形式；温度测量范围为 −55℃ ~ +125℃，可编程精度为 9 位 ~ 12 位 A/D 转换精度，测温分辨率可达 0.0625℃，被测温度用 16 位数字量方式串行输出；其工作电源既可在远端引入，也可采用寄生电源方式产生；多个 DS18B20 可以并联到 3 根或 2 根线上，单片机只需一根端口线就能与诸多 DS18B20 通信，占用微处理器的端口较少，可节省大量的引线和逻辑电路。以上特点使 DS18B20 非常适用于远距离多点温度检测系统。其实物图如图 1.25 所示。

图 1.25　温度传感器 DS18B20 实物图

DS18B20 内部结构如图 1.26 所示，主要由 4 部分组成，即 64 位 ROM、温度传感器、非挥发的温度报警触发器 TH 和 TL，以及配置寄存器。

DS18B20 的引脚排列如图 1.27 所示。

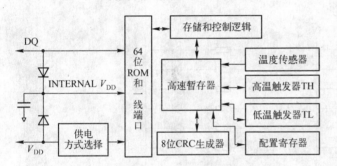

图 1.26　温度传感器 DS18B20 内部结构图　　　　图 1.27　温度传感器 DS18B20 引脚图

其中，DQ 为数字信号输入/输出端；GND 为电源地；V_{DD} 为外接供电电源输入端（在寄生电源接线方式时接地）。

ROM 中的 64 位序列号是出厂前被光刻好的，它可以看做是该 DS18B20 的地址序列码，每个 DS18B20 的 64 位序列号均不相同。ROM 的作用是使每一个 DS18B20 都各不相同，这样就可以实现一根总线上挂接多个 DS18B20 的目的了。

温度传感器 DS18B20 的具体使用方法将在第 17 章中详细介绍。

1.4.10　数码管

数码管是一种半导体发光器件，其基本单元是发光二极管。

数码管按段数分为七段数码管和八段数码管，八段数码管比七段数码管多一个发光二极管单元（多一个小数点显示）；按能显示多少个"8"可分为 1 位、2 位和 4 位数码管等；按发光二极管单元连接方式可分为共阳极数码管和共阴极数码管。共阳极数码管是指将所有发光二极管的阳极接到一起形成公共阳极（COM）的数码管。共阳极数码管在应用时应将公共极 COM 接到 +5V，当某一字段发光二极管的阴极为低电平时，相应字段就点亮。当某一字段的阴极为高电平时，相应字段就不亮。共阴极数码管是指将所有发光二极管的阴极接到一起形成公共阴极（COM）的数码管。共阴极数码管在应用时应将公共极 COM 接到地线

GND 上，当某一字段发光二极管的阳极为高电平时，相应字段就点亮。当某一字段的阳极为低电平时，相应字段就不亮。其实物图如图 1.28 所示。

八段数码管结构图如图 1.29 所示。其中，图 1.29（a）为八段共阴极数码管，图 1.29（b）为八段共阳极数码管。

图 1.28　数码管实物图

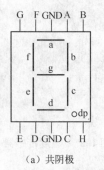

（a）共阴极

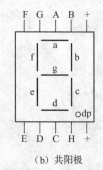

（b）共阳极

图 1.29　八段数码管结构图

在实际使用中，为了控制方便，可以随意选择共阳极或是共阴极数码管。相应的电路原理图如图 1.30 所示。

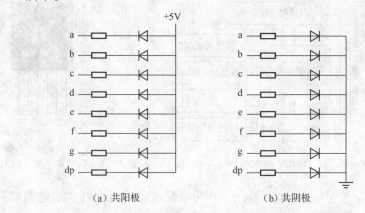

（a）共阳极　　　　　　　　　（b）共阴极

图 1.30　八段数码管电路原理图

数码管要正常显示，就要用驱动电路来驱动数码管的各个段码（每段的实质就是一个发光二极管），从而显示出我们需要的数字。因此根据数码管的驱动方式不同，可以分为静态式和动态式两类。具体使用方法将在第 13 章中详细介绍。

1.4.11　液晶屏

本节的液晶屏部分主要以 1602 型液晶屏为例，其实物图如图 1.31 所示。

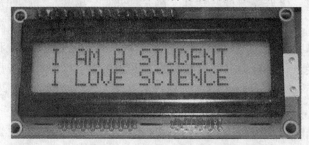

图 1.31　1602 型液晶屏实物图

1602 型液晶屏是一种用 5×7 点阵图形来显示字符的液晶显示器，根据显示的容量可以分为 1 行 16 个字、2 行 16 个字、2 行 20 个字等，常用的为 2 行 16 个字。

整个液晶屏采用标准的 16 脚接口，各引脚的功能如表 1.3 所示。

其中，V_{SS} 为电源地；V_{DD} 接 +5V 电源；

VL 为液晶显示屏对比度调整端，直接接电源正极时对比度最弱，接地时对比度最高。

RS 为寄存器选择端，高电平时选择数据寄存器，低电平时选择指令寄存器。

RW 为读写信号线，高电平时进行读操作，低电平时进行写操作。当 RS 和 RW 共同为低电平时可以写入指令或者显示地址，当 RS 为低电平 RW 为高电平时可以读忙信号，当 RS 为高电平 RW 为低电平时可以写入数据。

E 端为使能端，当 E 端由低电平跳变成高电平时，液晶屏执行命令。

D0 ~ D7 为 8 位双向数据线。

BLA 为背光源正极。

BLK 为背光源负极。

表 1.3 1602 型液晶屏引脚说明

编　号	符　号	引　脚　说　明	编　号	符　号	引　脚　说　明
1	V_{SS}	电源地	9	D2	Data I/O
2	V_{DD}	电源正极	10	D3	Data I/O
3	VL	液晶显示偏压信号	11	D4	Data I/O
4	RS	数据/命令选择端（H/L）	12	D5	Data I/O
5	R/W	读/写选择端（H/L）	13	D6	Data I/O
6	E	使能信号	14	D7	Data I/O
7	D0	Data I/O	15	BLA	背光源正极
8	D1	Data I/O	16	BLK	背光源负极

控制器内部带有 80×8 位（80 字节）的 RAM 缓冲区，显示时只需要将被显示字符送到对应存储单元，该字符便可在指定位置显示出来。存储地址与显示位置的映射关系如图 1.32 所示。

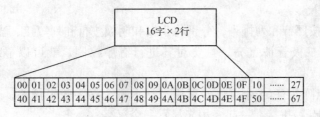

图 1.32 1602 型液晶屏存储地址与显示位置映射图

1602 型液晶屏的具体应用将在第 14 章中详细介绍。

1.4.12 点阵

在现代工业控制和一些智能化仪器仪表中，越来越多的场所需要用点阵图形显示器显示汉字。汉字显示方式是先根据所需要的汉字提取汉字点阵（如 8×8 点阵），再将点阵文件存入 ROM，形成新的汉字编码；而在使用时则需要先根据新的汉字编码组成语句，再由单片机根据新编码提取相应的点阵进行汉字显示。汉字点阵的实物图如图 1.33 所示，其电路原理图如图 1.34 所示。

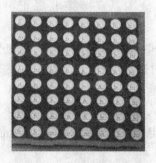

图 1.33　汉字点阵的实物图

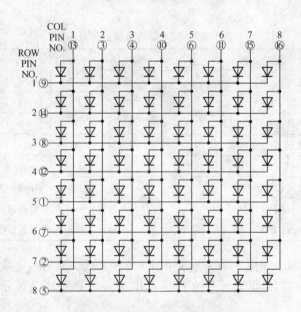

图 1.34　8×8 共阴极 LED 点阵

将发光二极管按照行和列排列，分别将阳极和阴极按行和列短接，当阴极为低电平，阳极为高电平时对应二极管被点亮。只要对其进行有序控制，就可以显示出我们所需要的效果。

一个 8×8 的点阵共有 64 个点，如果用来显示一个汉字效果极差，通常是将 4 块 8×8 的点阵（共 256 个点）拼接在一起，用来显示一个汉字。

我们知道，汉字是按照图形方式显示的，一个亮点就是一个像素，像素越多越清晰。下面我们观察一下一个"中"字的显示情况，如图 1.35 所示。用这样的方法控制，需要的控制线为行 16 根、列 16 根共 32 根，这就需要单片机提供 32 根控制线。由于单片机资源有限，实际上往往借用锁存器来完成控制（如上面讲到的 74HC595），以提高单片机的利用率。具体的使用方法我们将在第 15 章中详细介绍。

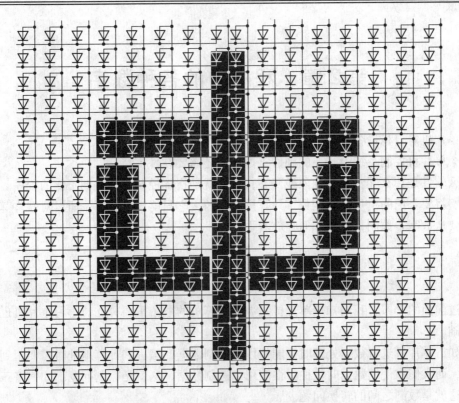

图 1.35　16×16 LED 点阵显示"中"字图

　　到此，我们对《单片机集成产品开发板》中的重要部件做了入门式的了解，其目的是让我们建立一个整体概念，即这些部件是需要控制的，其控制核心就是单片机。

第2章 程序中的各种数字

用单片机对目标设备进行控制是我们学习单片机的目的。

一个单片机控制系统除必要的硬件支撑外，还需要软件支持。

那么软件是什么呢？如果抽象地回答，软件就是指挥控制系统协调工作的程序。

我们将要介绍的单片机属于数字计算机的范畴，它只能识别数字，所以对软件基础的学习还是要从数字、数制，以及如何存放着手。

2.1 数制及其转换

通过前面的学习，我们知道单片机是数字计算机的一个重要分支。学习单片机也离不开数字基础。

例如，单片机进行数据处理时只能使用二进制数据，编程和计算地址时需要用到十六进制数据，而人们在使用数据时往往习惯使用十进制数据，这就是数制问题。如何将三者有机统一，这就是数制之间的转换问题。

2.1.1 数制

十进制数有10个不同的数字符号：0、1、2、…、9，低位向高位进位的规律是"逢十进一"，"10"代表十进制数的10，记做10D。

二进制数有2个不同的数字符号：0和1，低位向高位进位的规律是"逢二进一"，"10"代表十进制数的2，记做10B。

十六进制数有16个不同的数字符号：0、1、2、…、9、A、B、C、D、E、F，低位向高位进位的规律是"逢十六进一"，"10"代表十进制数的16，记做10H。

任意一个十进制数 N 都可以表示成按权展开的多项式：

$$N = d_{n-1} \times 10^{n-1} + d_{n-2} \times 10^{n-2} + \cdots + d_0 \times 10^0 + d_{-1} \times 10^{-1} + \cdots + d_{-m} \times 10^{-m} = \sum_{i=-m}^{n-1} d_i \times 10^i$$

其中，d_i 是0~9共10个数字中的任意一个，m 是小数点右边的位数，n 是小数点左边的位数，i 是数位的序数。例如，543.21 可表示为：

$$543.21 = 5 \times 10^2 + 4 \times 10^1 + 3 \times 10^0 + 2 \times 10^{-1} + 1 \times 10^{-2}$$

任意一个十六进制数 N 可以表示成按权展开的多项式：

$$N = d_{n-1} \times 16^{n-1} + d_{n-2} \times 16^{n-2} + \cdots + d_0 \times 16^0 + d_{-1} \times 16^{-1} + \cdots + d_{-m} \times 16^{-m} = \sum_{i=-m}^{n-1} d_i \times 16^i$$

其中，d_i 是0~F共16个数字中的任意一个，m 是小数点右边的位数，n 是小数点左边的位数，i 是数位的序数。例如，54E.21H 可表示为：

$$54E.21H = 5 \times 16^2 + 4 \times 16^1 + 14 \times 16^0 + 2 \times 16^{-1} + 1 \times 16^{-2}$$

任意一个二进制数 N 都可以表示成按权展开的多项式：

$$N = d_{n-1} \times 2^{n-1} + d_{n-2} \times 2^{n-2} + \cdots + d_0 \times 2^0 + d_{-1} \times 2^{-1} + \cdots + d_{-m} \times 2^{-m} = \sum_{i=-m}^{n-1} d_i \times 2^i$$

其中，d_i 是 0、1 两个数字中的任意一个，m 是小数点右边的位数，n 是小数点左边的位数，i 是数位的序数。例如，101.01B 可表示为：

$$101.01B = 1 \times 2^2 + 0 \times 2^1 + 1 \times 2^0 + 0 \times 2^{-1} + 1 \times 2^{-2}$$

一般而言，对于用 R 进制表示的数 N，可以按权展开为：

$$N = a_{n-1} \times R^{n-1} + a_{n-2} \times R^{n-2} + \cdots + a_0 \times R^0 + a_{-1} \times R^{-1} + \cdots + a_{-m} \times R^{-m} = \sum_{i=-m}^{n-1} a_i \times R^i$$

式中，a_i 是 0、1、$\cdots$、$(R-1)$ 中的任意一个，m、n 是正整数，R 是基数。在 R 进制数中，每个数字所表示的值是该数字与它相应的权 R^i 的乘积，计数原则是"逢 R 进一"。

2.1.2　数制之间的转换

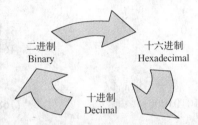

首先，我们看看二进制数与十六进制数之间存在怎样的关系。

下面我们了解一下二进制数的计数方法：

0000（B）= 0（H）　　　　　　　　0001（B）= 1（H）

0010（B）= 2（H）　　　　　　　　0011（B）= 3（H）

0100（B）= 4（H）　　　　　　　　0101（B）= 5（H）

0110（B）= 6（H）　　　　　　　　0111（B）= 7（H）

1000（B）= 8（H）　　　　　　　　1001（B）= 9（H）

1010（B）= A（H）　　　　　　　　1011（B）= B（H）

1100（B）= C（H）　　　　　　　　1101（B）= D（H）

1110（B）= E（H）　　　　　　　　1111（B）= F（H）

其中，（B）代表二进制数，（H）代表十六进制数。

从中不难看出，4 位二进制数刚好是一位十六进制数。

同一个数，用二进制表示需要 8 位，但用十六进制表示只需要 2 位。这就是我们引进十六进制数的理由。它使我们书写起来可以更简单。

计算机使用二进制数，我们书写时采用十六进制数。

实际上，n 位二进制数可以表示 2^n 种组合。

1 位能表示 2^1 种组合（0、1），在计算机中称为位。

4 位能表示 $2^4 = 16$ 种组合（0～15 的整数，即 1 位十六进制数），在计算机中称为半字节。

8 位二进制能表示 $2^8 = 256$ 种组合（0～255 的整数，即 2 位十六进制数），00H～FFH 即为 000D～255D 共 256 个数字。8 位二进制数在计算机中称为字节。

我们了解了二进制数和十六进制数的计数方法后，就不难看出它们之间的对应转换关系了。

2.1.3　非十进制数与十进制数转换

十进制数转换成非十进制数，转换时将整数部分与小数点部分分别转换。

整数部分采用除基数取余法，直至商为 0，先得到的余数为低位，后得到的余数为高位。小数部分采用乘基数取整法，直至乘积为整数或达到控制精度为止。

【例 2.1】将十进制数 168 转换成二进制数和十六进制数。

解：整数采用除基数取余法。

```
  2│168      余数
  2│84  … 0      最低位
  2│42  … 0
  2│21  … 0
  2│10  … 1
  2│ 5  … 0           16│168     余数
  2│ 2  … 1           16│ 10 … 8
  2│ 1  … 0                 0 … A
     0  … 1      最高位

(168)₁₀ = (10101000)₂       (168)₁₀ = (A8)₁₆
```

$$(168)_{10}=(10101000)_2 \qquad (168)_{10}=(A8)_{16}$$

所以，168D = 10101000B；168D = A8H。

【例 2.2】将 0.625D 转换成二进制数和十六进制数

解：小数部分采用乘基数取整法，直至乘积为整数或达到控制精度为止。

转换为二进制数：乘 2 取整。

$0.625 \times 2 = 1.25$ 取整数 1，$0.25 \times 2 = 0.50$ 取整数 0，$0.5 \times 2 = 1$ 取整数 1。

所以，0.625D = 0.101B。

转换为十六进制数：乘 16 取整。

$0.625 \times 16 = 10$ 取整数 A。

所以，0.625D = 0.AH。

2.1.4　二进制数和十六进制数之间的转换

由于二进制数和十六进制数之间的特殊关系，可以采用分组法快速转换。将二进制数转换成十六进制数可按 4 位一组进行分组，每一组对应十六进制的相应数码，如表 2.1 所示，组合后即可得转换结果。分组时如果位数不够一组，整数部分在最左边补 0，小数部分在最右边补 0。

将十六进制数转换成二进制数，只需将其每一位对应转换成二进制数的 4 位即可。

表 2.1　十进制数与二进制数、十六进制数对应关系

十 进 制	二 进 制	十 六 进 制	十 进 制	二 进 制	十 六 进 制
0	0	0	4	100	4
1	1	1	5	101	5
2	10	2	6	110	6
3	11	3	7	111	7

续表

十　进　制	二　进　制	十六进制	十　进　制	二　进　制	十六进制
8	1000	8	13	1101	D
9	1001	9	14	1110	E
10	1010	A	15	1111	F
11	1011	B	16	10000	10
12	1100	C			

【例 2.3】 将二进制数 1011010.101B 转换成十六进制数。

解：将 1011010.101B 按 4 位分组成　0101　1010.　1010　B

查表得：　　　　　　　　　　　　　　5　　A　　A　H

所以，1011010.101B = 5A.AH。

【例 2.4】 将十六进制数 8E.38H 转换成二进制数。

解：展开十六进制数　　8　　　E　　.3　　8　　H

查表：　　　　　　　　1000　　1110.　0011　1000　B

所以，8E.38H = 10001110.00111B。

2.2　机　器　数

数的原值称为真值，是计算机中表示数的实际数值。

数在计算机中的二进制表示形式称为机器数。

机器数可以用不同的码制表示，常用的有原码、反码和补码 3 种，广泛使用的是原码和补码两种。

在本书中为了便于理解，常将数用中括号括起来，在尾部加注下标"原"、"反"或"补"来明确码制。

机器数将数的符号也进行了数字化，一般用最高位表示数的符号，"0"代表正数，"1"代表负数。

机器数的表示形式还与存储位数有关。也就是说，数据在计算机中的存储方式是以一个字节（8 位二进制数）作为一个基本存储单元的，超出 8 位二进制数的数则需要 2 个字节、3 个字节、4 个字节，甚至更多。最常用的是单字节、双字节和四字节。

【例 2.5】 数 +1010B，相应原码为 00001010B（以单字节表示）。

　　　　　　数 −1010B，相应原码为 10001010B（以单字节表示）。

　　　　　　数 +100000010B，相应原码为 0000000100000010B（以双字节表示）。

　　　　　　数 −100000010B，相应原码为 1000000100000010B（以双字节表示）。

原码的形式值不一定等于真值，但与真值肯定存在某种对应关系。

也就是说，无符号数（可理解为单纯的正数）的原码等于真值。

2.2.1　原码

将数的真值的符号数字化称为原码。

【例 2.6】 X = −110101B，则【X】原 = 10110101。

通过上面的例题不难看出，在原码表示中，最高位为符号位，其他位表示数的绝对值。

n 位原码表示的数的范围为 $[-(2^{n-1}-1), +2^{n-1}-1]$。8 位原码表示的数的范围是 $[-127,127]$，16 位原码表示的数的范围是 $[-32\,767, 32\,767]$。

原码表示数简单直观，做乘除运算比较方便，可取绝对值直接运算，而符号单独处理。但对于应用得最多的加减运算，原码表示则不太方便，像 $(-2)+3$ 表面上做加法操作，而实际上做 $(3-2)$ 减法操作。

为此，需要引进反码和补码的概念。

2.2.2 反码

对于负数而言，将原码除符号位以外的其他各位按位求反的所得即为反码。

【例 2.7】设 $X = -101011$，那么【X】原 $= 10101011$，则【X】反 $= 11010100$。

正数的反码与原码相同，负数的反码等于其原码（除符号位）按位取反。

反码表示数的范围与原码相同。

2.2.3 补码

负数的补码是其原码的符号位不变，其他位按位求反后末位加 1（即反码加 1）。

【例 2.8】设 $X = -101011$，那么【X】原 $= 10101011B$，则【X】反 $= 11010100B$。

按照补码定义【X】补 $= 11010101B$。

如前所述，得出以下结论。

● 正数的原码 = 反码 = 补码，或者说正数没有反码和补码。

● 负数的反码 = 原码除符号位以外的其他各位按位求反，负数的补码 = 反码 + 1。

8 位二进制数的原码、反码和补码可以直接查表获取，如表 2.2 所示。

表 2.2　8 位二进制数的原码、反码和补码对照表

二 进 制 数	原　码	补　码	反　码
00000000	+0	+0	+0
00000001	+1	+1	+1
00000010	+2	+2	+2
...	...	...	...
01111110	+126	+126	+126
01111111	+127	+127	+127
10000000	−0	−128	−127
10000001	−1	−127	−126
...	...	...	...
11111101	−125	−3	−2
11111110	−126	−2	−1
11111111	−127	−1	−0

2.2.4 无符号数

在某些情况下，要处理的数据全是正数，此时保留符号位毫无意义。若将符号位也作为

数据位处理，可形成无符号数。

【例 2.9】10011001B，表示无符号整数是 $1 \times 2^7 + 1 \times 2^4 + 1 \times 2^3 + 1$，即 153。

表示有符号整数是 $-(1 \times 2^4 + 1 \times 2^3 + 1)$，即 -25。

n 位无符号整数的范围为 $[0, 2^n - 1]$，8 位（一字节）无符号整数的范围为 $[0, 255]$，16 位（两个字节）无符号整数的范围为 $[0, 65\,535]$。

由此可见，在相同位数的情况下，无符号数比有符号数所表示的数的范围更大。

在计算机中，用无符号数表示存储空间的地址。

2.2.5　BCD 码

BCD 码（Binary Coded Decimal）使用 4 位二进制数来表示一位十进制数，常称为二进制编码的十进制数。

4 位二进制数能表示 16 种状态，可用其中任意 10 种状态表示十进制数字 0~9，由此形成 8421 码、2421 码、余 3 码等多种 BCD 码，最常用的是 8421 码。

8421 码的编码方法如表 2.3 所示，8421 是指用于编码的 4 位二进制数各位的权，这是计算机中最常用的编码方法。由此也不难推出 2421 码的编码方法。

表 2.3　8421 码编码表

十 进 制	0	1	2	3	4	5	6	7	8	9
二进制	0000	0001	0010	0011	0100	0101	0110	0111	1000	1001

【例 2.10】1329D 用 BCD 码表示为 0001 0011 0010 1001B。

67 536D 用 BCD 码表示为 0110 0111 0101 0011 0110B。

BCD 码的使用为十进制数在计算机内的表示提供了一种简单的手段，计算机提供了直接处理 BCD 码的一组指令，但 BCD 码参与运算有许多麻烦，这些指令在实际编程时很少使用。

十进制数的 BCD 码表示并不是十进制数通过数制转换形成的二进制数。

BCD 码有压缩 BCD 码和非压缩 BCD 码两种不同的存储方式。压缩 BCD 码用 1 字节存放两个十进制数字，每个十进制数字占 4 位，一个十进制数字占低 4 位，另一个十进制数字占高 4 位；而非压缩 BCD 码用 1 字节存放 1 个十进制数字，每个十进制数字占每字节的低 4 位，高 4 位一般为 0。

【例 2.11】9329D 用压缩 BCD 码表示为 1001 0011 0010 1001B。

9329D 用非压缩 BCD 码表示为 00001001 00000011 00000010 00001001B。

非压缩 BCD 码存放需 4 字节，压缩 BCD 码存放只需 2 字节。

2.2.6　字符数据编码

字符数据包括字母、数字、专用字符及一些控制字符。字符数据的使用方便了人和计算机交换信息，美国信息交换标准代码 ASCII 码（American Standard Code Information Interchange）是最主要的字符编码方式。

ASCII 码采用 1 字节的低 7 位进行编码，能表示 128 个字符。最高位用做奇偶校验位。

如表 2.4 所示为用十六进制形式给出的主要字符的 ASCII 码。数字 0~9 的 ASCII 码为 30H~39H，大写字母 A~Z 的 ASCII 码为 41H~5AH，小写字母 a~z 的 ASCII 码为

61H ~ 7AH，控制字符的 ASCII 码为 00H ~ 1FH 及 7FH，专用字符的 ASCII 码散列其中。

表 2.4　主要字符十六进制 ASCII 码表

字符	ASCII	字符	ASCII	字符	ASCII	字符	ASCII	字符	ASCII	字符	ASCII
NUL	00	+	2B	;	3B	K	4B	[	5B	k	6B
BEL	07	,	2C	<	3C	L	4C	\	5C	l	6C
LF	0A	–	2D	=	3D	M	4D	]	5D	m	6D
FF	0C	/	2E	>	3E	N	4E	↑	5E	n	6E
CR	0D	。	2F	?	3F	O	4F	←	5F	o	6F
SP	20	0	30	@	40	P	50	,	60	p	70
!	21	1	31	A	41	Q	51	a	61	q	71
"	22	2	32	B	42	R	52	b	62	r	72
#	23	3	33	C	43	S	53	c	63	s	73
$	24	4	34	D	44	T	54	d	64	t	74
%	25	5	35	E	45	U	55	e	65	u	75
&	26	6	36	F	46	V	56	f	66	v	76
'	27	7	37	G	47	W	57	g	67	w	77
(	28	8	38	H	48	X	58	h	68	x	78
)	29	9	39	I	49	Y	59	i	69	y	79
*	2A	:	3A	J	4A	Z	5A	j	6A	z	7A

ASCII 码的主要用途是在数据通信时方便传输，比如说我们在传送"0"时，实际传送的是 ASCII 码"30H"。

2.2.7　内存中的数据

数据在计算机内部采用何种方式表示，依赖于程序执行的情况，可用二进制、BCD 码与字符方式，但最终总是采用二进制方式存储。计算机在输入、输出及存储时采用编码方式，因此在运算过程的前后进行"码值"与"值码"的转换是必不可少的，如 ASCII 码转换成数值或数值转换成 ASCII 码。

【例 2.12】无符号整数 2 009 以二进制数方式、压缩 BCD 码方式、非压缩 BCD 码方式和 ASCII 码方式表示，分别需要 11 位、16 位、32 位和 32 位存储。

即：

二进制数存储	11111011001B	11 位
压缩 BCD 码存储	0010 0000 0000 1001B	16 位
非压缩 BCD 码存储	00000010 00000000 00000000 00001001B	32 位
ASCII 码存储	00110010 00110000 00110000 00111001B	32 位

数据的存储是以数据长度为单位，按字节顺序存放的。数据的低位放低字节地址，数据的高位放高字节地址。简而言之，低位低地址，高位高地址。

无符号整数常用字节（8 位）、字（16 位）、双字（32 位）表示。如果实际数据的位数少，对数据位数要进行扩展，一般是在高位前补 0。

例如，2 006 的二进制数为 11111011001B，11 位二进制数用 1 字节（8 位）存放不下，必须以字（16 位）存放，高 5 位补 0 便是 00000111 11011001B，并且要将 11011001B 放在低地址，00000111B 放在高地址。

综上所述，对于以上各种数据的理解，是学好单片机软件的基础，读者务必学懂、弄通，以加深理解。

2.3　存　储　器

存储器是计算机的记忆单元，以 8 位二进制数为一个基本单元，如图 2.1 所示。

将 8 位二进制数 10110011B 存入一个存储单元，如图 2.2 所示。

图 2.1　一个存储单元示意图

1	0	1	1	0	0	1	1

图 2.2　8 位二进制数存入一个存储单元示意图

将 16 位二进制数 1111000010110011B 存入存储器，需要占用 2 个存储单元，如图 2.3 所示。

0	1	0	1	1	0	0	1	1
1	1	1	1	1	0	0	0	0

图 2.3　16 位二进制数存入 2 个存储单元示意图

图 2.3 中，第一行最左边的“0”是内存单元编号，代表 0 号存储单元；第二行最左边的“1”是内存单元编号，代表 1 号存储单元。

这些编号在计算机中有一个专有名词——地址。

通常单片机的内存最多可以达到 65 536 个存储单元即 64KB，所以内存编号对应有 65 536个。

如果用二进制数进行编址就是 0000000000000000B ~ 1111111111111111B，如图 2.4 所示。

如果用十六进制数进行编址就是 0000H ~ FFFFH，如图 2.5 所示。

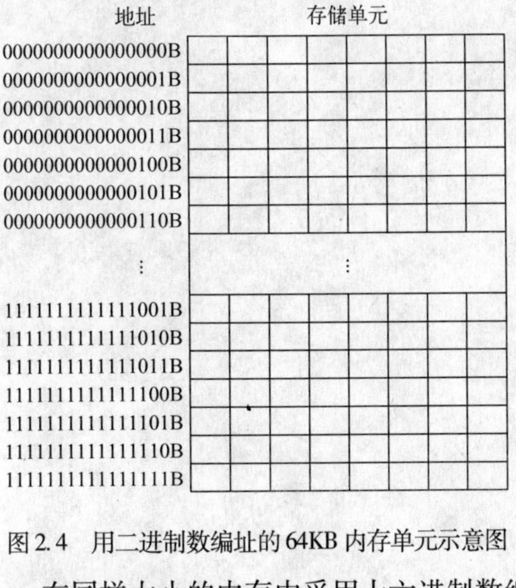

图 2.4　用二进制数编址的 64KB 内存单元示意图

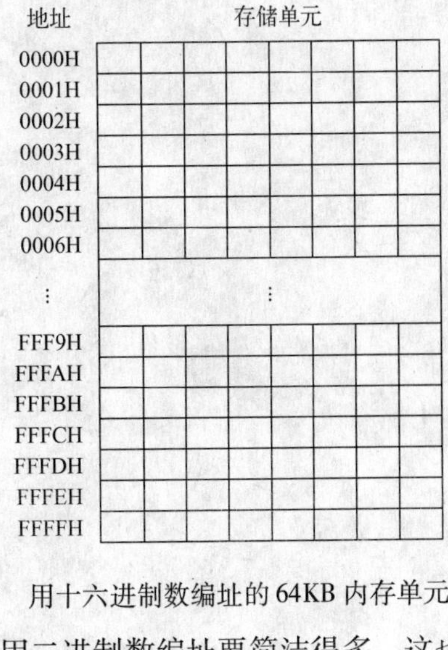

图 2.5　用十六进制数编址的 64KB 内存单元示意图

在同样大小的内存中采用十六进制数编址比采用二进制数编址要简洁得多，这也就是我们为什么要使用十六进制数的关键所在。

　　通过本章的学习，我们了解了数据在单片机中各种不同的存放方式，认识了有符号数、无符号数、BCD 码、ASCII 码，以及内存编址，这为下一步的学习奠定了基础。从下一章开始，我们的学习就将一直围绕单片机展开了。

思　考　题

1. 将十进制数 128D 转换成二进制数。
2. 将十进制数 142D 转换成十六进制数。
3. 将十进制数 112.25D 转换成二进制数。
4. 直接将 11001010B 写成十六进制数。
5. 直接将 68H 写成二进制数。
6. 直接将 65.8H 写成二进制数。
7. 如果一个二进制负数的有效位 $N = 6$，那么它的原码在计算机中应该占用几字节？
8. 如果一个二进制负数的有效位 $N = 14$，那么它的原码在计算机中应该占用几字节？
9. 如果一个二进制负数的有效位 $N = 20$，那么它的原码在计算机中应该占用几字节？
10. 求 139 的原码、反码和补码。
11. 求 – 139 的原码、反码和补码。
12. 求 – 1 139 的原码、反码和补码。

第 3 章　MCS-51 单片机的结构

要学习单片机，首先要对它的硬件组成有一个整体概念。美国的 Intel 公司在 1980 年推出了 MCS-51 系列高档 8 位单片机。MCS-51 系列单片机的基本产品有 8031、8051、8751 和 8951。8051 单片机的片内程序存储器是掩膜型的，8031 单片机无片内程序存储器，8751 单片机的片内程序存储器是 EPROM 型的，8951 单片机片内程序存储器是 Flash 型的。其实物图如图 3.1 所示。

图 3.1　MCS-51 单片机实物图

3.1　MCS-51 单片机特点

MCS-51 系列单片机是 HMOS 工艺的，其硬件结构（见图 3.2）包括以下几部分。

1. 8 位 CPU

MCS-51 系列单片机都是 8 位机，数据线是 8 位的。

2. 输入/输出（I/O）线

MCS-51 单片机的 I/O 线有 32 根，即 4 个并行接口，记做 P0、P1、P2 和 P3。其中有一个由两根 I/O 线构成的全双工的串行口。

3. 存储器

MCS-51 系列单片机都有 128KB 片内 RAM（随机存储器），4KB 片内 ROM（只读存储器）。外部存储器可以寻址 ROM 空间为 64KB，RAM 空间为 64KB。

4. 定时器/计数器

MCS-51 系列单片机具有两个 16 位的定时器/计数器，可以通过编程实现 4 种工作模式。

5. 中断系统

MCS-51 单片机有 5 个中断源，分为两个优先级，每个中断源的优先级是可编程的。

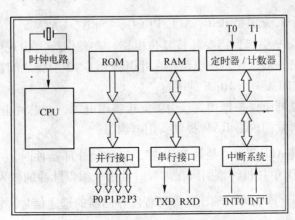

图 3.2　MCS-51 单片机硬件结构框图

6. 时钟电路

MCS-51 系列单片机的时钟电路将外部晶振提供的脉冲整形成方波供单片机作为时钟脉冲，协调单片机内部各功能部件工作。

7. 串行接口

MCS-51 系列单片机提供了一个全双工串行通信口，可以与任何计算机连接完成串行通信。

3.2　MCS-51 单片机的硬件基本结构

本节主要介绍 MCS-51 系列单片机中的 8051 单片机的外部特性和应用特性。

3.2.1　8051 芯片引脚介绍

8051 单片机为 40 引脚双列直插封装，如图 3.3 所示。

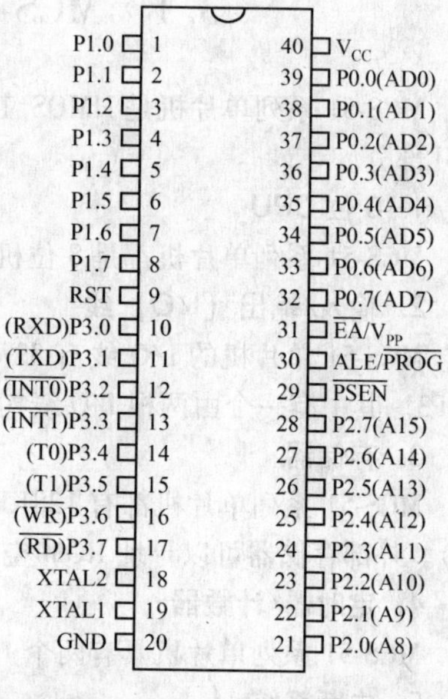

在 8051 单片机的 40 个引脚中，2 个引脚是芯片主电源的引脚，2 个引脚是外接晶振的引脚，4 个引脚是控制用引脚，剩下 32 个引脚是 32 条输入/输出线的引脚。

1. 芯片主电源引脚

第 40 引脚是 V_{CC}，接电源的 +5V 电压，为单片机芯片提供电能。

第 20 引脚是 GND 引脚，接地。

2. 晶振引脚

第 19 引脚是晶振引脚 XTAL1，它接单片机内部一个反相放大器的输入端，该放大器构成片内振荡器。第 18 引脚是晶振引脚 XTAL2，它接单片机内部反相放大器的输出端。当采用外部振荡器时，XTAL2 引脚接地，XTAL1 引脚接外部振荡器信号。

3. 控制引脚

图 3.3　MCS-51 单片机引脚图

控制引脚共有 4 个，分别是 RST、$\overline{\text{ALE/PROG}}$、$\overline{\text{PSEN}}$、$\overline{\text{EA}}/V_{PP}$。

复位引脚 RST 是第 9 引脚，需要外接复位电路，在此引脚上出现两个机器周期的高电平就会使单片机复位。一般来说复位电路是在此引脚和 GND 引脚之间加一个 $10k\Omega$ 的电阻，在此引脚和 V_{CC} 引脚之间加一个 $10\mu F$ 的电容。

复位引脚还有数据掉电保护作用，该引脚需接备用电源，在芯片电源 V_{CC} 掉电并下降到规定的电压后，该引脚就向内部 RAM 提供备用电源。

地址锁存使能引脚 ALE/PROG 是第 30 引脚，当访问外部器件时，ALE 输出用于锁存地址的低 8 位。对于 8051 单片机，该引脚在编程时被用于编程脉冲的输入端。

$\overline{\text{PSEN}}$ 是第 29 引脚，该引脚的输出是外部程序存储器的选通信号，输出低电平有效。

$\overline{\text{EA}}/V_{PP}$ 引脚是第 31 引脚，该引脚主要用于区分片内外程序存储器。$\overline{\text{EA}}/V_{PP}$ 为高电平时，访问的是片内程序存储器。如果地址范围超出了片内程序存储器，则自动转到片外程序存储器。$\overline{EA}/V_{pp}$ 为低电平时，访问的是片外程序存储器。

4. 输入/输出引脚

P0 口是第 32 引脚～第 39 引脚。P0 口是 8 位三态 I/O 口，一般复用做地址数据线，即数据线与地址线的低 8 位复用。

P1 口是第 1 引脚～第 8 引脚。P1 口是 8 位准双向口。

P2 口是第 21 引脚～第 28 引脚。P2 口也是 8 位准双向口，一般用做地址线的高 8 位。

P3 口是第 10 引脚～第 17 引脚。P3 口也是 8 位准双向口，可以用做普通 I/O 口，也可以复用做如下功能。

- P3.0 作为串行通信输入口 RxD。
- P3.1 作为串行通信输出口 TxD。
- P3.2 作为外部中断 0 输入。
- P3.3 作为外部中断 1 输入。
- P3.4 作为定时器 0 外部输入。
- P3.5 作为定时器 1 外部输入。
- P3.6 作为外部数据存储器写脉冲。
- P3.7 作为外部数据存储器读脉冲。

可见，P1 口只能当做 I/O 口用，而其余 3 个口 P0、P2、P3 既可以当做普通的 I/O 口用，也可以用做特殊功能。4 个接口的负载能力也不一样，P1、P2、P3 口能驱动 3 个 LS TTL 门，并且不需要外接电阻就能直接驱动 MOS 电路，而 P0 口能驱动 8 个 LS TTL 门，但驱动 MOS 电路时若作为地址/数据总线，则可以直接驱动；若作为 I/O 口，则需要外接上拉电阻。

3.2.2　8051 单片机总体结构

- 一个 8 位中央处理器。
- 片内振荡器和时钟电路。
- 4KB 的 ROM。
- 128KB 的数据存储器阵列。
- 32 条 I/O 线。
- 2 个定时器/计数器。
- 5 个中断源，2 个中断优先级。
- 全双工串行口。

这 8 部分在单片机内部通过单一总线连接而成，其总体结构如图 3.4 所示。

其中，P0、P1、P2、P3 4 个并行口是通过各自的锁存器与总线相连的，目的是让 4 个并行口具备锁存功能。

运算器以算术/逻辑部件 ALU 为核心，加上 A 累加器、暂存寄存器 TMP1 和 TMP2、程序状态字寄存器 PSW，以及布尔处理器和 BCD 码运算调整电路构成整个运算逻辑电路。

A 累加器是 8 位寄存器，它通过暂存器和 ALU 相连，它是 CPU 中工作最繁忙的寄存器，因为在进行算术、逻辑运算时，运算器的输入多为 A 累加器，而运算结果大多数也要送到 A 累加器中。

ALU 用来完成二进制数的四则运算和布尔代数的逻辑运算。此外，通过对运算结果的判断影响程序状态字寄存器的相关标志位的状态。

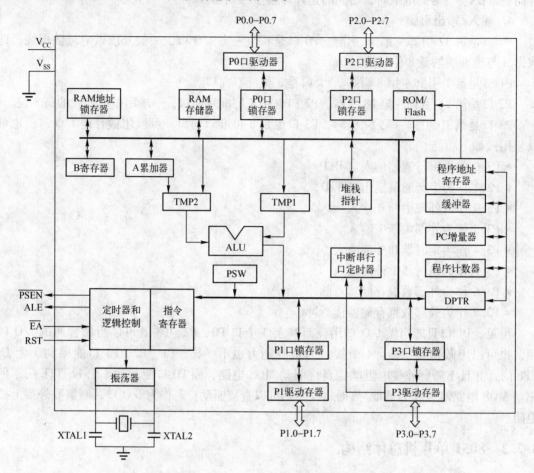

图 3.4　8051 单片机内部结构图

PSW 也是 8 位寄存器，用来存放运算结果的一些特征。

PSW 寄存器各特征位如表 3.1 所示。

表 3.1　PSW 寄存器特征位一览

CY	AC	F0	RS1	RS0	OV	F1	P

其中，各特征位的含义如下。

● CY：两字节二进制数据相加，当最高位产生进位时，该位被自动置为 1。

例如：　　10111001

　　　+　10101011

CY = 1　01100100

● AC：两字节二进制数据相加，当低半字节产生进位时，该位被自动置为 1，即 AC = 1。

例如：　　10111001

　　　+　10101011

AC = 1　01100100

● F0：用户在执行程序过程中做标记用。

- F1：用户在执行程序过程中做标记用。
- RS1、RS0：选择当前工作寄存器组。
  - ➢ RS1、RS0 分别为 0 和 0：当前工作寄存器指定为第 0 组。
  - ➢ RS1、RS0 分别为 0 和 1：当前工作寄存器指定为第 1 组。
  - ➢ RS1、RS0 分别为 1 和 0：当前工作寄存器指定为第 2 组。
  - ➢ RS1、RS0 分别为 1 和 1：当前工作寄存器指定为第 3 组。
- OV：溢出标志位，主要用于有符号数加法时。由于最高位为符号位，如果被加数和加数均为负数，在运算过程中会产生负数加负数结果为正数的错误结果，这时 OV = 1。

例如，两个有符号数相加：

$$\begin{array}{r} 10110110 \ (-0110110B = -54D) \\ + \quad 10110110 \ (-0110110B = -54D) \\ \hline OV = 1 \quad 01101100 \ (+1101100B = +108D) \end{array}$$

- P：结果中"1"的个数为奇数时，P = 1。

例如：

$$\begin{array}{r} 11111111 \\ + \quad 01011001 \\ \hline CY = 1 \quad 01011000 \end{array}$$

由于结果中"1"的个数为 3，所以 P = 1。否则 P = 0。

堆栈指针寄存器 SP 也是 8 位寄存器，用来存放栈顶存储单元的地址。

控制器是 CPU 的大脑中枢，它包括定时控制逻辑、指令寄存器、指令译码器、数据指针寄存器 DPTR、程序计数器 PC、堆栈指针寄存器 SP、地址寄存器，以及地址缓冲器等。它的功能是对逐条指令进行译码，并通过定时和控制电路在规定的时刻发出各种操作所需的内部和外部控制信号，协调各部分的工作，完成指令规定的操作。

程序计数器 PC 的功能和一般计算机相同，它用来存放下一条要执行的指令的地址。当一条指令按照 PC 所指的地址从存储器中取出后，PC 会自动加 1，即指向下一条指令。

指令译码器的功能是当指令送入指令译码器后，由译码器对该指令进行译码，即把指令转变成所需的电平信号。CPU 根据译码器输出的电平信号使定时控制电路定时地产生执行该指令所需的各种控制信号，以便单片机能正确执行程序所要求的各种操作。

数据指针寄存器 DPTR 的功能是提供 16 位片外存储器地址。由于 8051 单片机可以外接 64KB 的数据存储器，故单片机内设置了 16 位数据指针寄存器。它的高 8 位为 DPH，地址为 83H，低 8 位为 DPL，地址为 82H。

3. 2. 3　8051 单片机存储器

8051 单片机存储器的结构特点是程序存储器和数据存储器分开，各有各的寻址机构和寻址方式。8051 单片机在物理上有 4 个存储空间：片内程序存储器、片外程序存储器、片内数据存储器和片外数据存储器。它的存储组织结构如图 3.5 所示。

8051 单片机片内有 4KB 的程序存储器（简称 ROM），片外可以扩展片外 64KB 的数据存储器（简称 RAM）和扩展片外 64KB 的程序存储器（简称 ROM）。ROM 是片内还是片外靠 $\overline{EA}$ 来区别，当引脚 $\overline{EA}$ = 1 时指向片内程序存储器，当 $\overline{EA}$ = 0 时指向片外程序存储器。

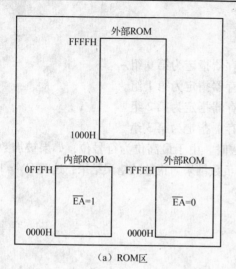
（a）ROM区

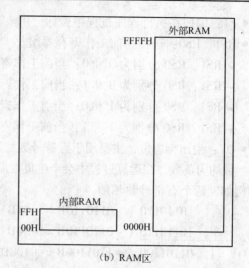
（b）RAM区

图 3.5　8051 单片机存储组织结构图

8051 单片机的数据存储器有 64KB 的寻址区，在地址上和程序存储器重合。8051 单片机通过不同的信号线来选通 ROM 或者 RAM。如果从外部 ROM 取指令，则采用选通信号 $\overline{PSEN}$；如果从外部 RAM 读写数据，则采用读写信号 $\overline{RD}$ 或者 $\overline{WR}$ 来选通。因此虽然地址相同，但不会出现读写数据与读程序指令混乱的情况。

8051 单片机的片内数据存储器为 256B（包括特殊功能寄存器），可以分为 4 个区域，如表 3.2 所示。

表 3.2　片内存储器的分区

区　号	说　明	起始、终止地址
Ⅰ区（工作寄存器区）	第 0 组 R0～R7：00H～07H 第 1 组 R0～R7：08H～0FH 第 2 组 R0～R7：10H～17H 第 3 组 R0～R7：18H～1FH	始地址 00H 终地址 1FH
Ⅱ区（位寻址区）	如果要在数据存储器中完成位操作，只能在这 16 个存储单元中进行 16 个存储单元共有 16×8＝128 位，这 128 位都有自己的位地址，依次为 00H～7FH，即 20H 中的 D0 位为 00H，2FH 中的 D7 位为 7FH	始地址 20H 终地址 2FH
Ⅲ区（数据存储区）	这里共有 80 字节，供用户在编程过程中存放临时数据和中间结果，堆栈也在其中	始地址 30H 终地址 7FH
Ⅳ区（特殊功能寄存器区）	特殊功能寄存器是用来对片内各功能模块进行管理、控制和监视的控制寄存器或状态寄存器，也叫特殊功能 RAM 区，这些特殊功能寄存器离散地区分布在其中	始地址 80H 终地址 FFH

Ⅰ区 00H～1FH，是 4 组工作寄存器，每组占用 8RAM 字节，记做 R0～R7。在某一时刻单片机只能使用其中的一组工作寄存器。工作寄存器组的选择是由程序状态寄存器 PSW 中的第 3 位和第 4 位确定的。PSW.3＝0，PSW.4＝0，指向第 0 组工作寄存器；PSW.3＝1，PSW.4＝0，指向第 1 组工作寄存器；PSW.3＝0，PSW.4＝1，指向第 2 组工作寄存器；PSW.3＝1，PSW.4＝1，指向第 3 组工作寄存器。表 3.3 是工作寄存器地址表。

表 3.3　工作寄存器地址表

组号	RS1	RS0	R0	R1	R2	R3	R4	R5	R6	R7
0	0	0	00H	01H	02H	03H	04H	05H	06H	07H
1	0	1	08H	09H	0AH	0BH	0CH	0DH	0EH	0FH
2	1	0	10H	11H	12H	13H	14H	15H	16H	17H
3	1	1	18H	19H	1AH	1BH	1CH	1DH	1EH	1FH

Ⅱ区 20H～2FH，是位寻址区，共 16 字节 128 位。该区可以作为一般的数据 RAM 区进行读写，还可以对每个字节的每一位进行操作，并且对这些位都规定了固定的位地址。从 20H 单元的第 0 位开始到 2FH 单元的第 7 位结束，一共 128 位，用位地址 00H～7FH 标志。对于需要位操作的数据，可以放到这个区。

各位地址分布如表 3.4 所示。

表 3.4　位寻址区位地址表

字节地址	MSB			位地址				LSB
2FH	7F	7E	7D	7C	7B	7A	79	78
2EH	77	76	75	74	73	72	71	70
2DH	6F	6E	6D	6C	6B	6A	69	68
2CH	67	66	65	64	63	62	61	60
2BH	5F	5E	5D	5C	5B	5A	59	58
2AH	57	56	55	54	53	52	51	50
29H	4F	4E	4D	4C	4B	4A	49	48
28H	47	46	45	44	43	42	41	40
27H	3F	3E	3D	3C	3B	3A	39	38
26H	37	36	35	34	33	32	31	30
25H	2F	2E	2D	2C	2B	2A	29	28
24H	27	26	25	24	23	22	21	20
23H	1F	1E	1D	1C	1B	1A	19	18
22H	17	16	15	14	13	12	11	10
21H	0F	0E	0D	0C	0B	0A	09	08
20H	07	06	05	04	03	02	01	00

低 128 字节 RAM 的字节地址范围也是 00H～7FH，8051 单片机会采用不同的寻址方式来加以区分。访问低 128 字节单元用直接寻址及间接寻址方式，而访问 128 个位地址用位寻址方式。这样就区分开了 00H～7FH 是位地址还是字节地址。

Ⅲ区 30H～7FH，是一般的数据存储区，共 80 字节。

Ⅳ区 80H～FFH，是专门用于特殊功能的寄存器。

3.2.4　8051 单片机的特殊功能寄存器

8051 单片机特殊功能寄存器是用来对片内各功能模块进行管理、控制和监视的控制寄存器或状态寄存器，是一个特殊功能的 RAM 区。

（1）累加器 A：参与所有算术和逻辑运算并存放结果，同时还是数据输入/输出的窗口，如图 3.6 所示。

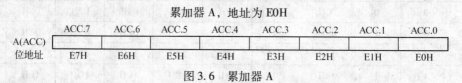

图 3.6　累加器 A

（2）寄存器 B：在单片机做乘除法时存放乘数和除数，还可以作为一般的寄存器使用，一般情况是整字节操作，需要时可按位操作，字节地址为 F0H，如图 3.7 所示。

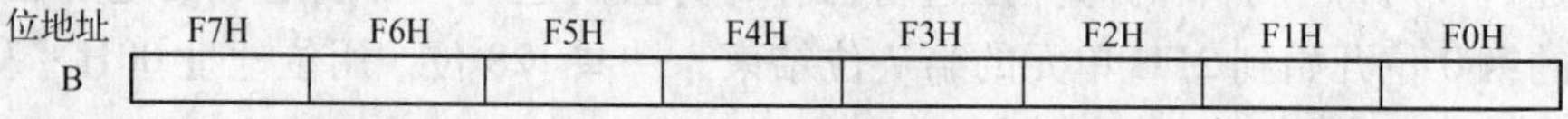

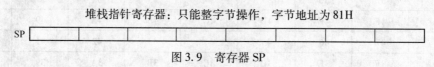

图 3.7　寄存器 B

（3）程序状态字寄存器 PSW：字节地址为 D0H，用来记录程序运行状态，如图 3.8 所示。

图 3.8　寄存器 PSW

（4）堆栈指针寄存器 SP：为了在调用子程序时将某些寄存器的内容保存起来，在内部 RAM 中指定一块存储单元作为堆栈，在 SP 中存放该堆栈顶部存储单元的地址，如图 3.9 所示。堆栈的操作规则是"先进后出"或"后进先出"

堆栈指针寄存器：只能整字节操作，字节地址为 81H

SP

图 3.9　寄存器 SP

（5）数据存储指针寄存器 DPTR：16 位寄存器，地址为 82H，可分成两个 8 位寄存器 DPH 和 DPL。8 位操作时 DPH 的地址为 83H、DPL 的地址为 82H。不能进行位操作，如图 3.10 所示。

图 3.10　寄存器 DPTR

（6）中断允许寄存器 IE：该寄存器是中断管理中的一个重要寄存器，专门负责各个中断的开与关，如图 3.11 所示。

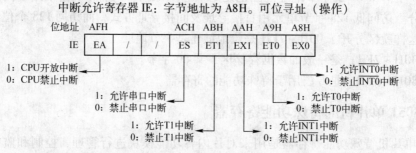

图 3.11　寄存器 IE

（7）中断优先控制寄存器 IP：该寄存器是中断管理中的另一个重要的寄存器，专门负责各个中断的优先级别，如图 3.12 所示。

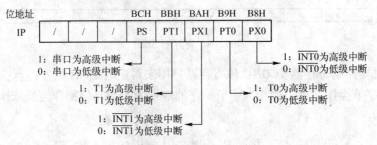

图 3.12　寄存器 IP

（8）并行 I/O 口 P0、P1、P2、P3：单片机对外窗口，如图 3.13 所示。

位地址	87H	86H	85H	84H	83H	82H	81H	80H
P0	P0.7	P0.6	P0.5	P0.4	P0.3	P0.2	P0.1	P0.0

位地址	97H	96H	95H	94H	93H	92H	91H	90H
P1	P1.7	P1.6	P1.5	P1.4	P1.3	P1.2	P1.1	P1.0

位地址	A7H	A6H	A5H	A4H	A3H	A2H	A1H	A0H
P2	P2.7	P2.6	P2.5	P2.4	P2.3	P2.2	P2.1	P2.0

位地址	B7H	B6H	B5H	B4H	B3H	B2H	B1H	B0H
P3	P3.7	P3.6	P3.5	P3.4	P3.3	P3.2	P3.1	P3.0

图 3.13　并行 I/O 口 P0、P1、P2、P3

（9）电源控制及波特率选择寄存器 PCON：该寄存器为电源控制及波特率选择专用寄存器，只能进行字节操作，地址为 87H，如图 3.14 所示。

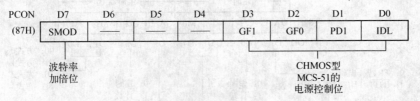

图 3.14　寄存器 PCON

（10）串行口控制寄存器 SCON：该寄存器用于控制串行口，字节操作地址为 98H，位操作地址依次为 98H~9FH，如图 3.15 所示。

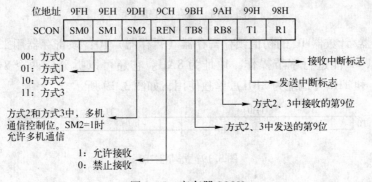

图 3.15　寄存器 SCON

（11）串行数据缓冲寄存器 SBUF：该寄存器是用来对串行输入/输出数据进行缓冲调整（串变并、并变串）的专用 8 位寄存器。字节操作地址为 99H，不能位操作，如图 3.16 所示。

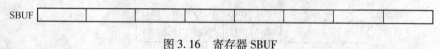

图 3.16　寄存器 SBUF

（12）定时器控制寄存器 TCON：该寄存器是用来对定时器/计数器进行控制的专用 8 位寄存器，既可字节操作又可位操作。字节操作的地址为 88H，位操作地址依次为 88H～8FH，如图 3.17 所示。

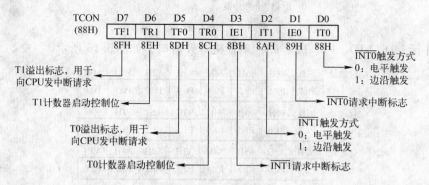

图 3.17　寄存器 TCON

（13）定时器/计数器方式选择寄存器 TMOD：该寄存器是用来对定时器/计数器的方式进行选择的 8 位寄存器，只能进行字节操作，不能进行位操作。字节操作的地址为 89H，如图 3.18 所示。

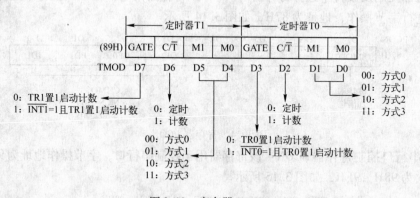

图 3.18　寄存器 TMOD

（14）定时器/计数器 T0 的初值锁存寄存器（暂存器）T0：该寄存器用来存放计数初值的 16 位寄存器，只能进行字节操作，地址为 8AH。它还可以拆分成两个 8 位寄存器 TL0（地址为 8AH）和 TH0（地址为 8BH）单独使用，如图 3.19 所示。

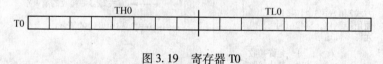

图 3.19　寄存器 T0

（15）定时器/计数器 T1 的初值锁存寄存器（暂存器）T1：该寄存器用来存放计数初值的 16 位寄存器，只能进行字节操作，地址为 8CH。它还可以拆分成两个 8 位寄存器 TL1（地址为 8CH）和 TH1（地址为 8DH）单独使用，如图 3.20 所示。

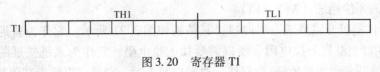

图 3.20　寄存器 T1

8051 单片机的特殊功能寄存器一共有 21 个，如表 3.5 所示。其中有 10 个可以位寻址，可以使用位功能指令对这 10 个寄存器的任意一位进行操作。

表 3.5　8051 单片机特殊功能寄存器一览表

名　称	地　址	说　明
※ACC	E0H	累加器
B	F0H	乘法（除法）寄存器
※PSW	D0H	程序状态字
SP	81H	堆栈指针
DPL	82H	数据存储指针低 8 位
DPH	83H	数据存储指针高 8 位
※IE	A8H	中断允许控制器
※IP	D8H	中断优先控制器
※P0	80H	P0 口
※P1	80H	P1 口
※P2	A0H	P2 口
※P3	B0H	P3 口
PCON	87H	电源控制及波特率选择
※SCON	98H	串行口控制器
SBUF	99H	串行数据缓冲器
※TCON	88H	定时器控制
TMOD	89H	定时器方式选择
TL0	8AH	定时器 0 低 8 位
TL1	8BH	定时器 1 低 8 位
TH0	8CH	定时器 0 高 8 位
TH1	8DH	定时器 1 高 8 位

注：※代表可位寻址寄存器。

3.2.5　8051 的输入/输出端口

8051 单片机中有 4 个双向的 8 位 I/O 口，其中 P0 为三态双向口，P1、P2、P3 为准双向口。每个口都由锁存器、输出驱动器、输入缓冲器组成。其中锁存器由 D 触发器组成，当执行写 I/O 口操作时，CPU 通过内部总线把数据写入锁存器。当执行读操作时，分读锁存器信号和读引脚两种方式。

　　当 CPU 与外部设备交换信息时，都是通过 I/O 口锁存器进行的。4 个 I/O 口都可以用做输入/输出口，其中 P0、P2 通常用于对外部存储器的访问。P0 作为地址/数据复用口，分时输出外部存储器的低 8 位地址（A0 ~ A7）和传送 8 位数据（D0 ~ D7）。P2 口作为地址总线口使用，输出高 8 位地址（A8 ~ A15）。

　　P0 口是 8 位漏极开路型三态双向口，其结构如图 3.21 所示。它作为普通的输入/输出口时，由于 P0 口上没有上拉电阻，所以需要加上拉电阻；它作为系统扩展的地址/数据线时，其多路转换开关可切换地址/数据线。对端口写 1 时，它又可以作为高阻抗输入端用。

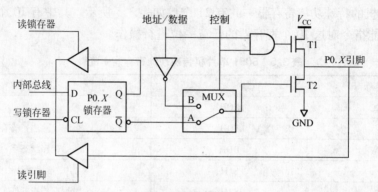

图 3.21　P0 口的结构图

　　当控制信号 = "0" 时，MUX 接通 A，T1 截止。

　　如果 D = "0"，$\overline{Q}$ = "1"，T2 导通，P0. X 输出 "0"；如果 D = "1"，$\overline{Q}$ = "0"，T2 截止，P0. X 输出悬空，如果在 V_{CC} 与 P0. X 之间接一个电阻（称上拉电阻），在 P0. X 处输出 "1"。

　　当控制信号 = "1" 时，MUX 接通 B，T1 的状态取决于数据/地址的状态。

　　如果数据/地址 = "0"，T2 导通、T1 截止，P0. X 输出 "0"。

　　如果数据/地址 = "1"，T2 截止、T1 导通，在外接上拉电阻时 P0. X 输出 "1"。

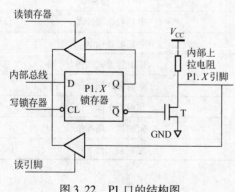

图 3.22　P1 口的结构图

　　当需要读取 P0. X 的信号时，如果 $\overline{Q}$ = "1"，T2 导通，则将 P0. X 钳制在 "0" 状态，无论外电路输入信号是 "1" 还是 "0"，P0. X 的状态都只能是 "0"。因此，为确保对 P0. X 处信号读取的正确性，必须先将 D 端置成 "1"，让 T2 截止。

　　综上所述，为了保证输出信号的正确，外接上拉电阻是必须的；为了保证输入信号的正确，向锁存器写 "1" 是必须的。

　　P1 口为准双向口，其结构如图 3.22 所示。在 P1 中，它的每一位都可以分别定义为输入/输出口。

　　当 D = "1" 时，$\overline{Q}$ = "0"，T 截止，P1. X = "1"。

　　当 D = "0" 时，$\overline{Q}$ = "1"，T 导通，P1. X = "0"。

　　当用做输入方式时，需将 "1" 写入 P1 口的该位锁存器，以便使该位的输出驱动器场效应管截止。这时该引脚上的上拉电阻能将电平拉为高电平，然后进行输入操作。

P2 口是带有内部上拉电阻的 8 位双向 I/O 口，其结构图如图 3.23 所示。

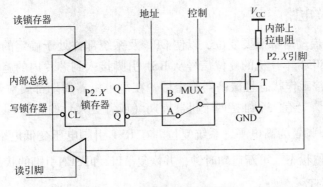

图 3.23　P2 口的结构图

当控制信号 = "0" 时，MUX 接通 A：

- 如果 D = "0"，$\overline{Q}$ = "1"，T 导通，P2.X 输出 "0"；
- 如果 D = "1"，$\overline{Q}$ = "0"，T 截止，P2.X 输出 "1"。

当控制信号 = "1" 时，MUX 接通 B，T 的状态取决于数据/地址的状态：

- 如果数据/地址 = "0"，T 截止，P2.X 输出 "0"；
- 如果数据/地址 = "1"，T 导通，P2.X 输出 "1"。

当需要读取 P2.X 的信号时，如果 $\overline{Q}$ 端 = "1"，T 导通，将 P2.X 处钳制在 "0" 状态，无论外电路输入信号是 "1" 还是 "0"，P2.X 的状态都只能是 "0"。因此，为确保对 P2.X 处信号读取的正确性，必须先将 D 端置成 "1"，让 T 截止。

在访问外部存储器时，P2 一般作为高 8 位地址线。对端口写 1 时，通过内部的上拉电阻把端口拉到高电位，这时也可以用做高阻抗输入口。

P3 口是一个带内部上拉电阻的 8 位双向 I/O 端口，其结构如图 3.24 所示。

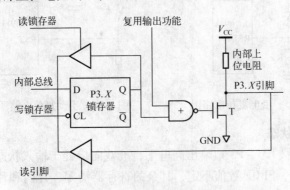

图 3.24　P3 口的结构图

当复用输出功能 = "0" 时：

- 如果 D = "0"，Q = "0"，或非门输出 "1"，T 导通，P3.X = "0"；
- 如果 D = "1"，Q = "1"，或非门输出 "0"，T 截止，P3.X = "1"。

当复用输出功能 = "1" 时，或非门输出恒为 "0"，T 截止，这时 P3.X 的使用权交给复用功能使用。P3.0 和 P3.1 构成全双工串行口，P3.2 和 P3.3 是外部中断输入端，P3.4 和

P3.5 是定时器 T0、T1 的输入端，P3.6 和 P3.7 分别是外部数据存储器的读/写控制信号端。

对端口写 1 时，通过内部的上拉电阻把端口拉到高电位，这时 P3 口也可以用做输入口。

3.2.6　8051 复位电路

8051 单片机在启动时都需要复位，以使 CPU 及系统部件处于确定的初始状态，并从初始状态开始工作。8051 单片机的复位信号从 RST 引脚接入到芯片内的施密特触发器中。当单片机系统处于正常工作状态且振荡器稳定后，在每个机器周期都要对 RST 引脚的状态进行采样，若 RST 引脚上有一个维持两个机器周期（或者更大）的高电平，CPU 就可以响应，并将 ALE 和 $\overline{\text{PSEN}}$ 引脚置为高电平，系统复位。在 RST 引脚电压变低电平后，经过 1~2 个机器周期即退出复位状态，重新启动时钟，并恢复 ALE 和 $\overline{\text{PSEN}}$ 引脚的状态。

1. 复位电路设计

1）上电复位

上电复位电路是一种简单的复位电路，只要在 RST 复位引脚接一个电容到 V_{CC}，接一个电阻到地就可以了。上电复位是指在给系统上电时，复位电路通过电容加到 RST。

给复位引脚一个短暂的高电平信号，这个复位信号随着 V_{CC} 对电容的充电过程而回落，所以 RST 复位引脚的高电平维持时间取决于电容的充电时间。为了保证系统能安全可靠地复位，RST 引脚的高电平信号必须维持足够长的时间。上电复位电路如图 3.25 所示。

2）手动复位

手动复位需要人为在复位输入端加高电平让系统复位。一般采用的方法是在 RST 端和正电源 V_{CC} 之间接一个开关，当开关闭合时，V_{CC} 和 RST 端接通，RST 引脚处于高电平。而按键动作一般是数十毫秒，大于两个机器周期的时间，能够安全地让系统复位。

手动复位电路如图 3.26 所示。

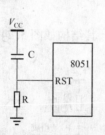　　　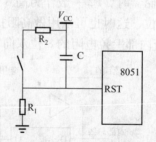

图 3.25　上电复位电路图　　　　图 3.26　手动复位电路图

2. 复位后寄存器状态

单片机系统复位后，P0~P3 口输出高电平，准双向口处于输入状态，堆栈指针 SP 写入 07H，程序计数器清零，SBUF 数值不定，其余的寄存器清零，片内和片外 RAM 的状态不受复位影响。系统复位寄存器状态如表 3.6 所示。

表 3.6　单片机特殊功能寄存器的复位状态

专用寄存器	复 位 值	专用寄存器	复 位 值
PC	0000H	TMOD	00H
ACC	00H	PCON	0XXX0000B
B	00H	TCON	00H

续表

专用寄存器	复 位 值	专用寄存器	复 位 值
PSW	00H	SP	07H
DPTR	0000H	TH0	00H
SBUF	不定	TL0	00H
P0	0FFH	TH1	00H
P1	0FFH	TL1	00H
P2	0FFH	IP（8051 系列）	XXXX0000B
P3	0FFH	IE（8051 系列）	0XX00000H
SCON	00H		

注："X"表示不定。

3.2.7　外接晶体振荡器

单片机的协调工作依赖频率固定时钟脉冲，时钟脉冲源依赖外接晶体振荡器。

在引脚 XTAL1 和 XTAL2 之间各接一个石英晶体或者陶瓷谐振器并在引脚上并联电容。如果振荡电路无误，可以用示波器观测引脚 XTAL2 上的正弦信号。电容 C1 和 C2 的大小会影响振荡器的稳定性、起振速度及振荡器频率。一般来说，电容取 5～60pF。晶体的频率范围是 1.2～24MHz。当采用石英晶体时，电容 C1 和 C2 的值可以选 30pF 左右；当采用陶瓷振荡器时，电容 C1 和 C2 的值可以选 47pF，如图 3.27 所示。

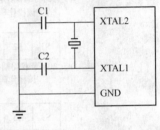

图 3.27　外接晶体振荡器示意图

3.2.8　CPU 时序

单片机的基本操作周期称为机器周期，一个机器周期可分为 6 个状态，每个状态用两个脉冲组成，即节拍 P1 和 P2，所以一个机器周期共有 12 个振荡脉冲。为了便于分析 CPU 的时序，下面介绍几种周期信号。

（1）振荡周期：指为单片机提供定时信号的振荡源的周期。

（2）时钟周期：又称为状态周期或状态时间，是振荡周期的两倍，它分成 P1 节拍和 P2 节拍，P1 节拍通常完成算术逻辑操作，而内部寄存器间传送通常在 P2 节拍完成。

（3）机器周期：一个机器周期由 6 个状态（12 个振荡脉冲）组成，若把一条指令的执行过程划分为几个基本操作，则完成一个基本操作所需的时间称为机器周期。

（4）指令周期：指执行一条指令所占用的全部时间，通常由 1～4 个机器周期组成。4 种周期之间的关系如表 3.7 所示。

表 3.7　各种周期换算表

若外接晶振为 6MHz（即 $f_{osc}=6MHz$）	若外接晶振为 12MHz（即 $f_{osc}=12MHz$）
振荡周期 = 1/6μs	振荡周期 = 1/12μs
时钟周期 = 1/3μs	时钟周期 = 1/6μs
机器周期 = 2μs	机器周期 = 1μs
指令周期 = 2～8μs	指令周期 = 1～4μs

如图 3.28 所示列举了几种典型的取指和执行时序。每个机器周期内，地址锁存信号
ALE 两次有效，第一次出现在 S1P2 和 S2P1 期间，第二次出现在 S4P2 和 S5P1 期间。

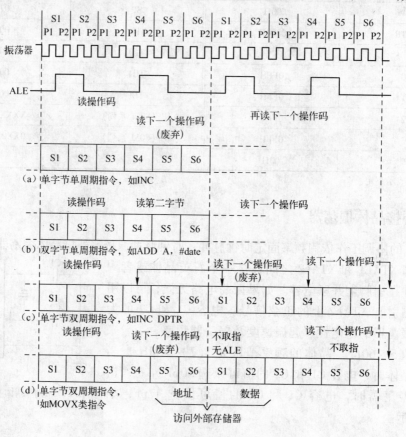

图 3.28　MCS-51 单片机取指、执行时序

单机器周期指令的执行从 S1P2 开始，此时，操作码被锁存在指令寄存器内。若是双字
节指令，则同一机器周期的 S4 读第二字节。若是单字节指令，在 S4 仍进行读操作，但无
效，且程序计数器 PC 不加 1。图 3.28（a）和（b）分别给出了单字节单周期和双字节单周
期指令的时序，它们都是要在 S6P2 结束时才能完成操作。

图 3.28（c）是单字节双周期指令时序，两个机器周期内进行了 4 次读操作，但由于是
单字节指令，故后面 3 次读操作无效。

图 3.28（d）是访问片外数据存储器指令 MOVX 的时序，它是一条单字节双周期指令，
在第一个机器周期 S5 开始送出外数据存储器的地址后，进行读/写数据操作。在此期间无
ALE 信号，所以第二周期不产生取指操作。

通过以上对单片机内部各功能模块的叙述，读者应在加深对各部分理解的同时，注意它
们的相互关联，形成一个整体概念，这是学好单片机的关键。

思　考　题

1. 根据你的理解，单片机由哪几部分组成？
2. 8051 单片机随机存储器有多少字节？

3. 8051 单片机程序存储器有多少字节，它的用途是什么？

4. 程序地址存储器 PC 的用途是什么？

5. 堆栈指针寄存器 SP 的用途是什么？

6. 8051 单片机的输入/输出线共有多少根？

7. 简述 8051 单片机内存的分区及其用途。

8. 如何确定当前工作寄存器组？

9. 可位寻址区有多少字节？能否进行字节寻址操作？

10. 堆栈应该设在内存的哪个区？

11. 能否将特殊功能寄存器区作为随机存储器使用？

12. 4 个 I/O 口中，哪些有内部上拉电阻，哪些没有上拉电阻，没有的应该怎么办？

13. 读 I/O 口的引脚时应该注意什么？

14. 单片机上电复位后 PC 的值是什么？

15. 一个机器周期占用多少个振荡周期？

16. 晶振为 12MHz 时，机器周期为多少？

第4章 8051单片机指令系统

第3章介绍了单片机硬件结构的相关知识，作为计算机的一个重要分支的单片机，硬件只是单片机系统的一部分，另一部分是软件。8051单片机的软件是由8051单片机指令系统来实现的，如图4.1所示。

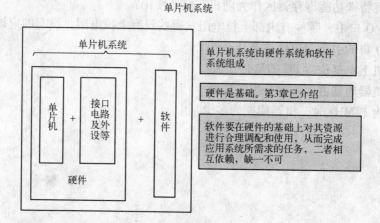

图4.1 单片机系统示意图

本章将详细介绍8051单片机的指令系统。

4.1 8051单片机指令系统简介

8051单片机共有111条指令，其中，单字节指令49条，双字节指令45条，三字节指令17条。在111条指令中，有64条指令是单机器周期指令，45条指令是双机器周期指令，只有乘法和除法指令需4个机器周期。当系统时钟为12MHz时，大多数指令的执行时间仅需1μs，最长的乘除法指令也仅需4μs。8051单片机的指令系统按功能可划分为以下5类。

- 数据传送类指令28条。
- 算术运算类指令24条。
- 逻辑操作类指令25条。
- 位操作类指令17条。
- 控制转移类指令17条。

在深入学习单片机指令系统之前我们必须先搞清楚几个重要的概念。

- 指令：计算机能够识别的一种命令称为指令（相当于汉语中的汉字）。
- 指令系统：同种计算机的指令的集合称为指令系统（相当于汉语的《新华字典》）。
- 程序：定义一种任务的指令的集合称为程序（相当于一篇文章）。

形象地说，指令是软件的基础（如同盖房子的砖和瓦），掌握编写程序的方法和技巧应从学习指令入手。

4.1.1 指令格式

8051 单片机汇编语言指令由操作码助记符和操作数两部分组成。指令格式如下：

[标号]:操作码 [目的操作数],[源操作数];注释

标号表示该指令的符号地址；操作码部分规定了指令所实现的操作功能；操作数部分指出了参加操作的数据来源（称为源操作数）和操作结果存放在什么地方（称为目的操作数）；注释部分对汇编语言来讲可有可无，是用户为方便阅读而加的注释。

【例 4.1】 STAR:MOV A,#00H;累加器清零

其中，STAR 为标号，形式是字符串，实际是地址。MOV 为操作码。A 为目的操作数。#00H 为源操作数。注释是用户为方便阅读而附加的。

标号和注释在 8051 单片机指令系统中是没有的，它是汇编语言为编译程序时方便而专门设置的。

8051 单片机指令系统中的指令字长有单字节、双字节和三字节 3 种，在存储器中分别占用 1 ~ 3 个单元，其格式如下。

单字节指令:操作码

【例 4.2】 RETI 机器代码为 32H，占用 1 字节存储单元。

双字节指令:[操作码] [操作数]

【例 4.3】 MOV A,#0FFH，机器代码为 74H、FFH，占用 2 字节存储单元。

三字节指令:[操作码] [目的操作数],[源操作数]

【例 4.4】 MOV 74H,#0FFH,机器代码为 75H、74H、FFH，占用 3 字节存储单元。

指令字节越多，所占内存单元越多，但执行时间的长短只取决于执行该指令需要多少个机器周期。

4.1.2 8051 单片机的助记符语言

根据实时控制系统的要求，8051 单片机制造厂家对每一条指令都给出了助记符。不同的指令，具有不同的功能和不同的操作对象，助记符就是根据机器指令的不同功能和操作对象来描述指令的。由于助记符用英文的缩写来描述指令的特征，因此它不仅便于记忆，还便于理解和分类。

助记符语言一般由操作码和操作数两部分组成，操作码规定了指令的操作功能，操作数代表了指令的操作对象。

例如，SUBB A,#2BH 就表示把一个数 2BH 与 A 累加器中的内容相减（带借位位），并将结果存放在累加器 A 中。其中，SUBB 是操作码符号，A 和 2BH 是操作数，前者反映了该指令的功能是带借位位减法，后者表示相减的对象是 A 累加器中的内容和立即数 2BH。操作数可以是数据，也可以是地址。当操作数是指令中给出的数据时，称为立即数，它有 8 位和 16 位两种二进制数。在助记符的数字前加 "#" 来标记其是立即数，常用符号 "#data" 表示。对同样的助记符 "data"，若前面加 "#" 即表示立即数，不加 "#" 则表示直接地址单元。

对选定的工作寄存器 R0 ~ R7，只有 R0 和 R1 既能存放数据又能存放地址，若 R0、R1 前

面加"@"，表示 R0、R1 中存放的是地址，若不加"@"表示存放的是数据。同样，若 DPTR 前面加"@"表示数据指针寄存器存放的是 16 位地址，否则表示存放的是 16 位数据。

4.2　8051 单片机的寻址方式

寻址方式是指计算机在执行指令过程中获取操作数的方式。

在指令系统中，操作数是一个重要的组成部分，它指定了参加运算的数或数所在的地址单元，而如何找到这个地址就称为寻址方式。所以寻址方式的任务就是在地址范围内如何灵活、方便地找到所需要的地址。寻址方式越多，计算机的功能越强，灵活性越大，越能更有效地处理各种数据。

4.2.1　寻址方式中常用符号注释

为了区别不同的寻址方式，8051 单片机指令系统做了如下规定。

1. Rn（n=0~7）

当前选中的工作寄存器组 R0~R7，它在片内 RAM 中的地址由 PSW 中的 RS1 和 RS0 确定。

【例 4.5】　如 RS1=0，RS0=1 表明此时的 R0~R7 是内存中的 08H~0FH。

MOV A,R5 指令是将内存 0DH 中的内容→A。记做：（R5）→A，如图 4.2 所示。

```
       0DH                    A
  |1|0|1|1|0|1|0|0| MOV A, R5 |1|0|1|1|0|1|0|0|
```

图 4.2　MOV A,R5 指令执行示意图

2. Ri（i=0, 1）

当前选中的工作寄存器组中可作为地址指针的两个工作寄存器 R0 和 R1，它们在片内 RAM 中的地址由 RS1 和 RS0 确定。

【例 4.6】　MOV A,@R0 指令是由内存 08H 中的内容作为地址，将该地址指定的存储单元的内容→A。记做：（（R0））→A，如图 4.3 所示。

图 4.3　MOV A,@R0 指令执行示意图

3. #data

8 位立即数，即包含在指令中的 8 位常数。

【例 4.7】　MOV A,#56H 的功能是 56H→A，如图 4.4 所示。

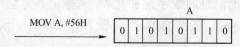

图 4.4　MOV A,#56H 指令执行示意图

4. #data 16

16 位立即数，即包含在指令中的 16 位常数。

【例 4.8】　MOV DPTR,#5678 的功能是 5678 → DPTR，如图 4.5 所示。

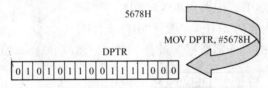

图 4.5　MOV DPTR,#5678H 指令执行示意图

5. data

8 位片内 RAM 单元（包括 SFR）的直接地址。该直接地址单元中的数据就是所需要的
数据。

【例 4.9】　MOV A,56H 的功能是（56H）→A，即 56H 存储单元的内容（数据）送 A，
如图 4.6 所示。

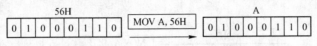

图 4.6　MOV A,56H 指令执行示意图

6. addr11

11 位地址。用于 ACALL 和 AJMP 指令中，目的地址必须在下一条指令第一个字节的同
一个 2KB 程序存储器地址空间之内。因为 11 位地址所描述的最大地址空间是 2KB。

【例 4.10】　ACALL addr11

7. addr16

16 位目的地址。用于 LCALL 和 LJMP 指令中，目的地址在 64KB 程序存储器地址空间之
内。因为 16 位地址所描述的最大地址空间是 64KB。

【例 4.11】　LJMP addr16

8. rel

补码形式的 8 位地址偏移量。用于相对转移指令中，偏移量以下一条指令第一字节地址
（也称当前 PC 值）为基址，地址偏移量范围为 −128 ～ +127。因为 8 位补码的最高位为符
号位，表示偏移量的数位为 7 位。所以表示负数时 8 位二进制数可以是 10000000B ～
11111111B，而补码 10000000B 的十进制数就是 −128。在表示正数时 8 位二进制数可以是
00000000B ～01111111B，而补码 01111111B 的十进制数就是 +127。

【例 4.12】　JNZ rel 指令中 rel 以补码形式表示（在 10000000B ～01111111B 之间）。

9. bit

片内 RAM 或 SFR（特殊功能寄存器）的直接位寻址的地址。

【例 4.13】　MOV C, bit 指令的功能是将 bit 所指位的内容送进位标志位 C。

例如：MOV C,00H

如图 4.7 所示。

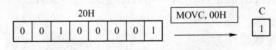

图 4.7　MOV C,00H 指令执行示意图

10. @

在间接寻址方式中，表示间接寻址寄存器的符号。

【例4.14】　MOV A，@ R0

例如：R0 的内容为 20H，记做（R0）＝20H。

20H 单元的内容为 21H，记做（20H）＝21H。

则@ R0 指向的"所需数据"就是 21H，记做（（R0））＝21H，如图 4.8 所示。

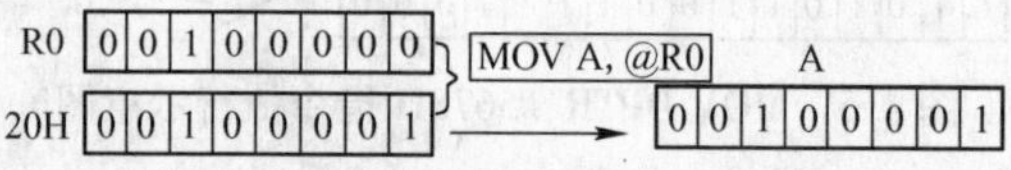

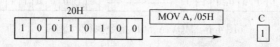

图 4.8　MOV A,@ R0 指令执行示意图

11. ／

位操作指令中，表示对该位先求反再参与操作，但不影响该位原值。

【例4.15】　MOV C,/05H 指令是将 20H 单元的 D5 位的内容求反后送到进位位 C，如图 4.9 所示。

图 4.9　MOV C,/05H 指令执行示意图

12. （X）

表示 X 中的内容，用于对指令的注释。

【例4.16】　（R7）→A 表示将 R7 中的内容送（赋值）到 A。

13. （（X））

表示由 X 所指地址单元中的内容，用于对指令的注释，特指@ R0、@ R1 和@ DPTR。

【例4.17】　MOV A,@ R0;（（R0））→A

　　　　　　MOV A,@ R1;（（R1））→A

　　　　　　MOVX A,@ DPTR;（（ DPTR ））→A

14. →

指令操作流程，将箭头左边的内容送到箭头右边的单元中，用于对指令的注释。

4.2.2　寻址方式

1. 立即寻址

在这种寻址方式中，指令中跟在操作码后面的一个字节就是实际操作数。该操作数直接参与操作，所以又称为立即数，用符号"#"表示，以区别直接地址。

【例4.18】　MOV A,#3AH;3AH→A，这条指令是把 3AH 这个数送入累加器 A 中，执行结果是（A）＝3AH。

【例4.19】　MOV DPTR,#3456H;3456H→DPTR，这条指令是把 3456H 这个数送入数据指针寄存器 DPTR 中，执行结果是（DPH）＝34H，（DPL）＝56H。

应注意以下几点。

（1）立即数只能作为源操作数。

（2）如果立即数是 8 位二进制数，对应的目的操作数应该是字节型空间。

（3）如果立即数是 16 位二进制数，对应的目的操作数应该是字型空间。

（4）在 8051 单片机的指令系统中，向数据指针 DPTR 传送的是 16 位的立即数，立即数的高 8 位送入 DPH 中，低 8 位送入 DPL 中。

2. 直接寻址

直接寻址就是在指令中包含了操作数的地址，该地址直接给出了参加运算或传送的单元地址或位地址，它可以访问内部 RAM 的 128 个字节单元、128 个位地址空间，以及特殊功能寄存器 SFR，且 SFR 和位地址空间只能用直接寻址方式来访问。

直接寻址方式可以访问的 3 种存储器空间如下。

（1）内部数据存储器的低 128 个字节单元（00H ~ 7FH），如 MOV A,20H。

20H								A							
0	1	0	0	0	1	0	0	0	0	1	1	0

（2）特殊功能寄存器。特殊功能寄存器只能用直接寻址方式进行访问，如 MOV A,SBUF。

99H								A							
0	1	0	0	0	1	1	0	0	0	1	1	0

（3）位地址空间（00H ~ 7FH），如 MOV C,20H。

24H					C
1	0	0	1	0	1

3. 寄存器寻址

寄存器寻址即指定某一可寻址的寄存器的内容为操作数。能够充当寄存器寻址的寄存器又分以下 3 种情况。

（1）在对累加器 A、数据指针寄存器 DPTR 和进位位 C 进行寻址时，具体的寄存器已隐含在其操作码中，如 MOV A,20H 对应的机器码为 E5H、20H，该指令称为双字节指令；MOV DPTR,#1234H 对应的机器码为 90H、12H、34H，该指令称为三字节指令；MOV C,20H 对应的机器码为 A2H、20H（C 也称为位寄存器），该指令称为双字节指令。

20H								A							
0	1	0	0	0	1	0	0	0	0	1	1	0

这 3 种寄存器寻址时寄存器的地址在机器码中被隐含。

（2）对于选定的 8 个工作寄存器 R0 ~ R7，可用操作码的低三位指明所用的寄存器。用户可用 PSW 中的 RS1、RS0 来选择寄存器组，再用操作码中的低三位来确定是组内的哪一个寄存器，以达到寻址的目的，如 MOV 20H,R0 对应的机器码为 88H、20H，该指令称为双字节指令。

R0								20H							
0	1	0	0	0	1	1	0	1	0	1	0	0	0	1	1	0

由于 88H = 10001000B，因此最后 3 位二进制数为 000，用其指定当前工作寄存器 R0。

（3）除 A、DPTR、C 和 R0 ~ R7 以外的特殊功能寄存器，书写时形似寄存器寻址，实质是直接寻址。

例如，MOV B,20H 对应的机器码为 85H、20H、F0H。其中，F0H 是寄存器 B 的地址。该指令称为三字节指令。

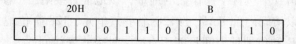

又如，MOV B,SBUF 对应的机器码为 85H、99H、F0H。其中，99H 是寄存器 SBUF 的地址。该指令称为三字节指令。

对于这种形似寄存器的寻址，实质为直接寻址的寻址方式，本教材将其归属为直接寻址。

4. 寄存器间接寻址

在寄存器间接寻址方式中，操作数所指定的寄存器中存放的不是操作数本身，而是存放操作数的地址。可用来间接寻址的寄存器有 R0、R1、堆栈指针 SP，以及 16 位的数据指针 DPTR，使用时前面加符号 @ 表示间接寻址。当访问片内 RAM 或片外 RAM 的低 256 字节时，一般用 R0 或 R1 做间接寻址寄存器；当访问片外 RAM 时，一般用 DPTR 做间接寻址寄存器，在这类指令中，由操作码的最低位指出所用的是 R0、R1 还是 DPTR。

例如：MOV A,@R1；((R1)) → (A)

该寻址方式用操作码中的最低位来指定 R0 或 R1，以达到寻址的目的。最低位为 "0" 指定 R0，最低位为 "1" 指定 R1。

该指令代码的十六进制数为 E7H，最低位为 1，表示现用寄存器为 R1。假设工作寄存器为第 0 组，R1 中存放 50H，则该指令的执行过程如图 4.10 所示。

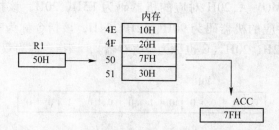

图 4.10　MOV A,@R1 指令执行示意图

又如，MOVX @ DPTR,A（DPTR 的地址为 82H，指令代码为 F0H），假设 DPTR = FFFDH，则该指令的执行过程如图 4.11 所示。

指令 MOVX @ DPTR,A 的机器码 F0H 存放在片内程序存储器中由 PC 指定的存储单元中，当 CPU 执行 F0H 指令时将累加器 A 中的内容送到片外数据存储器中由 DPTR 指定的存储单元中。

该指令访问的对象是片外数据存储器。

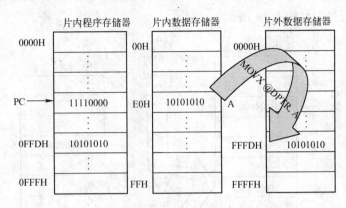

图 4.11   MOVX @ DPTR，A 指令执行示意图

5. 变址寻址

变址寻址是以某个寄存器的内容为基地址，然后在这个基地址的基础上加上地址偏移量形成真正的操作数地址。8051 单片机由 DPTR 或 PC 为基地址寄存器，由累加器 A 作为偏移量寄存器。这种寻址方式常用于查表操作。

这种寻址方式的功能是读取程序存储器中的数据并送到累加器 A 中。

【例 4.20】   MOVC A，@ A + PC，指令代码为 83H，假定 A = 15H，（PC）= 02F0H。

这条指令把 PC 中的内容和 A 中的内容相加作为 16 位程序存储器地址，再把该地址中的内容送到累加器 A 中。执行该指令的过程如图 4.12 所示。

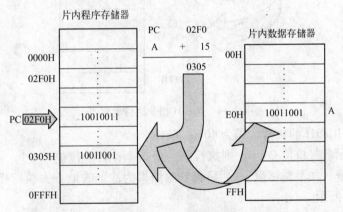

图 4.12   MOVC A，@ A + PC 指令执行示意图

【例 4.21】   MOVC A，@ A + DPTR，指令代码为 93H，假定 A = 05H，（DPTR）= 0300H。

这条指令把 DPTR 中的内容和 A 中的内容相加作为 16 位程序存储器地址，再把该地址单元中的内容送到累加器 A 中。执行该指令的过程如图 4.13 所示。

6. 相对寻址

相对寻址是将程序计数器 PC 中的当前值（该当前值实际指存放这条指令的起始地址 + 该指令的字节数）与指令第二字节给出的偏移量相加，其结果作为跳转指令的转移地址。指令第二字节给出的偏移量以补码形式给出，所转移的范围为 − 128 ~ + 127。

【例 4.22】   JC18H 的机器代码为 40H、18H。

这条指令表示若进位位 C = 0，则执行下一条指令；若进位位 C = 1，则转移到以 PC 中的当前值为基地址，加上偏移量 18H 后所得到的结果为地址的地方去执行指令。

该指令的执行过程如图4.14 所示。

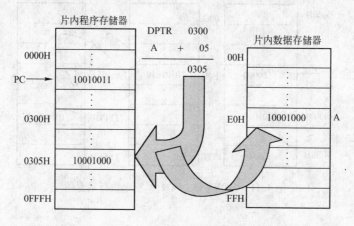

图 4.13　MOVC A,@ A + DPTR 指令执行示意图

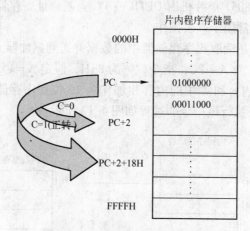

图 4.14　JC18H 指令执行示意图

【例4.23】　JCF5H 的机器代码为 40H、F5H。

这条指令表示若进位位 C = 0，则执行下一条指令；若进位位 C = 1，则转移到以 PC 中的当前值为基地址，加上偏移量 rel 后所得到的结果为地址的地方去执行指令。该指令的执行过程如图4.15 所示。

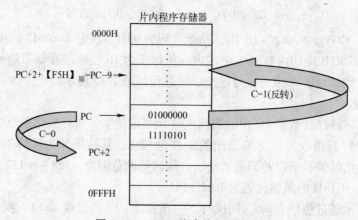

图 4.15　JCF5H 指令执行示意图

注意：当偏移量 rel 为负数时，我们可以先求取偏移量 rel 的原码，然后用当前 PC 值减去偏移量 rel 的原码，也可以用当前 PC 值直接加上偏移量 rel，做加法时应该注意 PC 值的低 8 位与偏移量 rel 相加时如果产生进位，这个进位不参与高 8 位的计算。

通常我们把偏移量 rel 为正数的转移称为正向转移，而把偏移量 rel 为负数的转移称为反向转移。

在实际工作中，有时需根据已知的当前 PC 值和目的地址计算偏移量 rel。具体计算方法如下。

正向转移时，即目的地址 > 当前地址：

$$rel = 目的地址 - 当前地址 - 2$$

反向转移时，即目的地址 < 当前地址，此时用负数的补码表示：

$$rel = (目的地址 - 当前地址 + 2)_补$$

7. 位寻址

位寻址是指对片内 RAM 的位寻址区和某些可位寻址的特殊功能寄存器进行位操作时的寻址方式。位地址与直接寻址中的字节地址形式完全一样，主要由操作码来区分，使用时应注意。

【例 4.24】　CLR 92H 指令的功能是将位地址为 92H 的这一位清零。

92H 这一位是特殊功能寄存器 P1 的 D2 位，假设指令执行前 P1 = F7H，则执行该指令后，P1 = F3H。该指令的执行过程如图 4.16 所示。

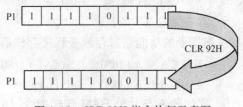

图 4.16　CLR 92H 指令执行示意图

4.3　数据传送类指令

传送类指令是指令系统中最基本、使用最多的一类指令，主要用于数据的传送、保存及交换等场合。

4.3.1　数据传送类指令简介

1. 以累加器 A 为目的操作数的指令（4 条）

这组指令的功能是把源操作数指定的内容送到累加器 A 中。

有寄存器、直接、寄存器间接和立即 4 种寻址方式：

```
MOV  A,Rn        ;(Rn) → (A)
MOV  A,data      ;(data) → (A)
MOV  A,@Ri       ;((Ri)) → (A)
MOV  A,#data     ;#data → (A)
```

2. 以寄存器 Rn 为目的操作数的指令（3 条）

这组指令的功能是把源操作数指定的内容送到所选定的工作寄存器 Rn 中，有寄存器、直接和立即 3 种寻址方式：

```
MOV  Rn,A        ;(A) → (Rn)
MOV  Rn,data     ;(dara) → (Rn)
```

　　　　MOV Rn,#data　　　;#data → (Rn)

3. 以直接地址为目的操作数的指令（5 条）

这组指令的功能是把源操作数指定的内容送到由直接地址 data 所指定的片内 RAM 中，有寄存器、直接、寄存器间接和立即 4 种寻址方式：

　　　　MOV data,A　　　　;(A) → (data)
　　　　MOV data,Rn　　　 ;(Rn) → (data)
　　　　MOV data1,data2　 ;(data2) → (data1)
　　　　MOV data,@ Ri　　 ;((Ri)) → (data)
　　　　MOV data,#data　　;#data → (data)

4. 以间接地址为目的操作数的指令（3 条）

这组指令的功能是把源操作数指定的内容送到以 Ri 中的内容为地址的片内 RAM 中，有寄存器、直接和立即 3 种寻址方式：

　　　　MOV @ Ri,A　　　　;(A) → ((Ri))
　　　　MOV @ Ri,data　　 ;(data) → ((Ri))
　　　　MOV @ Ri,#data　　;#data → ((Ri))

5. 查表指令（2 条）

这组指令的功能是对存放于程序存储器中的数据表格进行查找传送。

　　　　MOVC A,@ A + DPTR　　;((A) + (DPTR)) → (A)
　　　　MOVC A,@ A + PC　　 ;(PC) + 1 → (PC),((A) + (PC)) → (A)

6. 累加器 A 与片外 RAM 传送指令（4 条）

这组指令的功能可使累加器 A 与片外 RAM 间的数据相互传送。由于 8051 指令系统中没有专门的输入/输出指令，且片外扩展的输入/输出口与片外 RAM 是统一编址的，故以下 4 条指令也可以作为输入/输出指令。使用寄存器间接寻址方式。

　　　　MOVX A,@ DPTR　　　;((DPTR)) → (A)
　　　　MOVX @ DPTR,A　　　;(A) → ((DPTR))
　　　　MOVX A,@ Ri　　　　;((Ri)) → (A)
　　　　MOVX @ Ri,A　　　　;(A) → ((Ri))

7. 堆栈操作类指令（2 条）

该类指令的功能是把直接寻址单元的内容传送到堆栈指针 SP 所指的单元中，或者把 SP 所指单元的内容送到直接寻址单元中。

　　　　PUSH data　　;(SP) + 1 → (SP),(data) → (SP)
　　　　POP data　　 ;(SP) → (data),(SP) − 1 → (SP)

前一条指令称为进栈指令，后一条指令称为出栈指令。由于开机复位后，(SP) = 07H，故一般需重新设定 SP 的初始值。由于压进堆栈的第一个数必须存放在 (SP) + 1 所指的存储单元中，故实际的栈底为 (SP) + 1 所指的存储单元。

8. 交换指令（4 条）

该类指令的功能是把累加器 A 中的内容与源操作数所指出的数据相互交换。

有寄存器、直接和寄存器间接 3 种寻址方式：

　　　　XCH A,Rn　　　;(A) ↔ (Rn)
　　　　XCH A,data　　;(A) ↔ (data)
　　　　XCH A,@ Ri　　;(A) ↔ ((R1))

XCHD A,@Ri ;$(A_{3 \sim 0}) \leftrightarrow ((Ri) 3 \sim 0)$

9. 16 位数据传送类指令（1 条）

MOV DPTR,#data16 ;#dataH→（DPH），#dataL →（DPL）

该指令的功能是把 16 位常数送到数据指针寄存器，使用立即寻址方式。译成机器码时，高位字节在前，低位字节在后。

4.3.2 传送类指令应用举例

【例 4.25】 MOV R2,45H

假定 RS1 =0、RS0 =1，那么 R2 的地址为 0AH。

假定（45H）=88H，执行该指令后结果为（0AH）=88H，（45H）=88H（不变）。

该指令的执行过程如图 4.17 所示。

【例 4.26】 MOV 0AH,45H

如果 data1 =0AH、data2 =45H、（45H）= AAH，则执行该指令后结果为

（0AH）= AAH、（45H）= AAH（不变）。

该指令的执行过程如图 4.18 所示。

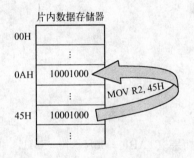

图 4.17 MOV R2,45H 指令执行示意图

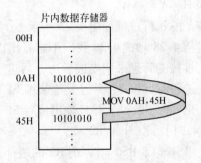

图 4.18 MOV 0AH,45H 指令执行示意图

【例 4.27】 MOV @R0,45H

假定 RS1 =1、RS0 =1，则 R0 的地址为 18H。如果（45H）=66H，执行该指令后的结果为（18H）=66H、（45H）=66H（不变）。

该指令的执行过程如图 4.19 所示。

【例 4.28】 MOVC A,@A +PC

本指令为单字节指令，代码 83H。

假定 PC =0234H，则当前 PC =0235H（指令为单字节）。如果 A =06H，则源操作数的地址 =0235H +06H =023BH。

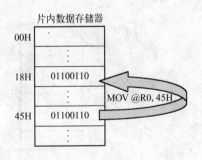

图 4.19 MOV @R0,45H 指令执行示意图

如果（023BH）=55H，执行该指令后的结果为 A =55H、（023BH）=55H（不变）。

该指令的执行过程如图 4.20 所示。

【例 4.29】 PUSH A

假定（SP）=68H、A =9AH，则执行该指令后的结果为（69H）=9AH、A =9AH（不变）、（SP）=69H。

该指令的执行过程如图 4.21 所示。

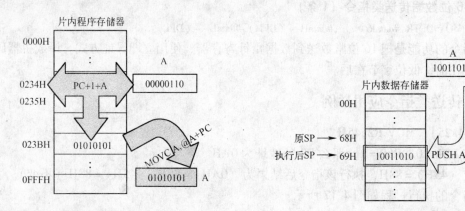

图 4.20　MOVC A,@A+PC 指令执行示意图　　　　图 4.21　PUSH A 指令执行示意图

【例 4.30】　POP A

假定（SP）=69H、（69H）=9AH，执行该指令后的结果为（69H）=9AH（不变）、（SP）=68H、A=9AH。

该指令的执行过程如图 4.22 所示。

通过例 4.28 和例 4.29 我们不难看出以下几点。

（1）堆栈的管理采用先进后出，后进先出。

（2）进栈时 SP+1，并且是进栈前 SP+1。

（3）出栈时 SP-1，并且是出栈后 SP-1。

【例 4.31】　XCH A,R2

假定 RS1=1、RS0=1，则 R2 的地址为 1AH。如果（1AH）=66H、A=55H，则执行该指令后的结果为 A=66H、（1AH）=55H。

该指令的执行过程如图 4.23 所示。

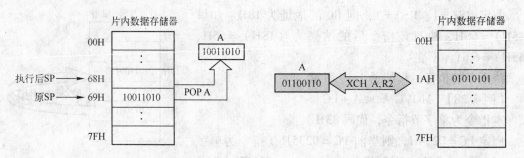

图 4.22　POP A 指令执行示意图　　　　　　图 4.23　XCH A,R2 指令执行示意图

【例 4.32】　XCHD A,@R1

假定 RS1=1、RS0=1，则 R1 的地址为 19H。

如果（19H）=F0H、A=0FH，则执行该指令后的结果为 A=00H、（19H）=FFH。

该指令的执行过程如图 4.24 所示。

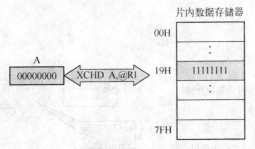

图 4.24 XCHD A,@ R1 指令执行示意图

4.4 算术运算类指令

算术运算类指令主要完成加、减、乘、除四则运算，以及加 1、减 1、BCD 码的运算和调整等。除加 1、减 1 运算外，这类指令大多数要影响到程序状态字寄存器 PSW。虽然算术逻辑单元 ALU 仅能对 8 位无符号整数进行运算，但利用进位位 C，可进行多字节无符号整数的运算。利用溢出标志，还可以方便地对带符号数进行补码运算。

4.4.1 算术指令介绍

1. 加法指令（4 条）

```
ADD A,#data      ;(A) + #data →(A)
ADD A,data       ;(A) + (data) → (A)
ADD A,@ Ri       ;(A) + ((Ri)) → (A)
ADD A,Rn         ;(A) + (Rn) → (A)
```

以上指令可把立即数、直接地址、间接地址，以及工作寄存器的内容与累加器 A 中的内容相加，结果送到 A 中。

【例 4.33】 ADD A,45H

假定 A = AAH、(45H) = 55H，则执行该指令后的结果为 A = FFH、(45H) = 55H（不变）。

该指令的执行过程如图 4.25 所示。

2. 带进位加法指令（4 条）

```
ADDC A,#data     ;(A) + #dat9 + (C)→(A)
ADDC A,data      ;(A) + (data) + (C)→(A)
ADDC A,@ Ri      ;(A) + ((Ri)) + (C)→(A)
ADDC A,Rn        ;(A) + (Rn) + (C)→(A)
```

以上指令除了需考虑进位位外，和前面的一般加法指令完全相同。

【例 4.34】 ADDC A,45H

假定 A = AAH、(45H) = 9AH、C = 1，则执行该指令后的结果为 A = 45H、(45H) = 9AH（不变）、C = 1。

该指令的执行过程如图 4.26 所示。

3. 带借位减法指令（4 条）

```
SUBB A,#data     ;(A) -#data - (C) →(A)
```

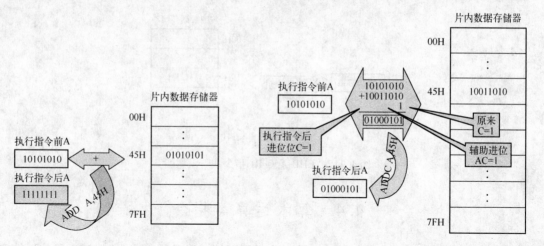

图 4.25　ADD A,45H 指令执行示意图　　　图 4.26　ADDC A,45H 指令执行示意图

SUBB A,data 　　;(A) － (data) － (C) →(A)
SUBB A,@ Ri 　　;(A) － ((Ri)) － (C) →(A)
SUBB A,Rn 　　;(A) － (Rn) － (C) → (A)

以上指令把立即数、直接地址、间接地址，以及工作寄存器的内容和借位位 C 与累加器 A 中的内容相减，结果送入累加器 A 中。在上述操作中，C＝1 表示有借位，C＝0 表示无借位。

【例 4.35】　SUBB A,45H

假定 A＝87H、（45H）＝9AH、C＝1，则执行该指令后的结果为 A＝ECH、（45H）＝9AH（不变）。

该指令的执行过程如图 4.27 所示。

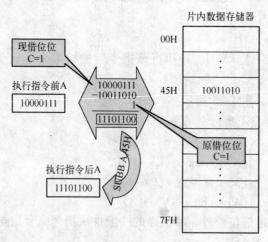

图 4.27　SUBB A,45H 指令执行示意图

注意：

（1）做加减法时要影响到 PSW 中的状态位。

两字节相加产生进位时 C＝1，否则 C＝0；两字节相减产生借位时 C＝1，否则 C＝0。

结果出现错误时 OV＝1，否则 OV＝0。

两字节相加时，低 4 位产生进位时 AC＝1，否则 AC＝0。

当运算结果中含奇数个"1"时，P=1，否则P=0。

（2）进位位C在做加法运算时为进位位，做减法运算时为借位位。

（3）OV=1表示在带符号数相减时，从一个正数中减去一个负数结果为负数，或从一个负数中减去一个正数结果为正数的错误情况。

（4）做加减法时，溢出标志由运算时和或差的第6、7位状态"异或"而得。

（5）低字节相减时，必须先将借位位C清零。

4. 乘法指令（1条）

$$\text{MUL AB} \quad ;(A)\times(B)\rightarrow\begin{cases}(B)_{8\sim15} \text{积的高8位}\\(A)_{0\sim7} \text{积的低8位}\end{cases}$$

这条指令的功能是把累加器A和寄存器B中的8位无符号整数相乘，所得的16位乘积的低8位存放在A中，高8位存放在B中。若乘积大于FFH，则溢出标志OV=1，否则OV=0，乘法运算总是使进位标志C=0。

【例4.36】　MUL AB

假定A=22H、B=14H，则执行该指令后结果为A=A8H、B=02H。

该指令的执行过程如图4.28所示。

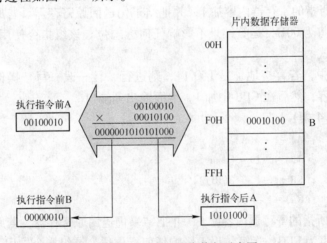

图4.28　MUL AB指令执行示意图

5. 除法指令（1条）

$$\text{DIV AB} \quad ;(A)/(B)\rightarrow\begin{cases}(A) \text{ 商}\\(B) \text{ 余数}\end{cases}$$

这条指令的功能是把累加器A中的8位无符号整数除以寄存器B中的8位无符号整数的结果送到A中，余数送到B中。除法运算总是使C和OV清零。

若除数（B中内容）为00H，则执行结果为不定值，此时，OV=1，表示除法溢出。

【例4.37】　DIV AB

假定A=22H、B=0FH，则执行该指令后的结果为A=02、B=04H。该指令的执行过程如图4.29所示。

6. 加1指令（5条）

```
INC A        ;(A)+1→(A)
INC data     ;(data)+1→(data)
INC @Ri      ;((Ri))+1→((Ri))
```

```
INC Rn          ;(Rn) + 1 → (Rn)
INC DPTR        ;(DPTR) + 1 → (DPTR)
```

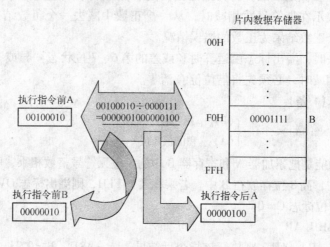

图 4.29　DIV AB 指令执行示意图

　　INC 指令可将所指的寄存器内容加 1，并把结果仍送回原寄存器。若原来寄存器的内容为 FFH，则加 1 后将为 00H，运算结果不影响任何标志位。该组指令使用了直接、寄存器、寄存器间接寻址方式。

　　在第二条指令中，若直接地址是 I/O 口，则进行"读—改—写"操作。其功能是先读入端口锁存器的内容，然后在 CPU 中加 1，继而输出到端口。

7. 减 1 指令（4 条）

```
DEC A           ;(A) - 1 → (A)
DEC data        ;(data.) - 1 → (data)
DEC @ Ri        ;((Ri)) - 1 → ((Ri))
DEC Rn          ;(Rn) - 1 → (Rn)
```

　　DEC 指令可将所指的寄存器内容减 1，并把结果仍送回原寄存器。若原来寄存器的内容为 00H，则减 1 后将为 FFH，运算结果不影响任何标志位。该组指令使用了直接、寄存器和寄存器间接寻址。

　　同加 1 指令一样，在第二条指令中，若直接地址是 I/O 口，则进行"读—改—写"操作。

8. 十进制数调整指令（1 条）

DA A

　　这条指令是在进行 BCD 码运算时，跟在 ADD 和 ADDC 指令之后的，它可对相加后存放在累加器 A 中的结果进行修正。

　　修正的条件和方法如下。

　　若 $(A_{0\sim3}) > 9$ 或 $(AC) = 1$，则 $(A_{0\sim3}) + 6H \to (A_{0\sim3})$。

　　若 $(A_{4\sim7}) > 9$ 或 $(CY) = 1$，则 $(A_{4\sim7}) + 6H \to (A_{4\sim7})$。

　　若以上两条同时发生，或高 4 位虽等于 9，但低 4 位数修正后有进位，则应加 66H 修正。

　　以上讨论的修正情况是由 ALU 硬件中的十进制数修正电路自动进行的，用户不必考虑

何时该加 "6"，使用时只需在 ADD 和 ADDC 后面紧跟一条 DA A 指令即可。

【例4.38】 如果 A＝56H、B＝49H，观察执行下列程序的结果。

  ADD A,B

  DA A

该指令的执行过程如图 4.30 所示。

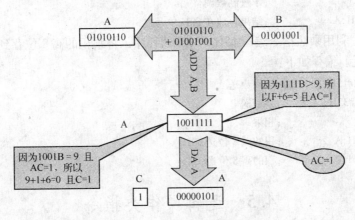

图 4.30 DA A 指令执行示意图

4.4.2 算术运算指令编程举例

【例4.39】 利用 ADDC 指令进行多字节加法运算。

设双字节加法中，被加数存放在 30H、31H 单元，加数存放在 40H、41H 单元，和存放在 50H、51H 单元，编程如下：

MOV A,30H	;取低字节被加数
ADD A,40H	;低位字节相加
MOV 50H,A	;结果送 50H 单元
MOV A,31H	;取高字节被加数
ADDC A,41H	;加高字节和低位来的进位
MOV 51H,A	;结果送 51H 单元

【例4.40】 利用 SUBB 指令进行两字节的减法运算。

设被减数存放在 30H、31H 单元中，减数存放在 40H、41H 单元中，差存放在 50H、51H 单元中，编程如下：

MOV A,30H	;被减数低字节送 A
CLR C	;低字节减无借位 C 清零
SUBB A,40H	;低位字节相减
MOV 50H,A	;结果送 50H 单元
MOV A,31H	;被减数高字节送 A
SUBB A,41H	;高位字节相减
MOV 51H,A	;结果送 51H 单元

【例4.41】 利用十进制数加法调整指令做十进制数减法运算（应采用补码相加的方法，用 9AH 减去减数即得以 10 为模的减数补码）。

设被减数以 BCD 码存放在 30H 单元，减数以 BCD 码存放在 40H 单元，结果以 BCD 码存放在 50H 单元，编程如下：

```
CLR C              ;清进位位
MOV A,#9AH         ;求减数补码
SUBB A,40H
ADD A,30H          ;与补码相加
DA A               ;十进制数调整
MOV 50H,A          ;结果存放在 50H 单元
```

【例 4.42】　利用乘法指令编写 15H×33H 的程序，将乘积的高 8 位存到 31H 单元，低 8 位存到 30H 单元。编程如下：

```
MOV A,#15H         ;被乘数送 A
MOV B,#33H         ;乘数送 B
MUL AB             ;相乘
MOV 30H,A          ;积的低 8 位送 30H
MOV 31H,B          ;积的高 8 位送 31H
```

4.5　逻辑操作类指令

逻辑操作类指令共有 25 条，有与、或、异或、求反、左右移位、清零等逻辑操作，对应的寻址方式有直接、寄存器和寄存器间接寻址。该类指令的执行一般不影响 PSW。

4.5.1　逻辑操作类指令介绍

1. 循环移位指令（4 条）

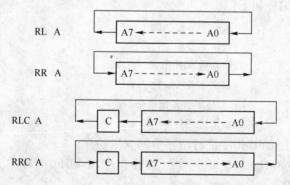

前两条指令的功能分别是将累加器 A 的内容循环左移或右移一位，后两条指令的功能分别是将累加器 A 的内容连同进位位 CY 一起循环左移或右移一位。

2. 累加器半字节交换指令（1 条）

```
SWAP A       ;(A_{0~3}) ⟺ (A_{4~7})
```

这条指令的功能是将累加器 A 的高低两个半字节交换。如（A）=56H，执行指令 SWAP A 后，结果（A）=65H。

3. 求反指令（1 条）

```
CPL A        ;(Ā)→(A)
```

这条指令的功能是将 A 的内容求反，如（A）=AAH，执行 CPL A 后，结果（A）=55H。

4. 清零指令 (1 条)

CLR A ;0→(A)

这条指令的功能是将 A 的内容清零。无论（A）原先是什么，执行 CLR A 后，结果总是（A）=0。

5. 逻辑与指令 (6 条)

ANL A,#data	;(A) ∧ #data→(A)
ANL data,#data	;(data) ∧ #data → (data)
ANL A,Rn	;(A) ∧ (Rn)→(A)
ANL A,data	;(A) ∧ (data)→(A)
ANL data,A	;(data) ∧ (A)→(data)
ANL A,@ Ri	;(A) ∧ ((Ri))→(A)

这组指令的功能是将两个字节的对应位按位进行与逻辑运算，并将结果存放在目的操作数所指定的存储单元中。

与逻辑运算操作的规则是有 0 则 0、无 0 则 1。

【例 4.43】 ANL A,45H

其中 A = 55H、（45H）= AAH，执行结果 A =00H、（45H）= AAH（不变）。

该指令的执行过程如图 4.31 所示。

这组指令的第二条和第五条指令中，若直接地址正好是 I/O 口，则也是"读—改—写"操作。

```
A      0 1 0 1 0 1 0 1
∧ 45H  1 0 1 0 1 0 1 0
       0 0 0 0 0 0 0 0
```

图 4.31 ANL A,45H 指令执行示意图

6. 逻辑或指令 (6 条)

ORL A,#data	;(A) ∨ #data → (A)
ORL data,#data	;(data) ∨ #data → (dala)
ORL A,Rn	;(A) ∨ (Rn) → (A)
ORL A,data	;(A) ∨ (data) → (A)
ORL data,A	;(data) ∨ (A) → (data)
ORL A,@ Ri	;(A) ∨ ((Ri)) → (A)

这组指令的功能是将两个字节的对应位按位进行或逻辑运算，并将结果存放在目的操作数所指定的存储单元中。

或逻辑运算操作的规则是有 1 则 1、无 1 则 0。

【例 4.44】 ORL A,45H

其中 A = 55H、（45H）= AAH，执行结果 A = FFH、（45H）= AAH（不变）。

该指令的执行过程如图 4.32 所示

这组指令的第二条和第五条也具有"读—改—写"功能。

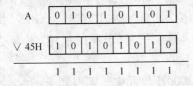

```
A      0 1 0 1 0 1 0 1
∨ 45H  1 0 1 0 1 0 1 0
       1 1 1 1 1 1 1 1
```

图 4.32 ORL A,45H 指令执行示意图

7. 逻辑异或指令 (6 条)

XRL A,#data	;(A) ⊽# data → (A)
XRL data,#data	;(data) ⊽# data → (data)
XRL A,Rn	;(A) ⊽ (Rn) → (A)
XRL A,data	;(A) ⊽ (data) → (A)

```
XRL data,A          ;(data) ∀(A) → (data)
XRL A,@ Ri          ;(A) ∀ ((Ri)) → (A)
```

这组指令的功能是将两个字节的对应位按位进行异或逻辑运算，并将结果存放在目的操作数所指定的存储单元中。

异或逻辑运算操作的规则是相同为 0、不同为 1。

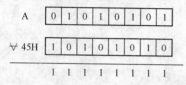

图 4.33　XRL A,45H 指令执行示意图

【例 4.45】　XRL A,45H

其中 A = 55H、（45H）= AAH，执行结果 A = FFH、（45H）= AAH（不变）。

该指令的执行过程如图 4.33 所示。

同样，这组指令的第二条和第五条也具有"读—改—写"功能。

4.5.2　逻辑操作类指令应用举例

【例 4.46】　利用左移指令对累加器 A 中的内容进行乘 8 操作。设（A）= 01H，编程如下：

```
RL A          ;02H →(A)
RL A          ;04H →(A)
RL A          ;08H →(A)
```

【例 4.47】　利用右移指令对累加器 A 中的内容进行除 8 操作。设（A）= 08H，编程如下：

```
RR A          ;04H →(A)
RR A          ;02H →(A)
RR A          ;01H → (A)
```

【例 4.48】　设 P1 中内容为 AAH，A 中内容为 15H，执行下列程序：

```
ANL P1,#0F0H          ;(P1) = A0H
ORL P1,#0FH           ;(P1) = AFH
XRL P1,A              ;(P1) = BFH
```

从上例可见，逻辑操作是按位进行的，所以"ANL"操作常用来屏蔽字节中的某些位，要保留的位用"1"去"与"，要清除的位用"0"去"与"。"ORL"操作常用来对字节中的某些位置"1"，要保留的位用"0"去"或"，要置 1 的位用"1"去"或"。"XRL"操作常用来对字节中的某些位求反，要保留的位用"0"去"异或"，要求反的位用"1"去"异或"。

【例 4.49】　把累加器 A 中的低 4 位送到外部 RAM 的 2000H 单元中，编程如下：

```
MOV DPTR,#2000H      ;#2000H → (DPTR)
ANL A,#0FH           ;(A) ∧ #0FH → (A)
MOVX @ DPTR,A        ;(A) →(( DPTR))
```

4.6　控制转移类指令

控制转移类指令用于控制程序的走向，故其作用区间是程序存储器空间。

利用具有 16 位地址的长调用、长转移指令可对 64KB 程序存储器的任意地址单元进行访问，也可用具有 11 位地址的绝对调用和绝对转移指令，访问 2KB 的空间。另外，还有在一页范围内的短相对转移，以及许多条件转移指令，这类指令一般不影响标志位。下面分别进行介绍。

4.6.1　控制转移类指令介绍

1. 无条件转移指令（4 条）

LJMP addr 16　　;addr 16→(PC)

AJMP addr 11　　;(PC) +2 →(PC),addr 11 →($PC_{0～10}$),($PC_{11～15}$)不变

SJMP rel　　　　;(PC) +2 + rel →(PC)

JMP @A + DPRT　;(A) +(DPRT)→(PC)

上述指令的功能是当程序执行完该指令时，无条件地转到指令所提供的地址上去。

第一条指令称为长转移指令，指令提供 16 位目标地址，将指令中第二字节和第三字节地址码分别装入 PC 高 8 位和低 8 位中，所以无条件转移的目标地址范围是 64KB 空间。

【例 4.50】　LJMP 2000H

该指令的机器码为 02H、20H、00H，执行该指令是使（PC）= 2000H，即程序转到2000H 处执行。

该指令的执行过程如图 4.34 所示

第二条指令称为绝对转移指令，指令提供 11 位目标地址，所以无条件转移的目标地址范围是从下一条指令开始的 2KB 空间。指令的操作码与转移地址的第 8～10 位有关，每一条操作码可分别对应 32 个区中的相应页号（64KB 存储空间划分成 32 个区），每个区为2KB，由操作码的高 3 位指出是 2KB 中的哪一页。

下面通过一个实例加以说明。

【例 4.51】　假定（PC）= 0000H，执行 AJMP BRAN，而 BRAN 所在地址为 0625H。

AJMP BRAN 为双字节指令，机器码为 C1H、25H。

该指令的执行过程如图 4.35 所示。

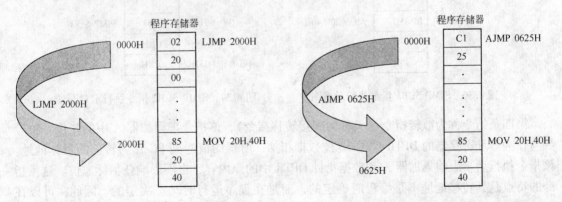

图 4.34　LJMP 2000H 指令执行示意图　　　　图 4.35　AJMP BRAN 指令执行示意图

第三条指令称为相对转移指令，指令控制程序无条件转向指定地址。该指令的 rel 是一个用补码表示的相对偏移量，范围为 −128 ～ +127。负数表示向后转移，正数表示向前转移。这条指令的优点是指令给出的是相对转移地址，不具体指出地址值，这样，当程序地址发生变化时，只要相对地址不发生变化，该指令就不需做任何改动。

【例 4.52】　SJMP rel　　;（PC）+2 + rel →（PC）

执行这条指令，与 PC 的当前值密切相关。

例如，PC = 0000H，执行 SJMP SUB1，SUB1 代表地址 0025H，那么指令的机器码为 80H、23H，其中操作码为 80H，偏移量 rel = 23H。当前 PC 值 = 0000H（存放指令代码的首字节的地址）+2（指令的字节数）= 0002H，目标地址 = 0025H，偏移量 rel = 目标地址 − 当前 PC 值 = 0025H − 0002H = 23H，23H 的补码就是其本身。

该指令的执行过程如图 4.36 所示。

从执行过程中不难看出，程序的下一步是进入 0025H 处执行。

rel 是目标地址与当前地址的差值的补码，由汇编语言在汇编过程中自动计算偏移地址。在手工汇编时，可用下式计算偏移地址：

目标地址 = 当前地址 + 偏移量

由此可见，当目标地址 > 当前地址时，偏移量 > 0（称为正转）；

　　　　　　当目标地址 < 当前地址时，偏移量 < 0（称为反转）。

由于正数的补码是它自己，负数的补码是其反码 +1，所以 rel =（目的地址 − 当前地址）$_{补}$。

【例 4.53】　PC = 0035H，执行 SJMP SUB2，SUB2 为 0002H，那么指令的机器码为 80H、CBH，其中操作码为 80H，偏移量 rel = BCH。当前 PC 值 = 0035H（存放指令代码的首字节的地址）+2（指令的字节数）= 0037H，目标地址 = 0002H，偏移量 rel = 目标地址 − 当前 PC 值 = 0002H − 0037H = −35H。我们不难求出 −35H 的补码为 CBH。

该指令的执行过程如图 4.37 所示。

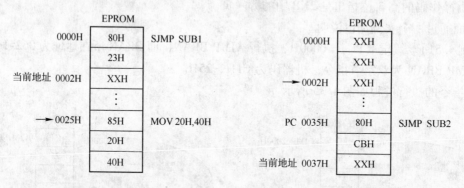

图 4.36　SJMP SUB1 指令执行示意图　　　图 4.37　SJMP SUB2 指令执行示意图

第四条指令称为散转指令（又称为间接转移指令），该指令把累加器 A 中的 8 位无符号数与作为基址寄存器的 DPTR 中的 16 位数据相加，所得的值送到 PC 作为转移的目标地址。该指令执行后不影响累加器 A 和数据指针 DPTR 中的原内容，也不影响任何标志位。这条指令的特点是其转移地址不是编程时确定的，而是在程序运行时动态决定的。因此，可以在 DPTR 中装入多条转移程序的首地址，而由累加器 A 中的内容来动态选择该时刻应转向哪一条分支程序。

【例 4.54】　PC = 1000H，DPTR = 2000H，A = 02H。

　　JMP @ A + DPRT　　　;（A）+（DPRT）→（PC）

该指令的执行过程如图 4.38 所示。

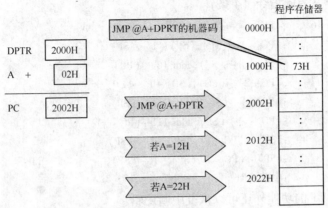

图 4.38　JMP @ A + DPRT 指令执行示意图

2. 条件转移指令（8 条）

JZ rel	;A = 0:(PC) + 2 + rel →(PC)
	;A≠0:(PC) + 2 →(PC)
JNZ rel	;A≠0:(PC) + 2 + rel →(PC)
	;A = 0:(PC) + 2 →(PC)
CJNE A,date,rel	;(A) = (date):(PC) + 3 →(PC),0 →(C)
	;(A) > (date):(PC) + 3 + rel →(PC),0 →(C)
	;(A) < (date):(PC) + 3 + rel →(PC),1 →(C)
CJNE A,# date,rel	;(A) = #date:(PC) + 3 →(PC),0 →(C)
	;(A) > #date :(PC) + 3 + rel →(PC),0 →(C)
	;(A) < #date :(PC) + 3 + rel →(PC),1 →(C)
CJNE Rn,# date,rel	;(Rn) = #date :(PC) + 3 →(PC),0 →(C)
	;(Rn) > #date :(PC) + 3 + rel →(PC),0 →(C)
	;(Rn) < #date :(PC) + 3 + rel →(PC),1 →(C)
CJNE @ Ri,# date,rel	;((Ri)) = #date :(PC) + 3 →(PC),0 →(C)
	;((Ri)) > #date :(PC) + 3 + rel →(PC),0 →(C)
	;((Ri)) < #date :(PC) + 3 + rel →(PC),1 →(C)
DJNZ Rn,rel	;(Rn) − 1 →(Rn),(Rn)≠0:(PC) + 2 + rel →(PC)
	;(Rn) = 0:(PC) + 2 →(PC)
DJNZ date,rel	;(date) − 1 →(date)
	;(date)≠0:(PC) + 3 + rel →(PC)
	;(date) = 0:(PC) + 3 →(PC)

　　上述指令的执行满足某种特定条件的转移，即其目标地址在以下一条指令的起始地址为中心的 256KB 范围内（−128 ~ +127）（rel 的算法与相对转移指令相同）。

　　第一条和第二条指令通过判别累加器 A 中的内容是否为 0，来确定是顺序执行还是转移。

　　第三条至第六条是比较转移指令，该指令可比较前面两个操作数的大小，如果它们的值不相等则转移，相等则继续执行。指令执行后要影响到进位位 C，若操作数 1 小于操作数 2，则 C = 1；若操作数 1 大于操作数 2，则 C = 0。

3. 调用子程序及返回指令（4 条）

LCALL addr 16　　　;$(PC+3) \rightarrow (PC),(SP)+1 \rightarrow (SP)$

　　　　　　　　　　;$(PC_{0\sim7}) \rightarrow (SP),(SP)+1 \rightarrow (SP)$

　　　　　　　　　　;$(PC_{8\sim15}) \rightarrow (SP),addr\ 16 \rightarrow (PC)$

ACALL addr 11　　　;$(PC+2) \rightarrow (PC),(SP)+1 \rightarrow (SP)$

　　　　　　　　　　;$(PC_{0\sim7}) \rightarrow (SP),(SP)+1 \rightarrow (SP)$

　　　　　　　　　　;$(PC_{8\sim15}) \rightarrow (SP),addr\ 11 \rightarrow (PC_{0\sim10})$

RET　　　　　　　　;$(SP) \rightarrow (PC_{8\sim15}),(SP)-1 \rightarrow (SP)$

　　　　　　　　　　;$(SP) \rightarrow (PC_{0\sim7}),(SP)-1 \rightarrow (SP)$

RETI　　　　　　　　;中断返回

RETI 除具有 RET 的功能外还可以恢复中断逻辑。

在程序设计中，经常需要对某段程序反复执行。为了减少程序的编写量，以及避免浪费不必要的地址空间，引入了主程序和子程序的概念。通常把某一段需反复调用的程序称为子程序，子程序的最后一条指令为返回主程序指令（RET），而对具有调用子程序功能的指令称为调用程序。

第一条指令为长调用指令，与 LJMP 一样提供 16 位地址，可调用 64KB 范围内的子程序。由于其为三字节指令，所以执行时首先将（PC+3）→（PC），以获得下一条指令的地址，并把此时的 PC 内容压入堆栈，作为返回地址，然后把目标地址 addr16 装入 PC，转去执行子程序。

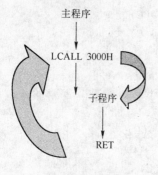

图 4.39　LCALL 3000H
指令执行示意图

【例 4.55】　1000H:LCALL 3000H;PC = 1000H

该指令的执行过程如图 4.39 所示。

第一步：PC + 3 = 1000H + 3 = 1003H 送到 PC。

第二步：PC 值（1003H）进栈保存。

第三步：将 addr16 = 3000H 送到 PC。

第四步：执行 3000H 开始的子程序。

第五步：遇到子程序中的 RET 指令后将堆栈里的 1003H 送到 PC。

第六步：回到 1003H 处继续执行主程序。

第二条指令称为绝对调用指令，该指令提供 11 位目标地址，限制在 2KB 范围内调用，由于是双字节指令，所以执行时将（PC+2）→（PC），以获得下一条指令的地址，然后把该地址压入堆栈作为返回地址。其操作码的形式与 AJMP 指令相同。

我们知道，PC 是执行程序关键所在，PC 提供的是 16 位地址，绝对调用指令只提供 11 位地址，那么如何解决这个问题呢？

为了解决这个问题，我们引进页面的概念。

单片机的程序存储器地址是 16 位，提供 64KB 存储单元地址。为了寻址方便，将 64KB 存储单元分成 256 页，每页 256 个存储单元。

8 位页面地址可指定 256 个页面（即 00H ~ FFH 页面）。

8 位页内地址可指定 256 个存储单元地址（即 00H ~ FFH 存储单元）。

那么，256 个存储单元 × 256（页面）= 65 535 个存储单元，简称 64KB。

例如，"0000000000000000" 该地址指向 0 页 0 单元，合起来写成十六进制数就是

0000H；"0000000000000001" 该地址指向 0 页 1 单元，合起来写成十六进制数就是 0001H；"0000000100000011" 该地址指向 1 页 3 单元，合起来写成十六进制数就是 0103H；"1000000010001000" 该地址指向 80H 页 88H 单元，合起来写成十六进制数就是 8088H。

ACALL 和 AJMP 指令机器码的确定方法如图 4.40 所示。

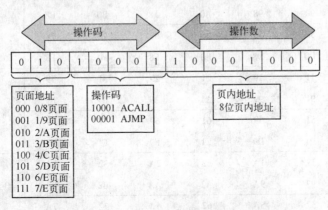

图 4.40 ACALL 和 AJMP 指令机器码的确定方法

绝对转移指令是双字节指令共 16 位，其中页面地址和页内地址占用 11 位（D0～D7 和 D13～D15），操作码占 5 位（D8～D12）。在操作码中 D12 =1 表示绝对操作，D8 =1 表示绝对调用，D8 =0 表示绝对转移。

例如，执行指令 1000H：ACALL 0288H，该指令的机器码为 51H、88H，形成绝对调用的目标地址的方法如图 4.41 所示。

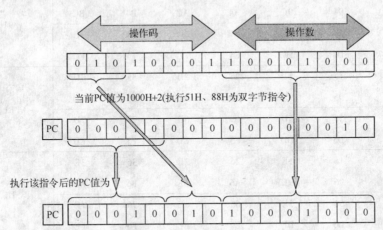

图 4.41 形成绝对调用的目标地址的方法示意图

新形成的调用目标地址由 3 部分组成：

(1) PC 中的高 5 位保持不变；

(2) 操作码中的高 3 位（页面地址）；

(3) 操作数的 8 位（页内地址）。

形成绝对转移的目标地址的方法与形成绝对调用的目标地址的方法完全一样。

由于 ACALL 和 AJMP 的唯一区别是机器码中的 D8 =1 还是 D8 =0，而页面地址和页内地址完全相同，所以二者的操作码与页面有固定的对应关系，如表 4.1 所示。

表4.1　AJMP 和 ACALL 指令操作码与页面关系

子程序入口转移地址页面号								操作码 ACALL	AJMP
00	08	10	18	20	28	30	38		
80	88	90	98	A0	A8	B0	B8	11	01
40	48	50	58	60	68	70	78		
C0	C8	D0	D8	E0	E8	F0	F8		
01	09	11	19	21	29	31	39		
81	89	91	99	A1	A9	B1	B9	31	21
41	49	51	59	61	69	71	79		
C1	C9	D1	D9	E1	E9	F1	F9		
02	0A	12	1A	22	2A	32	3A		
82	8A	92	9A	A2	AA	B2	BA	51	41
42	4A	52	5A	62	6A	72	7A		
C2	CA	D2	DA	E2	EA	F2	FA		
03	0B	13	1B	23	3B	33	3B		
83	8B	93	9B	A3	AB	B3	BB	71	61
43	4B	53	5B	63	6B	73	7B		
C3	CB	D3	DB	E3	EB	F3	FB		
04	0C	14	1C	24	2C	34	3C		
84	8C	94	9C	A4	AC	B4	BC	91	81
44	4C	54	5C	64	6C	74	7C		
C4	CC	D4	DC	E4	EC	F4	FC		
05	0D	15	1D	25	2D	35	3D		
85	8D	95	9D	A5	AD	B5	BD	B1	A1
45	4D	55	5D	65	6D	75	7D		
C5	CD	D5	DD	E5	ED	F5	FD		
06	01	16	1E	26	2E	36	3E		
86	8E	96	9E	A6	AE	B6	BE	D1	C1
46	4E	56	5E	66	6E	76	7E		
C6	CE	D6	DE	E6	EE	F6	FE		
07	0F	1E	1F	27	2F	37	3F		
87	8F	97	9F	A7	AF	B7	BF	F1	E1
47	4F	57	5F	67	6F	77	7F		
C7	CF	D7	DF	E7	EF	F7	FF		

　　第三条指令称为返回指令，表示子程序结束需返回主程序，所以执行该指令时，分别从堆栈中弹出调用子程序时压入的返回地址。

　　第四条指令称为中断返回指令，该指令的执行过程类似指令 RET，但其还能恢复中断逻辑，RETI 和 RET 不能互换使用。

4. 空操作指令（1 条）

NOP ;(PC+1)→(PC)

空操作指令除了 PC 加 1 外，CPU 不进行任何操作，而转向下一条指令去执行。这条指令常用于产生一个机器周期的延时。

4.6.2 控制转移类指令应用举例

【例 4.56】 软件延时 1s 子程序，设晶振频率为 6MHz（即每个机器周期为 2μs）。

```
DELY:MOV 22H,#05H
L3:MOV 23H,#64H
L2:MOV 24H,#0C8H
L1:NOP
   NOP
   NOP
   DJNZ 24H,L1
   DJNZ 23H,L2
   DJNZ 22H,L3
   RET
```

其中，内层循环 L1 的时间为 $200 \times 10\mu s$（内层循环 1 次需 5 个机器周期），中间层循环 L2 为 100 次，外层循环为 5 次。总延时为 $200 \times 10 \times 100 \times 5 = 1\,000\,000\mu s$。

【例 4.57】 利用散转指令，要求当（A）=0 时转处理程序 G0，（A）=1 时转处理程序 G1，（A）=n 时转处理程序 Gn（n=0，1，2，3，…）。

编程如下：

```
         MOV DPRT,#TABLE       ;表首址送 DPRT
         JMP @A+DPRT           ;以 A 中内容为偏移量跳转
TABLE:   AJMP G0               ;(A)=0,转 G0 处执行
         AJMP G1               ;(A)=1,转 G1 处执行
         AJMP Gn               ;(A)=n,转 Gn 处执行
G0:……
G1:……
    ⋮
    ⋮
    ⋮
GN:……
```

【例 4.58】 利用 NOP 指令产生方波，从 P1.0 输出。

```
HARE:CLR P1.0        ;P1.0 清零
     NOP             ;空操作
     NOP
     NOP
     NOP
     SETB P1.0       ;P1.0 置 1
     NOP             ;空操作
     NOP
     SJMP HARE       ;无条件转移到程序开始地方
```

4.7　位操作类指令

位操作类指令共有 17 条，均以位为操作对象，分别完成位传送、位状态控制、位逻辑运算和位条件转移等功能。

4.7.1　位操作类指令介绍

1. 位数据传送指令（2 条）

```
MOV C,bit        ;(bit)→(C)
MOV bit,C        ;(C)→(bit)
```

上述指令把源操作数指定的位变量传送到目的操作数指定的单元中。第二条指令若是对 I/O 的位进行操作，则为"读—改—写"操作。

2. 位状态控制指令（6 条）

```
CLR C            ;0 →(C)
CLR bit          ;0 →(bit)
CPL C            ;(C̄)→(C)
CPL bit          ;(bit̄)→(bit)
SETB C           ;1 →(C)
SETB bit         ;1 →(bit)
```

上述指令的功能是分别对进位标志和直接寻址位进行清零、求反及置 1，当对直接位地址是 I/O 口的位进行操作，具有"读—写—改"功能。

3. 位逻辑运算指令（4 条）

```
ANL C,bit        ;(C)∧(bit)→(C)
ANL C,/bit       ;(C)∧(bit̄)→(C)
ORL C,bit        ;(C)∨(bit)→(C)
ORL C,/bit       ;(C)∨(bit̄)→(C)
```

上述指令的功能是将位累加器 C 中的内容与直接位地址的内容或直接位地址取反后的内容进行逻辑与、逻辑或，结果仍送到 C 中。

4. 位条件转移指令（5 条）

```
JC rel           ;(PC)+2 →(PC)
                 ;若(C)=1,则(PC)+rel →(PC)
                 ;若(C)=0,顺序执行
JNC rel          ;(PC)+2 →(PC)
                 ;若(C)=0,则(PC)+rel →(PC)
                 ;若(C)=1,顺序执行
JB bit,rel       ;(PC)+3 →(PC)
                 ;若(bit)=1,则(PC)+rel →(PC)
                 ;若(bit)=0,顺序执行
JBC bit,rel      ;(PC)+3 →(PC)
                 ;若(bit)=1,则 0 →(bit),(PC)+rel →(PC)
                 ;若(bit)=0,顺序执行
```

上述指令的功能分别是判断进位位 C 和直接位地址的内容是 "1" 还是 "0"，以此来决定程序的走向。最后一条指令的功能是，若直接位地址的内容为 "1" 则转移，同时将该位清零，否则顺序执行。这条指令若是对 I/O 口某一位进行操作，也具有 "读—写—改" 功能。

在汇编语言中，位地址的表达方式有以下 4 种。

(1) 直接用位地址表示，如 91H (P1.1)。

(2) 字节地址位数方式，如 P1.0 (90H)。

(3) 位名称方式，如 RS0。

(4) 用户使用伪指令事先定义过的符号地址。

4.7.2 位操作类指令应用举例

【例 4.59】 位判断跳转举例 1。

```
        CLR C           ;0 →(C)
        JC L1           ;(C)=0,不跳转
        CPL C           ;使(C)=1
        JC L2           ;(C)=1,转 L2
        ⋮
    L1：……
        ⋮
    L2：……
        ⋮
```

【例 4.60】 位判断跳转举例 2。

```
        MOV P1,#87H     ;#T87H →(P1)
        MOV A,#56H      ;#56H →(A)
        JB P1.3,L1      ;(P1.3)=0, 不转
        JNB ACC.3,L2    ;(ACC.3)=0, 转 L2 执行
        ⋮
    L1：……
        ⋮
    L2：……
        ⋮
```

【例 4.61】 将 PSW.0 与 ACC.1 位相或，结果由 P1.0 输出。编程如下：

```
        MOV C,PSW.0
        ORL C,ACC.1
        MOV P1.0,C
```

思 考 题

1. 简述指令、指令系统和程序的基本概念。

2. 若需访问特殊功能寄存器和片外数据存储器，应采用哪些寻址方式？

3. 试比较下面每一组中两条指令的区别：

① MOVX A,@ R0　　　　MOVX @ R0,A

② MOVX @ R0,A　　　　MOVX @ DPTR,A

③ MOVX A,@ R1　　　　MOVX A,@ DPTR

④ MOVC A,@ A + PC　　MOVC A,@ A + DPTR

4. 在 MCS-51 片内 RAM 中，已知（30H）= 38H，（38H）= 40H，（40H）= 48H，（48H）= 90H，试分析下段程序中各条指令的作用，并说出顺序执行完指令后的结果。

```
MOV A,40H
MOV R1,A
MOV P1,#0F0H
MOV @ R1,30H
MOV DPTR,#1234H
MOV 40H,38H
MOV R1,30H
MOV 90H,R1
MOV 48H,#30H
MOV A,@ R1
MOV P2,P1
```

5. MCS-51 单片机有哪几种寻址方式？这几种寻址方式是如何寻址的？

6. 对 MCS-51 内部 RAM 的 128～256KB 地址空间寻址要注意什么？

7. DA A 指令有什么作用？怎样使用？

8. 试编程将片外数据存储器 80H 单元的内容送到片内 RAM 的 2BH 单元。

9. 试编程将片外 RAM 40H 单元的内容与 R0 的内容交换。

10. 已知 A = C9H，B = 8DH，CY = 1。执行指令 ADDC A,B 结果如何？执行指令 SUBB A,B 结果如何？

11. 试分析以下两段程序中各条指令的作用，并说出程序执行完后转向何处。

① MOV P1,#0CAH

　　MOV A,#56H

　　JB P1.2,L1

　　JNB ACC.3,L2

L1：……

L2：……

② MOV A,#43H

　　JBC ACC.2,L2

　　JBC ACC.6,L2

L1：……

L2：……

12. 试说明下段程序中每条指令的作用，并说出当指令执行完后，R0 中的内容是什么。

　　MOV R0,#0AFH

　　XCH A,R0

```
        SWAP A
        XCH A,R0
```

13. 试编程将片内 RAM 中 30H 和 31H 单元中的内容相乘，并将结果存放在 32H 和 33H 单元中，高位存放在 32H 单元中。

14. 试编程将 20H 单元中的两个 BCD 数拆开，并变成相应的 ASCII 码存入 21H 和 22H 单元中。

15. 编写程序。设在寄存器 R3 的低 4 位中存有数码 0～F 中的一个数，试将其转换成 ASCII 码，并存入片外 RAM 的 2000H 单元。

16. 编程将片内 RAM 30H 单元中的 8 位无符号二进制数转换成 3 位 BCD 码，并存入片内 RAM 40H（百位）和 41H（十位、个位）两个单元中。

17. 下述指令执行后，说出 SP、A、B 的结果，并试解释每一条指令的作用。

```
        ORG 0100H
        MOV SP,#40H
        MOV A,#30H
        LCALL 0500H
        ADD A,#10H
        MOV B,A

L1: SJMP L1
        ORG 0500H
        MOV DPTR,#0009H
        PUSH DPL
        PUSH DPH
        RET
```

第 5 章 汇编语言应用

前面介绍了 8051 单片机的指令系统，这些指令只有按工作要求有序地编排为一段完整的程序，才能起到一定的作用，完成某一特定的任务。

通常把用汇编语言编写的程序称为汇编语言源程序，而把可在计算机上直接运行的机器语言程序称为目标程序，由汇编语言源程序"翻译"为机器语言目标程序的过程称为"汇编"，如图 5.1 所示。

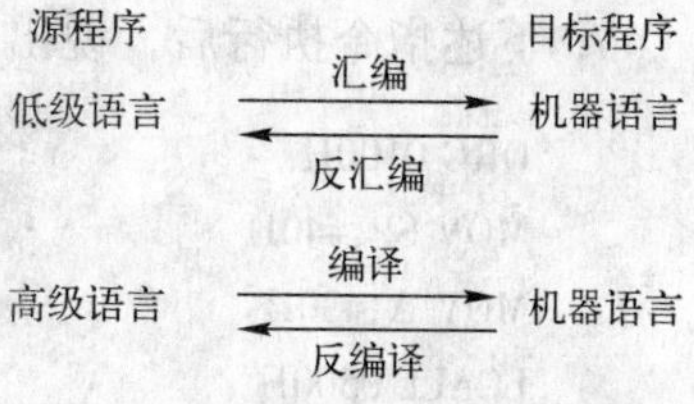

机器语言：机器语言是用二进制代码表示的计算机能直接识别和执行的一种机器指令的集合。

汇编语言：汇编语言（Assembly Language）是一种低级的面向机器的程序设计语言。

汇编语言源程序：用汇编语言编写的程序。

编译程序：编译程序也叫编译系统，是把用高级语言（C 语言）编写的面向过程的源程序翻译成目标程序的语言处理程序。

图 5.1　源程序与目标程序的关系

程序设计的基本步骤如下。

（1）题意分析：将要求单片机完成的某一工作任务，从硬件和软件的角度出发，通盘加以考虑。

（2）画出流程图：围绕工作任务按照人的逻辑思维习惯绘制程序执行流程图，告诉单片机应该先做什么，后做什么，遇到什么情况又该做什么，等等。

（3）分配内存及端口：围绕工作任务根据单片机硬件资源（内存、接口等）进行合理分配。

（4）编写源程序：根据流程图在 8051 提供的指令系统中选取合适的指令完成流程图要求的功能。

（5）仿真、调试程序：将编写好的源程序，通过 8051 的程序仿真器进行仿真调试，直至合格并生成单片机能够识别的机器码程序。

（6）固化程序：用 8051 的程序录入器将机器码程序写入单片机的程序存储器中。

本章主要介绍 8051 单片机的汇编语言，以及一些常用的汇编语言程序设计方法，最后列举一些具有代表性的汇编语言程序实例。读者通过对程序的设计、调试，可以加深对指令系统的了解和掌握，还可以在一定程度上提高单片机的应用水平。

5.1　汇编语言的格式

5.1.1　伪指令

在汇编语言源程序中用 8051 指令助记符编写的程序，一般都可以一一对应地产生目标程序。但还有一些指令不是 CPU 能执行的指令，只是提供汇编控制信息，以便在汇编时执行一些特殊的操作，它们称为伪指令（Pseudo Instruction）。常用的伪指令有如下几种。

1. 设置起始地址 ORG（Origin）

        ORG nn

其中，ORG 是该伪指令的操作码助记符，操作数 nn 是 16 位二进制数，前者表明后续源程序经汇编后的目标程序存放的位置，后者则给出了存放的起始地址值。ORG 伪指令总是出现在每段源程序或数据块的开始，可以使我们把程序、子程序或数据块存放在存储器的任何位置。若在源程序开始不放 ORG 指令，则汇编将从 0000H 单元开始编排目标程序。

【例 5.1】 ORG 2000H
          MOV A,20H
          ⋮

表示后续目标程序从 2000H 单元开始存放。

注意：ORG 定义空间地址应由小到大，且不能重叠。

2. 定义字节 DB（Define Byte）

        [标号:]DB <项或项表>

其中，项或项表是指一个字节、数、字符串或以引号括起来的 ASCII 码字符串（一个字符用 ASCII 码表示，就相当于一个字节）。该指令的功能是把项或项表的数值存入从标号开始的连续单元中。

【例 5.2】 ORG 1000H
          SEG1：DB 53H,78H,"2"
          SEG2：DB 'DAY'
                    END

则：

(1000H) = 53H
(1001H) = 78H
(1002H) = 32H
(1003H) = 44H
(1004H) = 41H
(1005H) = 59H

注意：作为操作数部分的项或项表，若为数值，则其取值范围应为 00H ~ FFH；若为字符串，则其长度应限制在 80 个字符以内。

3. 定义字 DW（Define Word）

        [标号:] DW <项或项表>

DW 的基本含义与 DB 相同，不同的是 DW 定义 16 位数据，常用来建立地址表。

【例 5.3】 2200：DW 1234H,08H

则：

（2200H）= 12H

（2201H）= 34H

（2202H）= 00H

（2203H）= 08H

4. 预留存储区 DS（Dehne Storage）

［标号:］DS <表达式>

该指令的功能是由标号指定的单元开始，定义一个存储区，以备源程序使用。存储区内预留的存储单元数由表达式的值决定。

【例 5.4】ORG　3000H

　　SEG:DS　08H

　　　　DB　30H,40H

上例表示从 3000H 单元开始，连续预留 8 个存储单元，然后从 3008H 单元开始按 DB 命令给内存单元赋值，即（3008H）= 30H，（3009H）= 40H。

5. 为标号赋值 EQU（Equate）

［标号:］EQU 数或者汇编符号

其功能是将操作数段中的地址或数据赋予标号字段的标号，故又称为等值指令。

【例 5.5】SG　　EQU　R0　　　;SG 与 R0 等值

　　　　DE　　EQU　40H　　　;DE 与 40H 等值

　　　　MOV　A,SG　　　　　;(R0) →(A)

　　　　MOV　R7,DE　　　　;(40H) →(R7)

6. 数据地址赋值 DATA

［标号:］DATA 数或表达式

DATA 命令的功能和 EQU 类似，但有以下差别。

（1）用 DATA 定义的标识符汇编时作为标号登记在符号表中，所以可以先使用后定义，而 EQU 定义的标识符必须先定义后使用。

（2）用 EQU 可以把一个汇编符号赋给字符名，而 DATA 只能把数据赋给字符名。

（3）DATA 可以把一个表达式赋给字符名，只要表达式是可求值的。

DATA 常在程序中用来定义数据地址。

【例 5.6】MAIN:DATA　2000H

汇编后 MAIN 的值为 2000H。

7. 位地址符号 BIT

字符名 BIT 位地址

其功能是把位地址赋予字符名称。

【例 5.7】MN　BIT　P1.7

　　　　G5　BIT　02H

汇编后，位地址 P1.7、02H 分别赋给变量 MN 和 G5。

8. 源程序结束 END

[标号:] END [表达式]

END 命令通知汇编程序结束汇编。在 END 之后，所有的汇编语言指令均不予以处理。

5.1.2 汇编语言的格式

汇编语言是面向机器的程序设计语言，对于不同 CPU 的微型机，其汇编语言一般是不同的，但是它们之间所采用的语言规则有很多相似之处。在此，我们以 8051 的汇编语言为例来说明汇编语言的规则。

汇编语言源程序是由汇编语句（指令语句）构成的。汇编语句由 4 个部分构成，每一部分称为一个字段，汇编程序能够识别它们。

[标号:] [操作码] [操作数] [;注释]

每个字段之间要用分隔符分离，而每个字段内部不能使用分隔符。可以作为分隔符的符号有空格、冒号、逗号和分号等。

【例 5.8】 LOOP:MOV A,#01H   ;立即数 01H→A

下面分别解释这 4 个字段的含义。

标号（LOOP:）是用户设定的一个符号，表示存放指令或数据的存储单元的形式地址，通过汇编后将其变成实质地址。汇编语言中有如下规定。

（1）标号由以字母开始的 1~8 个字母或数字串组成，以冒号结尾。

（2）不能用指令助记符、伪指令或寄存器名来做标号。

例如：

ADD:MOV   A,#01H

DB:MOV   A,#01H

PSW:MOV   A,301H

以上的标号都是违反汇编语言规定的，不能获得通过。

（3）标号是任选的，并不是每条指令或数据存储单元都要标号（可有也可没有），只在需要时才设标号，如转移指令所要访问的存储单元前面一般要设置标号。8051 指令系统的指令前如果使用了标号后面必须跟":"。

（4）一旦使用了某标号定义一个地址单元，在程序的其他地方就不能随意修改这个定义，也不能重复定义了。

操作码（MOV）是指令或伪指令的助记符，用来表示指令的性质。对于一条汇编语言指令来说，这个字段是必不可少的。

操作数(A,#01H)给出的是参加运算（或其他操作）的数据或数据的地址。操作数可以表示为工作寄存器名、特殊功能寄存器名、标号名、常数和表达式等。这一字段为可选项（视操作码而定，可有也可没有）。若有两个操作数，两个操作数之间应以逗号分开。

注释字段不是汇编语言的功能部分，只是增加程序的可读性，良好的注释是汇编语言程序编写中的重要组成部分。

5.2　汇编语言程序设计

计算机完成某一具体的工作任务，必须按顺序执行一条条的指令。这种按工作要求编排指令序列的过程称为程序设计。

5.2.1　顺序结构程序

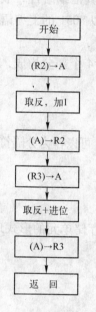

图 5.2　双字节二进制数
　　求补程序流程图

顺序结构程序是一种最简单、最基本的程序。它按照程序编写的顺序依次执行。编写这类程序主要应注意正确地选择指令，以提高程序的执行效率。

【例 5.9】双字节二进制数求补。

编程说明：本程序对 R3（高）、R2（低）中的二进制数取反加1，以便得到其补码。

程序流程图如图 5.2 所示。

程序清单如下：

```
BINPL: MOV   A,R2
       CPL   A
       ADD   A,#01H
       MOV   R2,A        ;低位字节补码送 R2
       MOV   A,R3
       CPL   A
       ADDC  A,#00H      ;高位加进位
       MOV   R3,A        ;高位字节补码送 R3
       RET
       END
```

5.2.2　分支程序

分支结构程序可根据程序要求无条件或有条件地改变程序执行的顺序，以选择程序流向。编写这类结构的程序主要是为了正确使用转移指令，即无条件转移、条件转移和散转。

【例 5.10】设变量 x 存放在 VAR 单元之中，函数值 y 存放在 FUNC 中，按下式给 y 赋值：

$$y = \begin{cases} 1 & x > 0 \\ 0 & x = 10 \\ -1 & x < 0 \end{cases}$$

程序流程图如图 5.3 所示。

程序清单：

```
       VAR  EQU  30H
       FUNC EQU  31H
START: MOV  A,VAR          ;取 x
```

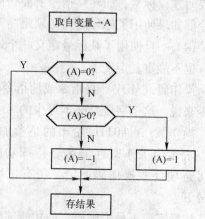

图 5.3　分支程序流程图

```
        JZ      COMP            ;等于0转COMP
        JNB     ACC.7,POSI      ;大于0转POSI
        MOV     A,#0FFH         ;小于0,即为-1→A
        SJMP    COMP
POSI:   MOV     A,#01H
COMP:   MOV     FUNC,A
        END
```

【例5.11】128种分支转移程序。根据入口条件转移到128个目标地址。

入口：(R3) = 转移目标地址的序号00H～7FH。

出口：转移到相应子程序的入口。

程序流程图如图5.4所示。

程序清单：

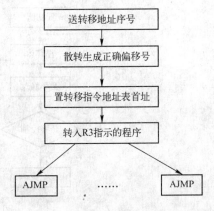

```
JMP-128:MOV     A,R3
        RL      A
        MOV     DPTR,#JMPTAB
        JMP     @A+DPTR
JMPTAB: AJMP    ROUT00
          ⋮
        AJMP    ROUNT7F
```

图5.4　128种分支转移程序流程图

此程序要求128个转移目标地址（ROUT00～ROUT7F）必须驻留在与绝对转移指令 AJMP 同一个2KB的存储区内。RL指令对变址部分乘以2，是由于每条 AJMP 指令占2KB。若改用 LJMP 指令，目标地址可以任意安排在64KB的程序存储器空间内，但程序需进行较大的修改。

5.2.3　循环结构程序

在程序设计中，常遇到需反复执行的某一段程序，此时可使用循环程序结构，这有助于缩短程序，提高程序的质量。

循环结构的程序一般包括下面几个部分。

1. 置循环初值

置循环初值是设置用于循环过程工作单元的初始值。例如，设置循环次数计数器、地址指针初值、存放和数的单元初值等。

2. 循环体

重复执行的程序段部分。

3. 循环修改

在单片机中，一般用一个工作寄存器 Rn 作为计数器，给这个计数器赋初值作为循环次数，每循环一次，修改一次。

4. 循环控制

判断控制变量是否满足终值条件，不满足则转去重复执行循环工作部分，满足则顺序执行，退出循环。

这 4 个部分有两种组织方式，如图 5.5 所示。

若循环程序的循环体中不再包括循环程序，即为单重循环程序。如果在循环体中还包含有循环程序，那么，这种现象就称为循环嵌套，这样的程序就称为二重、三重，甚至多重循环程序。在多重循环程序中，只允许外循环嵌套内循环程序，而不允许循环体互相交叉。另外，也不允许从循环程序的外部跳入循环程序的内部。

【例 5.12】若 X_i 均为单字节数据，并按 i（$i=1\sim n$）顺序存放在 8051 的内部 RAM 的从 50H 开始的单元中，n 放在 R2 中，现在要求它们的和（双字节），并将其放在 R3、R4 中。

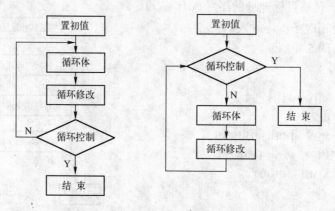

图 5.5　循环程序流程图

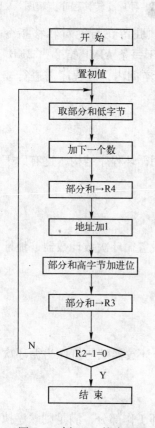

图 5.6　例 5.12 的流程图

入口：X_i 存放在从 50H 开始的单元中；n 放在 R2 中。

出口：和存放于 R3、R4 中。

程序流程图如图 5.6 所示。

程序清单如下：

```
ADDl: MOV   R3,#00H
      MOV   R4,#00H
      MOV   R2,#n
      MOV   R0,#50H
LOOP: MOV   A,R4        ;取部分和低位
      ADD   A,@ R0      ;与 Xi 相加
      MOV   R4,A
      INC   R0          ;地址加 1
      CLR   A
      ADC   A,R3        ;低位字节向高位进位
      MOV   R3,A
      DJNZ  R2,LOOP     ;未加完继续重复
```

程序中，R2 作为控制变量，R0 作为变址单元，用它来寻址 X_i。一般来说，循环工作部分中的数据应该用间接方式来寻址。

【例 5.13】已知 8051 单片机使用的晶振频率为 6MHz，要求设计一个软件延时程序，延时时间为 10ms。

对于软件延时来说，延时时间取决于晶振的频率和延时程序中

的循环次数。已知晶振频率为 6MHz，则一个机器周期为 2μs。

入口：（R0）=毫秒数；（R1）=1ms 延时预定值。

出口：定时到，退出程序。

程序流程图如图 5.7 所示。

程序清单如下：

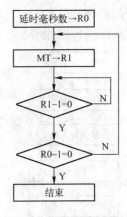

图 5.7　延时程序流程图

```
        ORG   2000H              周期数
        MOV   R0,#0AH;毫秒数→R0     1
DL2：   MOV   R1,#MT;延时值→R1       1
DL1：   NOP                        1
        NOP                        1
        DJNZ  R1   DL1 ;1ms 延时循环   2
        DJNZ  R0   DL2 ;10ms 延时循环  2
```

该延时程序实际上是一个双重循环程序。内循环的预定值 MT 尚需计算，因为各条指令的执行时间是确定的，需延的总时间也已确定，因而 MT 可计算如下：

$$(1 + 1 + 2) \times 2 \times MT = 1000\,\mu s$$

$$MT = 125 = 7DH$$

将 7DH 代替程序中的 MT，则该程序执行后，即能实现 10ms 的延时。若考虑其他指令的时间因素，则该段延时程序的精确延时时间应为：

$$2 \times 1 + \left[(1 + 2) \times 2 + (1 + 1 + 2) \times 2 \times 125 \right] \times 10 = 10\ 062\,\mu s$$

5.2.4　子程序设计

在同一个程序中，往往有许多地方都需要执行同样的一项任务，而该任务又并非规则情况，不能用循环程序来实现，这时，可以对这项任务独立地进行编写，形成一个子程序。在原来的主程序中需要执行该任务时，调用子程序，执行完该任务后，再返回主程序，继续以后的操作。这样就简化了程序的逻辑结构，更便于调试，节省了存放程序的存储空间。

子程序调用中有一个特别的问题，就是信息交换，即调用子程序时，子程序如何得到有关参数，同时返回主程序后，主程序如何得到需要的结果。

子程序与主程序之间的关系如图 5.8 所示。

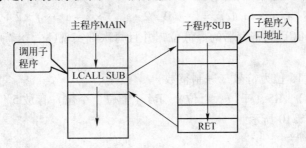

图 5.8　子程序与主程序的关系图

【例 5.14】用程序实现 $c = a^2 + b^2$，设 a、b、c 分别存于内部 RAM 的 DA、DB、DC 3 个单元中。

编程说明：这个问题可以用子程序来实现，即通过调用子程序查平方表，结果在主程序中相加得到。

　　程序流程图如图 5.9 所示。

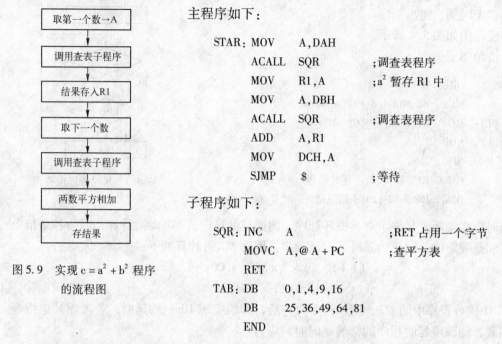

图 5.9　实现 $c = a^2 + b^2$ 程序
　　　　的流程图

主程序如下：

```
STAR: MOV    A,DAH
      ACALL  SQR          ;调查表程序
      MOV    R1,A         ;a² 暂存 R1 中
      MOV    A,DBH
      ACALL  SQR          ;调查表程序
      ADD    A,R1
      MOV    DCH,A
      SJMP   $            ;等待
```

子程序如下：

```
SQR:  INC    A            ;RET 占用一个字节
      MOVC   A,@ A + PC   ;查平方表
      RET
TAB:  DB     0,1,4,9,16
      DB     25,36,49,64,81
      END
```

　　该子程序入口条件(A) = 待查表的数，出口条件(A) = 平方值。

5.3　实用程序举例

　　前面以简单的例子说明了几种常用程序的设计方法，本节将综合各种编程方法，给出 MCS-51 系列汇编语言程序的几个实例，通过对这些程序的分析和说明，使读者掌握编程的特点和技巧，以提高编写单片机应用程序的能力。

　　人们日常习惯使用十进制数，而计算机能识别和处理的是二进制数，计算机的输入/输出数据又常用 BCD 码、ASCII 码和其他代码，因此代码转换十分有用。

　　【例 5.15】双字节二进制数转换为 BCD 数。

　　编程说明：因为 $(a_{15}a_{14}\cdots a_1a_0)_2 = (\cdots(0 \times 2 + a_{15}) \times 2 + a_{14}\cdots) \times 2 + a_0$，所以将二进制数从最高位逐次左移入 BCD 码寄存器的最低位，并且每次都实现 $(\cdots) \times 2 + a_i$ 的运算。共循环 16 次，由 R7 控制。

　　入口：R3、R2（16 位无符号二进制整数）。

　　出口：R6（万位）、R5（千位、百位）、R4（十位、个位）存放 5 位 BCD 码。

　　程序流程图如图 5.10 所示。

　　程序清单如下：

```
BCBCD:CLR   A        ;BCD 码寄存器清 0
      MOV   R4,A
      MOV   R5,A
      MOV   R6,A
      MOV   R7,#10H   ;设循环指针
```

```
LP0:    CLR     C               ;清进位位 C
        MOV     A,R2
        RLC     A               ;带 C 循环左移一位
        MOV     R2,A
        MOV     A,R3
        RLC     A
        MOV     R3,A
        MOV     A,R4            ;实现(…)×2+a_i 运算
        ADDC    A,R4
        DA      A
        MOV     R4,A
        MOV     A,R5
        ADDC    A,R5
        DA      A
        MOV     R5,A
        MOV     A,R6
        ADDC    A,R6
        DA      A
        MOV     R6,A
        DJNZ    R7,LP
        RET
```

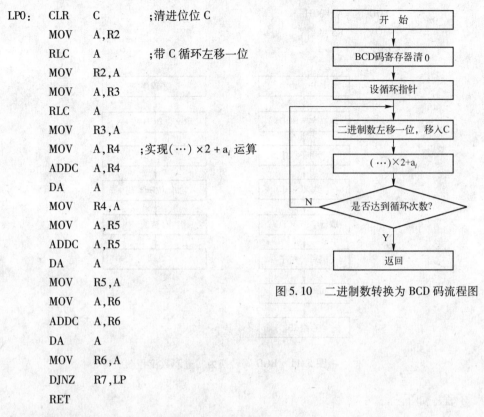

图 5.10　二进制数转换为 BCD 码流程图

【例 5.16】BCD 码转换成二进制数（双字节整数）。

编程说明：$(d_3 d_2 d_1 d_0)_{BCD} = (d_3 \times 10 + d_2) \times 10 + (d_1 \times 10 + d_0)$，其中，$d_{i+1} \times 10 + d_i$ 运算可编成子程序。

入口：R5（千位、百位）、R4（十位、个位）为 BCD 码。

出口：R5、R4（16 位无符号二进制整数）。

流程图如图 5.11 所示。

程序清单如下：

```
BCDBIN2:MOV     A,R5
        MOV     R2,A            ;给子程序入口参数
        ACALL   BCDBIN1         ;调用子程序
        MOV     B,#64H
        MUL     AB
        MOV     R6,A
        XCH     A,B
        MOV     R5,A
        MOV     A,R4
        MOV     R2,A
        ACALL   BCDBIN1         ;调用子程序
        ADD     A,R6
        MOV     R4,A
        MOV     A,R5
```

```
        ADDC    A,#00H
        MOV     R5,A
        RET
```

图 5.11　BCD 码转换为二进制数流程图

子程序如下：

```
BCDBIN1:MOV    A,R2
        ANL     A,#0F0H         ;取高位 BCD 码,屏蔽低 4 位
        SWAP    A
        MOV     B,#0AH
        MUL     AB
        MOV     R3,A
        MOV     A,R2
        ANL     A,#0FH
        ADD     A,R3            ;加低位 BCD 码
        MOV     R2,A
        RET
```

【例 5.17】4 位二进制数转换为 ASCII 码。

编程说明：由 ASCII 编码可知，若 4 位二进制数小于 10，则此二进制数加上 30H，若大于 10（等于 10），则加上 37H。

入口：（R2）= 4 位二进制数。

出口：（R2）= 转换后的 ASCII 码。

流程图如图 5.12 所示。

程序清单如下：

```
BINASC:MOV     A,R2            ;取 4 位二进制数
        ANL     A,#0FH          ;屏蔽高 4 位
        PUSH    A
```

```
        CLR     C
        SUBB    A,#0AH
        POP     A
        JC      LOOP              ;该数<10 转到 LOOP
        ADD     A,#07H
LOOP:   ADD     A,#30H
        MOV     R2,A              ;转换后的 ASCII 码 → R2
        RET
```

【例 5.18】 ASCII 码转换成 4 位二进制数。本程序完成的是上例的逆过程。

入口：（R2）= ASCII 码。

出口：（R2）= 转换后的二进制数。

流程图如图 5.13 所示。

程序清单如下：

```
ASCBIN:MOV     A,R2
        CLR     C
        SUBB    A,#30H            ;ASCII 码减去 30H
        MOV     R2,A              ;得二进制数 → R2
        SUBB    A,#0AH
        JC      LOOP
        MOV     A,R2
        SUBB    A,#07H
        MOV     R2,A
LOOP: RET
```

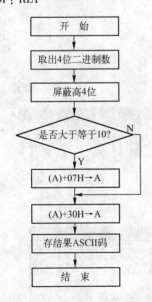

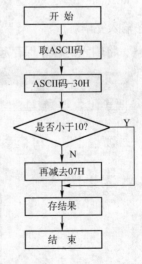

图 5.12　4 位二进制数转换为 ASCII 码　　　图 5.13　ASCII 码转换为 4 位二进制数

5.4　汇编语言编程实例

为了对汇编语言编程有一个系统的了解，本节将结合例 5.18 来讲述其编程的全过程。

在计算机桌面上双击图标，屏幕出现如图 5.14 所示的对话框。

图 5.14　8051 汇编语言编译器主对话框

在主对话框中输入下面的程序：

```
ORG     0000H
ASCBIN:MOV    A,R2
       CLR    C
       SUBB   A,#30H        ;ASCII 码减去 30H
       MOV    R2,A          ;得二进制数 → R2
       SUBB   A,#0AH
       JC     LOOP
       MOV    A,R2
       SUBB   A,#07H
       MOV    R2,A
LOOP:  RET
       END
```

至此，程序输入完毕。

单击图标，将输入的程序保存起来，输入"文件名"为"入门"，如图 5.15 所示。

图 5.15　保存文件示意图

系统将自动生成名为"入门"的汇编源文件 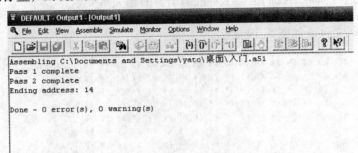。

单击汇编图标 ☺，出现如图 5.16 所示的对话框。

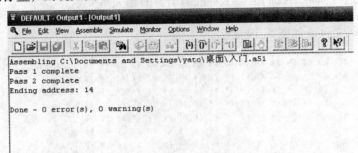

图 5.16　汇编结束对话框示意图

系统将自动生成 3 个文件 ⬜ ⬜ ⬜。其中，⬜为汇编语言源文件，内容为上面输入的汇编语言源程序，如图 5.17 所示。

图 5.17　源文件内容示意图

⬜为汇编语言打印文件，如图 5.18 所示。

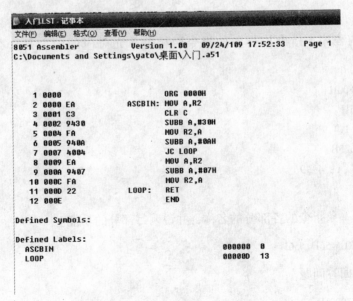

图 5.18　打印文件内容示意图

其中，第 1 列为指令序号；第 2 列为存放指令机器码的程序存储器地址；第 3 列为指令对应的机器码；第 4 列为汇编语言标号；第 5 列为指令助记符；最后 3 行指出标号的形式地址和实质地址。这可以帮助我们全面了解汇编语言的相关重要信息。

入门.HEX 为机器码文件，如图 5.19 所示。

```
 0:  ea c3 94 30 fa 94 0a 40 04 ea 94 07 fa 22 ff ff   ...0...@.....".
10:  ff ff ff ff ff ff ff ff ff ff ff ff ff ff ff ff   ................
20:  ff ff ff ff ff ff ff ff ff ff ff ff ff ff ff ff   ................
30:  ff ff ff ff ff ff ff ff ff ff ff ff ff ff ff ff   ................
40:  ff ff ff ff ff ff ff ff ff ff ff ff ff ff ff ff   ................
50:  ff ff ff ff ff ff ff ff ff ff ff ff ff ff ff ff   ................
60:  ff ff ff ff ff ff ff ff ff ff ff ff ff ff ff ff   ................
70:  ff ff ff ff ff ff ff ff ff ff ff ff ff ff ff ff   ................
80:  ff ff ff ff ff ff ff ff ff ff ff ff ff ff ff ff   ................
90:  ff ff ff ff ff ff ff ff ff ff ff ff ff ff ff ff   ................
a0:  ff ff ff ff ff ff ff ff ff ff ff ff ff ff ff ff   ................
b0:  ff ff ff ff ff ff ff ff ff ff ff ff ff ff ff ff   ................
c0:  ff ff ff ff ff ff ff ff ff ff ff ff ff ff ff ff   ................
d0:  ff ff ff ff ff ff ff ff ff ff ff ff ff ff ff ff   ................
e0:  ff ff ff ff ff ff ff ff ff ff ff ff ff ff ff ff   ................
f0:  ff ff ff ff ff ff ff ff ff ff ff ff ff ff ff ff   ................
```

图 5.19　机器码文件内容示意图

比较图 5.18 和图 5.19 不难看出，机器码文件的内容实质就是打印文件中第 3 列的内容，图 5.19 中第 1 列为存放机器码的地址。

机器码文件（有些教科书称可执行文件）是我们需要的最终文件，通过程序写入器将机器码文件写入单片机的程序存储器中即可。

思 考 题

1. 读下面的程序，指出执行各伪指令后相关单元对应的内容是什么？未知内容用"XX"表示。

```
ORG   0F00H
DS    05H
DB    0,1,4,9
DW    1625H
DB    '0','1','4','9'
END
```

2. 指出下面一条指令的各部分的名称，并说明每部分的功能。

MAIN:ORL　56H,#56H

3. 读程序，回答问题。

```
ORG   1000H
MOV   A,#39H
```

```
MOV     B,A
ANL     A,#0FH
ADD     A,#30H
MOV     R0,A
MOV     A,B
ANL     A,#0F0H
SWAP    A
ADD     A,#30H
MOV     R1,A
SJMP    $
END
```

请说出 R0、R1 的值是什么。

4. 已知 8051 使用的晶振频率为 12MHz，设计一个软件延时程序，延时时间为 10ms。

5. 利用子程序知识，设计一个程序求 A = 23 + 43。

6. 设 5AH 单元中有一变量 X，请编写计算函数式的程序，结果存入 5BH 单元。

$$Y = \begin{cases} X^2 - 1 & X < 10 \\ X^2 + 8 & 15 \geqslant X \geqslant 10 \\ 14 & X > 15 \end{cases}$$

第6章 定时器/计数器应用

8051 单片机片内有两个 16 位的定时器/计数器，定时器 0（T0）和定时器 1（T1）。它们均可用做定时控制、延时，以及对外部事件的计数及检测。

在实际工作、生活中，许多控制离不开时间。尤其是定时控制更是以时间为核心，如家用洗衣机中的洗涤、脱水都是定时的。

那么，单片机又是如何完成定时的呢？

通过前面的学习，当晶振频率一定时，单片机的机器周期相应固定，如当晶振频率为 12MHz 时单片机的机器周期为 1μs。单片机对其机器周期进行计数便可以实现定时。如计数值为 1 000 则定时 1ms、计数值为 1 000 000 则定时 1s，以此类推。

本章要解决的是单片机如何完成对机器周期进行计数的问题。

定时器/计数器的结构如图 6.1 所示。

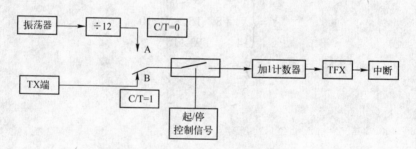

图6.1 定时器/计数器结构图

定时器/计数器的工作过程如下。

1. 定时方式

（1）当外部晶体振荡器为 12MHz 时，它提供（输出）12MHz 的脉冲。

（2）除以 12 后变成 1MHz 的脉冲。此时脉冲的周期为 1/1MHz = 1μs。

（3）当 C/T = 0 时，开关接通 A 处。

（4）在起/停控制信号中"起"信号的作用下开关接通。

（5）加 1 计数器对 1MHz 的脉冲进行自动计数，直至计数器计满。

（6）当计数器计满时，自动将 TFX 置"1"，作为向单片机的中断请求信号。

2. 计数方式

（1）当外部晶体振荡器为 12MHz 时，它提供（输出）12MHz 的脉冲。

（2）除以 12 后变成 1MHz 的脉冲。此时脉冲的周期为 1/1MHz = 1μs

（3）当 C/T = 1 时，开关接通 B 处。

（4）TX 端的外部信号接入加 1 计数器。

（5）加 1 计数器对外部信号的脉冲进行计数，直至计数器计满。

（6）当计数器计满时，自动将 TFX 置"1"，作为向单片机的中断请求信号。

由图 6.1 可见，定时器/计数器的核心是一个加 1 计数器。16 位的定时器/计数器分别由两个 8 位的专用寄存器组成，即 T0 由 TH0 和 TL0 构成，T1 由 TH1 和 TL1 构成。地址顺序依次为 8AH ~ 8DH。这些寄存器用来存放定时或计数初值，每个定时器都可以由软件设置成定时工作方式或计数工作方式。16 位定时器/计数器的结构如图 6.2 所示（以 T0 为例）。

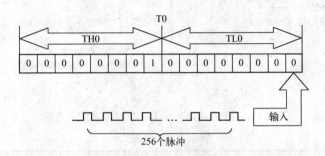

图 6.2　16 位定时器/计数器结构示意图

定时器/计数器功能的实现是由定时器方式寄存器 TMOD 设置、由定时器控制寄存器 TCON 控制的。当定时器工作在计数方式时，外部输入信号加到 T0（P3.4）或 T1（P3.5）端。外部输入信号的下降沿将触发计数，计数器在每个机器周期的 S5P2 期间采样外部输入信号。若一个周期的采样值为 1，下一个周期的采样值为 0，则计数器加 1。故识别一个从 1 到 0 的跳变需 2 个机器周期，所以对外部输入信号最高的计数速率是晶振频率的 1/24。同时，外部输入信号的高电平与低电平保持时间均需大于一个机器周期。

当定时器/计数器工作在定时方式时，加 1 计数器会在每一个机器周期加 1，直至计满溢出。

一旦定时器/计数器被设置成某种工作方式后，它就会按设定的工作方式独立运行，不再占用 CPU 的操作时间，直到加 1 计数器计满溢出，才向 CPU 申请中断。

6.1　定时器/计数器概述

定时器/计数器是一种可编程的部件，在其工作之前必须将控制字写入工作方式和控制寄存器，用以确定工作方式。

（1）将方式字写入 TMOD。

（2）将控制字写入 TCON。

（3）将计数初值写入相应计数器。

这个过程称为定时器/计数器的初始化。

6.1.1　工作方式寄存器 TMOD

TMOD 用于控制 T0 和 T1 的工作方式，其各位功能如图 6.3 所示。

1. M1、M0

工作方式控制位，可构成如表 6.1 所示的 4 种工作方式。

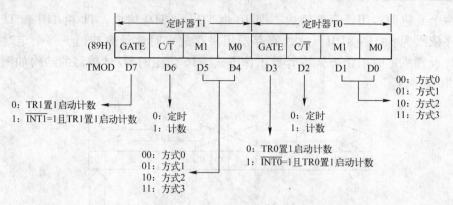

图 6.3　工作方式寄存器 TMOD 各位功能示意图

表 6.1　工作方式

M1	M0	工 作 方 式	说 明
0	0	0	13 位计数器
0	1	1	16 位计数器
1	0	2	可再装入 8 位计数器
1	1	3	T0：分成两个 8 位计数器 T1：不能工作在中断场合

2. C/$\overline{\text{T}}$

计数器工作方式/定时器工作方式选择位。

C/$\overline{\text{T}}$ = 0，设置为定时器工作方式。

C/$\overline{\text{T}}$ = 1，设置为计数器工作方式。

3. GATE

选通控制位。

GATE = 0，只要用软件对 TR0（或 TR1）置 1 即可启动定时器。

GATE = 1，只有$\overline{\text{INT0}}$（或$\overline{\text{INT1}}$）引脚为 1 且用软件对 TR0（或 TR1）置 1 时，才能启动定时器。

TMOD 的所有位整机复位后清 0。TMOD 不能位寻址，只能用字节方式设置工作方式。

6.1.2　控制寄存器 TCON

TCON 用于控制定时器的启动、停止，以及标明定时器的溢出和中断情况。各位的功能如图 6.4 所示。

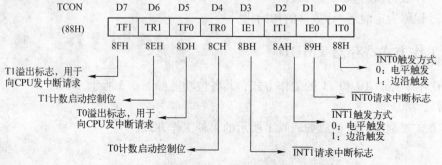

图 6.4　控制寄存器 TCON 各位功能示意图

（1）TF1：定时器 1 溢出标志，T1 溢出时由硬件置 1，并申请中断，CPU 响应中断后，又由硬件清 0。TF1 也可由软件清 0。

（2）TF0：定时器 0 溢出标志，功能与 TF1 相同。

（3）TR1：定时器 1 运行控制位，可由软件置 1 或清 0 来启动或停止 T1 计数。

（4）TR0：定时器 0 运行控制位，功能与 TR1 相同。

（5）IE1：外部中断 1 请求标志。

（6）IE0：外部中断 0 请求标志。

（7）IT1：外部中断 1 触发方式选择位。

（8）IT0：外部中断 0 触发方式选择位。

TCON 中的低 4 位用于中断工作方式，这方面的内容将在第 8 章中详细讨论。当整机复位后，TCON 中的各位均为 0。

6.2 定时器/计数器的工作方式

在进入工作方式学习之前，必须清楚什么是计数初值。

在单片机中，定时器/计数器的原理是对机器周期/外部脉冲进行 +1 计数，直至溢出。为了获取不同时间/不同脉冲个数，只要对寄存器预先写入一个数据就可以实现。这个数据称为初值。

我们先通过一个日常生活的例子，深入理解一下初值的意义。

当我们向容量为 200mL 的水杯注水时，要注满杯子需要 200mL 的水，如果在水杯中先保留一定水位的水 X，则只需要注入 $N = 200mL - X$ 的水，水杯就会满，如图 6.5 所示。

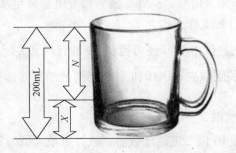

200mL：最大值
N：计数值
X：初值

图 6.5 初值、计数值和最大值示意图

我们知道，定时器/计数器 T0 的最大值是 16 位二进制数，即十进制数的 65 536。如果机器周期为 1μs，则最大定时值为 65 536μs。如果实际工作要求定时 65 000μs，怎么办？

解决的方法是先在 T0 中放入 536，在 536 的基础上再计数 65 000 就满了（称溢出）。其中 536 称为初值，65 536 称为最大值，65 000 称为计数值。

综上所述，计数器的最大值 = 计数初值 + 计数值。

用做计数时：计数初值 = 计数最大值 - 计数值。

用做定时时：定时时间 =（计数器最大值 - 计数初值）× 机器周期，即计数初值 = 计数最大值 - 定时时间/机器周期。

通过上节学习我们知道，TMOD 中的 M1、M0 具有 4 种组合，从而构成了定时器/计数器的 4 种工作方式。这 4 种工作方式除了方式 3 以外，其他 3 种工作方式的基本原理都是一样的。下面分别介绍 4 种工作方式的特点及其工作情况。

6.2.1　工作方式 0

1. 方式 0 的控制

T0 在工作方式 0 下的逻辑结构如图 6.6 所示。在这种工作方式下，16 位的计数器（TH0 和 TL0）只用了 13 位，构成了一个 13 位定时器/计数器。TL0 的高 3 位未用，当 TL0 的低 5 位计满时，向 TH0 进位，而 TH0 溢出后对中断标志位 TF0 置 1，并申请中断。T0 是否溢出可用软件查询 TF0 是否为 1。

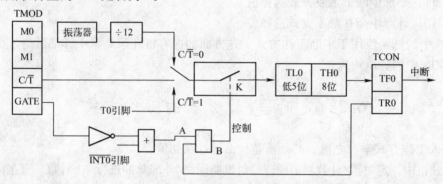

图 6.6　工作方式 0 的逻辑结构图

在图 6.6 中，$C/\overline{T}=0$，控制开关接通内部振荡器，T0 对机器周期加 1 计数，其定时时间为：

$$t = (2^{13} - \text{T0 初值}) \times \text{机器周期}$$

其中，t 为定时时间；机器周期 $= 1/f_{osc} \times 12$；f_{osc} 为晶振频率。

$C/\overline{T}=1$ 时，控制开关接通外部输入信号，当外部输入信号电平发生从"1"到"0"的跳变时，加 1 计数器加 1，即处于计数工作方式。

当 GATE $=0$ 时，$\overline{INT0}$ 被封锁，且仅由 TR0 便可控制 T0 的开启和关闭。

当 GATE $=1$ 时，T0 的开启与关闭取决于 $\overline{INT0}$ 和 TR0 相与的结果，即只有当 $\overline{INT0}=1$ 和 TR0 $=1$ 时，T0 才被开启。

2. 方式 0 的定时/计数初值的求取

由于方式 0 定时/计数时用的是 13 位二进制计数器，故计数最大值为 2^{13}。

计数时，计数初值 $= 2^{13} -$ 计数值。

定时时，定时初值 $= 2^{13} -$ 定时值/机器周期。

【例 6.1】定时值为 5 000μs，机器周期为 1μs。

初值 $= 2^{13} - 5\,000$μs $/1$μs $= 3\,192 = 0000110001111000$B。

初值写入定时器/计数器的方法如图 6.7 所示。

将初值写入 T0 寄存器的方法是将高 8 位 01100011 写入 TH0，低 5 位 11000 写入 TL0

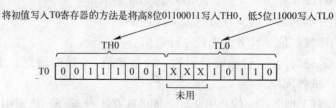

图 6.7　方式 0 初值写入方法示意图

6.2.2 工作方式1

1. 方式1的控制

T0在工作方式1下的逻辑结构如图6.8所示。它与工作方式0的差别仅在于工作方式1是以16位计数器参加计数的,且定时时间为:

$$t = (2^{16} - T0\ 初值) \times 机器周期$$

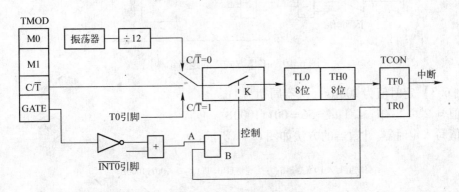

图6.8 工作方式1的逻辑结构图

2. 方式1的定时/计数初值的求取

由于方式1定时/计数时用的是16位二进制计数器,故计数最大值为2^{16}。

计数时,计数初值 = 2^{16} − 计数值。

定时时,定时初值 = 2^{16} − 定时值/机器周期。

【例6.2】定时值为5 000μs,机器周期为1μs。

初值 = 2^{16} − 5 000μs /1μs = 60 536 = 1110110001111000B。

初值写入定时器/计数器的方法如图6.9所示。

将初值写入T0寄存器的方法是将高8位11101100写入TH0, 低8位01111000写入TL0

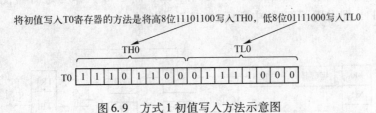

图6.9 方式1初值写入方法示意图

6.2.3 工作方式2

T0在工作方式2下的逻辑结构如图6.10所示。定时器/计数器构成一个能重复置初值的8位计数器。工作方式0和工作方式1若用于重复定时计数,则每次计满溢出后,计数器变为全0,故还得重新装入初值。而工作方式2可在计数器计满溢出时自动装入初值,工作方式2把16位的计数器拆成两个8位计数器。TL0用做8位计数器,TH0用来保存初值,每当TL0计满溢出时,可自动将TH0的初值再装入TL0中。工作方式2的定时时间为:

$$t = (2^8 - T0\ 初值) \times 机器周期$$

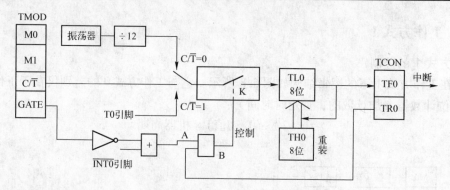

图 6.10　工作方式 2 的逻辑结构图

【例 6.3】定时值为 $200\mu s$，机器周期为 $1\mu s$。

初值 $= 2^8 - 2\,001\mu s\,/1\mu s = 56 = 00111000B$。

初值写入定时器/计数器的方法如图 6.11 所示。

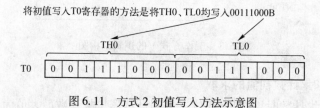

图 6.11　方式 2 初值写入方法示意图

6.2.4　工作方式 3

　　T0 在工作方式 3 下的逻辑结构图如图 6.12 所示。该工作方式只适用于定时器/计数器 T0。T0 在工作方式 3 下被拆成两个相互独立的计数器。其中，TL0 使用原 T0 的各控制位、引脚，以及中断源 $C/\overline{T}$、GATE、TR0、$\overline{INT0}$ 和 TF0，而 TH0 只作为定时器使用，但它占用 T1 的 TR1 和 TF1，即占用了 T1 的中断标志和运行控制位。

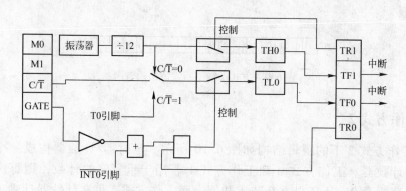

图 6.12　工作方式 3 的逻辑结构图

　　一般在系统需要增加一个额外的 8 位定时器时，可设置为工作方式 3。此时，T1 虽仍可定义为工作方式 0、工作方式 1 和工作方式 2，但只能用在不需中断控制的场合。

　　方式 3 的初值写入方法是将各自的初值写入对应的寄存器中。

6.3　定时器/计数器应用举例

应用定时器/计数器时应注意两点：一是初始化（写入方式字和控制字），二是对初值的计算。

初始化的步骤如下。

（1）向 TMOD 写入工作方式控制字。

（2）向计数器 TL、TH 装入初始值。

（3）置 TR = 1，启动计数。

（4）置 ET = 1，允许定时器/计数器中断（若需要时）。

（5）置 EA = 1，CPU 开中断（若需要时）。

【例6.4】设 T0 为工作方式 1，设置为定时状态，定时时间为 2ms。每 2ms 申请中断一次，在中断服务程序中将 P1.0 的内容取反送出（假设晶振为 6MHz）。

下面先计算 2ms 定时的 T0 初始值。

设初值为 X，则有：

$$(2^{16} - X) \times 2 \times 10^{-6} = 2 \times 10^{-3}$$

因此，$X = 64\,536D = 1111110000011000B = FC18H$。

编程如下：

```
        ORG    0000H
        AJMP   MAIN              ;转主程序
        ORG    000BH
INT:    MOV    TL0,#18H          ;T0 中断服务程序
        MOV    TH0,#0FCH         ;重设计数初值
        CPL    P1.0              ; 输出取反
        RETI
MAIN:   MOV    SP,#63H           ;置堆栈指针
        MOV    TMOD,#01H         ;T0 初始化
        MOV    TL0,#18H          ;定时初值的低 8 位写入 TL0
        MOV    TH0,#0FCH         ;定时初值的高 8 位写入 TH0
        SETB   TR0               ;启动 T0 计数
        SETB   ET0               ;允许 T0 中断
        SETB   EA                ;CPU 开中断
RLL:    SJMP   RLL               ;等待
```

执行上面的程序，P1.0 输出的波形如图 6.13 所示。

图 6.13　P1.0 输出的波形示意图

【例6.5】当 GATE = 1，TR0 = 1，且只有 $\overline{INT0}$ 引脚上出现高电平时，T0 才被允许计数。试利用这一功能测试 $\overline{INT0}$ 引脚上的正脉冲的宽度（机器周期数）。

设外部待测脉冲由$\overline{INT0}$（P3.2）输入，T0 工作在方式 1 下，设置为定时状态，GATE 置为"1"。测试时，在$\overline{INT0}$端为"0"时置 TR0 为"1"，当$\overline{INT0}$端变为"1"时启动计数；$\overline{INT0}$端再次变为"0"时停止计数，此时的计数值就是被测正脉冲的宽度。编程如下：

```
        ORG   0000H
        MOV   TMOD,#09H          ;T0 工作方式1,定时,GATE=1
        MOV   TL0,#00H
        MOV   TH0,#00H
RLL1:   JB    P3.2,RLL1          ;等待 P3.2 变低
        SETB  TR0                ;启动 T0
RLL2:   JNB   P3.2,RLL2          ;等待 P3.2 变高
RLL3:   JB    P3.2,RLL3          ;等待 P3.2 再变低
        CLR   TR0                ;T0 停止计数
        MOV   A,TL0              ;存放计数值
        MOV   B,TH0
        SJMP  $
```

思 考 题

1. 要求计满 2 000 个外部脉冲后溢出中断，工作方式为 0，求计数初值的 TL0 和 TH0 是多少？

2. 已知单片机的机器周期为 $1\mu s$，要求定时值到达 7 000μs 时溢出中断，定时、方式 1，求定时初值的 TL0 和 TH0 是多少？

3. T0 为工作方式 1，定时值 5ms，TH0 和 TL0 的值是多少？

4. T1 为工作方式 2，定时值 250μs，TH1 和 TL1 的值是多少？

5. 设 T0 为工作方式 0，设置为定时状态，定时时间为 0.5ms，每到 0.5ms，就申请一次中断。在中断服务程序中将 P1.7 的内容取反送出（假设晶振为 12MHz）。请编写该方案的程序。

第7章 串行接口应用

8051 单片机具有一个采用通用异步接收器/发送器（UART）工作方式的全双工串行通信接口，它可以同时发送、接收数据。它具有两个相互独立的接收、发送缓冲器，两个缓冲器共用一个地址（99H），发送缓冲器只能写入、不能读出，接收缓冲器只能读出、不能写入。同时，该串行接口也可作为同步移位寄存器使用，其中帧格式可有 8 位、10 位和 11 位，并能设置成多种波特率。

7.1 概　述

在实际工作中，计算机的 CPU 与外部设备之间常常要进行信息交换。计算机与计算机之间往往也要交换信息，所有这些信息交换均称为通信。

通信方式有两种，即并行通信和串行通信。在并行通信中，一个并行数据占多少位二进制数，就需要多少根传输线。这种方式的特点是通信速度快，但传输线多、成本高，只适合近距离传送信息，一般通信距离应小于 30 米。而串行通信仅需一到两根传输线，故在长距离传送数据时，比较经济。但由于它每次只能传送一位，所以传送速度较慢。

在深入学习串行通信之前，我们必须搞清楚什么是串行通信。

通信：将一台计算机的数据送往另一台计算机的过程就称为通信。

并行通信：在通信过程中以字节为单位进行传送称为并行通信。

串行通信：在通信过程中以二进制位为单位进行传送称为串行通信。

并行通信和串行通信的比较如图 7.1 所示。

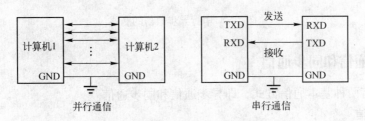

图 7.1　并行通信和串行通信的比较

在串行通信中按照控制方式又有串行同步和串行异步之分：

通信 $\begin{cases} \text{并行通信：一个数据的各位同时进行传送} \\ \text{串行通信} \begin{cases} \text{异步通信：一个数据以特定的帧形式，一位一位地传送} \\ \text{同步通信：在同步字符的引导下，一位一位地连续传送数据流} \end{cases} \end{cases}$

比较 3 种通信，我们不难看出它们各自的优缺点。

（1）并行通信：8 位数据在 1 个时钟作用下同时送出。优点：方法简单、速度快；缺点：费用高，只适合短距离。

（2）串行同步通信：通信双方由同一时钟，经同步字符引导后，8 位数据分别在 8 个时钟作用下逐位送出。与串行异步通信相比较优点为方法简单、速度略快；缺点为需要同一时钟。

（3）串行异步通信：通信双方约定按帧传送数据，需要在 10 个以上的时钟作用下才能将 8 位数据送出。与串行同步通信比较优点为无须同一时钟；缺点为方法复杂、速度略慢。

综合比较结果：从实现方法和数据的安全性看，串行异步通信更优。

7.1.1　通信方向

在串行通信中，如果某机的通信接口只能发送或接收数据，这种单向传送的方式称为单工通信。如果允许数据向两个方向中的任意一个方向传送，但每次只能有一个站发送，则称为半双工通信；若两机的发送和接收可以同时进行，则称为全双工通信。

通信方向 $\begin{cases}单工：某串行接口只能单方向发送或者接收数据 \\ 半双工：任意一方既可以发送又可以接收数据，但是同一时间只能完成发 \\ \qquad\qquad 送或者接收 \\ 全双工：发送和接收可以同时进行\end{cases}$

串行异步通信的通信方向（有些教科书也称为制式）有单工（Simplex）、半双工（Half Duplex）和全双工（Full Duplex）3 种，如图 7.2 所示。

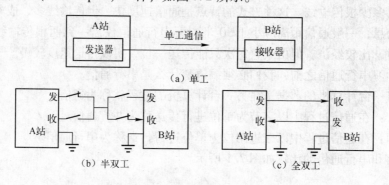

图 7.2　串行异步通信的制式

7.1.2　异步通信和同步通信

串行通信有两种基本通信方式，即异步通信和同步通信。

1. 异步通信

在异步通信中，数据或字符是被分为一帧一帧的传送的。在帧格式中，一帧数据由 4 个部分组成：起始位、数据位、奇偶校验位和停止位。首先是一个起始位"0"，然后是 5～8 位数据（规定低位在前，高位在后），接下来是奇偶校验位（可省略），最后是一个停止位"1"。起始位"0"信号用来通知接收设备一个待接收的字符开始到来。线路上在不传送字符期间应保持为"1"。接收端不断检测线路的状态，若连续为"1"以后又测到一个"0"，则表示发来了一帧新数据，应马上准备接收。

起始位后面紧接着的是数据位，它可以是 5 位（D0～D4）、6 位、7 位或 8 位（D0～D7）。

在字符中也可以规定不同的奇偶校验位，故奇偶校验位（D8）也可省去。在通信中也用这一位是"0"或"1"来确定这一帧中的字符所代表的信息是地址还是数据。

停止位用来表征字符的结束，它一定是高电位"1"，停止位可以是 1 位、1.5 位或 2 位。接收端收到停止位后，知道上一字符已传送完毕。同时，也为接收下一个字符做好准备。如图 7.3 所示是一种 11 位的帧格式。

图 7.3　11 位的帧格式

由于异步通信每传送一帧都有其固定的格式，通信双方只需按约定的帧格式来发送和接收数据即可，所以硬件结构比同步通信方式简单。此外，它还能利用校验位检测错误，所以这种通信方式应用较为广泛。

2. 同步通信

同步通信中，在数据开始传送前用同步字符来指示（通常约为 1~2 个），并由时钟来实现发送端和接收端同步，即检测到规定的同步字符后，就连续按顺序传送数据，直到通信告一段落。同步传送时，字符与字符之间没有间隙，也不用起始位和停止位，仅在数据块开始时用同步字符 SYNC 来指示，同步传送格式如下。

因为同步通信数据块传送时去掉了字符开始和结束的标志，所以其速度高于异步传送，但这种方式对硬件结构要求较高。

7.1.3　波特率

波特率（Baud Rate），即数据传送速率，表示每秒钟传送二进制代码的位数，它的单位是位/秒。假如数据传送的速率为每秒 120 个字符，每个字符包含 10 个代码位（一个起始位、一个停止位、8 个数据位），则传送的波特率为：

$$10 \times 120 \text{ 位/秒} = 1\ 200 \text{ 波特（bps）}$$

每一位代码的传送时间 T_d 为波特率的倒数：

$$T_d = \frac{1}{1\ 200} = 0.833\text{（ms）}$$

异步通信的传送速率在 50 到 19 200 波特之间，常用于计算机到 CRT 终端，以及双机和多机之间的通信等。

7.1.4　传送编码

因为在通信线路上传送的是"0"和"1"两种状态，而需传送的信息中有字母、数字和字符等，这就需用二进制数对传送的字母、数字和字符进行统一编码。常用的编码种类有美国标准信息交换码 ASCII 码和扩展的 BCD 码、EBCDIC 码等。

7.1.5　信号的调制与解调

当异步通信的距离在 30 米以内时，计算机之间可以直接通信。而当传输距离较远时，通常是用电话线进行传送的。由于电话线的带宽限制及信号传送中的衰减，会使信号发生明显的畸变。所以，在这种情况下，发送时要用调制器（Modulator）把数字信号转换为模拟信号，并加以放大再传送，这个过程称为调制。在接收时，再用解调器（Demodulator）检测此模拟信号，并把它转换成数字信号再送入计算机，这个过程称为解调，如图 7.4 所示。

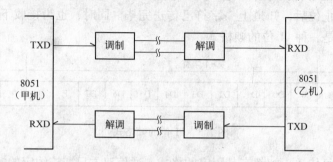

图 7.4　信号的调制与解调

（1）调制：将单片机发送端 TXD 的数字信号转换成模拟信号并升压送出。

（2）解调：将接收到的调制信号降压并转换成数字信号送到单片机的接收端 RXD。

7.2　串行异步通信接口的工作原理

串行异步通信接口工作原理如图 7.5 所示。

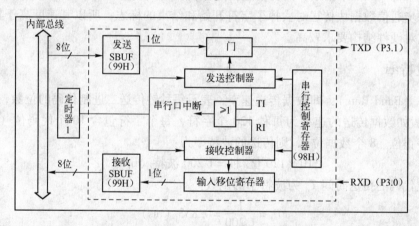

图 7.5　串行异步通信接口工作原理

1. 发送

发送数据时，由程序控制将数据写入发送缓冲寄存器 SBUF 中，在门电路和发送控制器的共同作用下，将一个字节的数据逐位送到单片机的发送端 TXD。

2. 接收

接收数据时，在输入移位寄存器和接收控制器的共同作用下，将单片机的接收端 RXD 的数据逐位移入接收缓冲寄存器 SBUF 中，由程序控制将接收缓冲寄存器 SBUF 中的字节数据读出。

下面介绍用于串行异步通信的两个控制寄存器，串行口控制寄存器 SCON 和电源控制寄存器 PCON。

7.2.1　串行口控制寄存器 SCON

SCON 用于确定串行口的工作方式选择、接收和发送控制，以及串行口的状态标志。其格式及功能如图 7.6 所示。

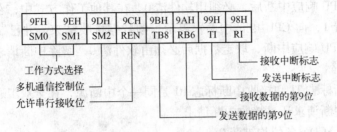

图 7.6　寄存器 SCON 的格式及功能

（1）SM0、SM1 工作方式控制位，可构成 4 种工作方式，如表 7.1 所示。

表 7.1　4 种工作方式

SM0	SM1	工作方式	说　明	波 特 率
0	0	0	同步移位寄存器	$f_{osc}/12$
0	1	1	10 位异步收发	可变
1	0	2	11 位异步收发	$f_{osc}/32$ 或 $f_{osc}/64$
1	1	3	11 位异步收发	可变

（2）SM2 在工作方式 2 和工作方式 3 中，用于主—从式多机通信的控制位。若 SM2 = 1，则允许多机通信。多机通信规定，第 9 位数据（D8）为 1，说明本帧为地址；若第 9 位数据为 0，则本帧为数据。当一个 8051（主机）与多个 8051（从机）通信时，所有从机的 SM2 都置为 1。主机首先发送一帧地址，即某从机地址编号，其中第 9 位为 1，被寻址的某个从机收到地址信息后，将其中的第 9 位装入 RB8。从机依据 RB8 的值来决定从机是否再接收主机的信息。若 RB8 = 0，说明是数据帧，则使接收中断标志位 RI = 0，信息丢失；若 RB8 = 1，说明是地址帧，数据装入接收/发送缓冲器，并置中断标志 RI = 1，中断所有从机，被寻址的目标从机使 SM2 = 0，以接收主机发来的一帧数据，其他从机仍然保持 SM2 = 1。

若 SM2 = 0，则不属于多机通信情况，接收到一帧数据后，无论第 9 位是 0 还是 1，都置中断标志 RI = 1，接收到的数据装入接收/发送缓冲器中。

在工作方式 1 时，若 SM2 = 1，则只有接收到有效停止位时，中断标志 RI 才置 1，以便接收下一帧数据。在工作方式 0 时，SM2 应为 0。

（3）REN：允许接收控制位，用软件置 1 或清 0。REN = 1 时，允许接收；REN = 0 时，禁止接收。

（4）TB8：在工作方式 2 和工作方式 3 中，它是准备发送的第 9 位数据位，根据需要可用软件置 1 或清 0。它可作为数据的奇偶校验位，或在多机通信中作为地址帧或数据帧的标志。

（5）RB8：在工作方式 2 和工作方式 3 中，它是接收到的第 9 位数据，它既可以作为约定好的奇偶校验位，也可以作为多机通信时的地址帧或数据帧标志。在工作方式 1 中，若 SM2 = 0 则 RB8 是接收到的停止位。工作方式 0 时不使用 RB8。

（6）TI：发送中断标志位。在工作方式 0 中，发送完 8 位数据后，由硬件置 1，向 CPU 申请发送中断。CPU 响应中断后，必须用软件清 0。在其他工作方式中，它在停止位开始发送时由硬件置 1，同样必须用软件清 0。

（7）RI：接收中断标志位。在工作方式 0 中，接收完 8 位数据后，由硬件置 1，向 CPU 申请接收中断，CPU 响应中断后，必须用软件清 0。在其他工作方式中，在接收到停止位的中间时刻由硬件置 1，向 CPU 申请中断，表示一帧数据接收结束，并已装入缓冲器，要求 CPU 取走数据。CPU 响应中断，取走数据后必须由软件清 0，解除中断请求，准备接收下一帧数据。

串行发送中断标志 TI 和接收中断标志 RI 是同一个中断源，在全双工通信时，必须用软件来判别是发送中断请求还是接收中断请求。

整机复位时，SCON 各位均被清 0。

7.2.2 电源控制寄存器 PCON

PCON 是为了在 CHMOS 的 8051 单片机上实现电源控制而设置的，其中只有一位 SMOD 与串行口工作有关。它的格式如图 7.7 所示。

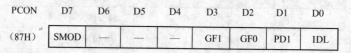

图 7.7　寄存器 PCON 的格式

SMOD 称为波特率选择位。在工作方式 1、工作方式 2 和工作方式 3 时，若 SMOD = 1，则波特率提高一倍；若 SMOD = 0，则波特率不加倍。整机复位时，SMOD = 0（串行口每秒钟发送/接收的位数称为波特率）。

7.3　串行通信的工作方式

7.3.1　工作方式 0

工作方式 0 为同步移位寄存器输入/输出方式，常用于扩展 I/O 口，串行数据通过 RXD（P3.0）端输入或输出。而同步移位时钟由 TXD（P3.1）端送出，作为外接器件的同步时钟信号。例如，通过 74LS164 接口芯片可扩展并行输出口，通过 74LS165 接口芯片可扩展并行输入口。扩展电路如图 7.8 所示。

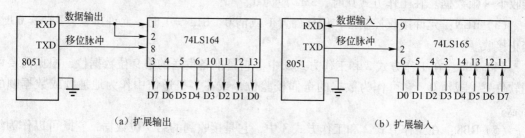

（a）扩展输出　　　　　　　　　　　　（b）扩展输入

图 7.8　利用 74LS164 和 74LS165 扩展 I/O 接口

在这种方式下，收发的数据为位，低位在前，无起始位、奇偶位和停止位。波特率为晶体振荡频率的 1/12。若晶振频率为 12MHz，则波特率为 1Mbps。

7.3.2　工作方式 1

工作方式 1 用于串行发送或接收数据，为 10 位通用异步接口。TXD 用于发送数据，RXD 用于接收数据，收发一帧数据的格式为 1 位起始位、8 位数据位和 1 位停止位，共 10 位，如图 7.9 所示。

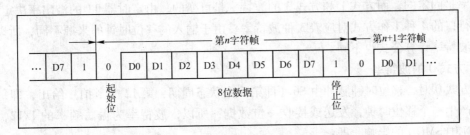

图 7.9　工作方式 1 的数据格式

其波特率为：

$$\frac{2^{\text{SMOD}}}{32} \cdot \text{T1 溢出率}$$

其中，SMOD 取 0 或 1，T1 的溢出率取决于计数速率和定时器的初值。计数速率与 TMOD 中 C/$\overline{\text{T}}$ 的状态有关。当 C/$\overline{\text{T}} = 0$ 时，计数速率 $= f_{\text{osc}}/12$；当 C/$\overline{\text{T}} = 1$ 时，计数速率取决于外部输入信号的频率。

7.3.3　工作方式 2

在工作方式 2 时，串行口以每帧 11 位异步通信格式收发数据。收发一帧数据的格式为 1 位起始位、8 位数据位、1 位可编程位和 1 位停止位，如图 7.10 所示。

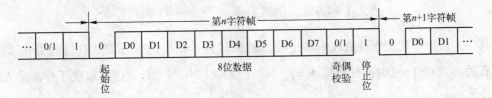

图 7.10　工作方式 2 的数据格式

其波特率为：

$$\frac{2^{\text{SMOD}}}{64} \cdot f_{\text{osc}}$$

7.3.4　工作方式 3

工作方式 3 和工作方式 2 的工作状况完全一样，只是工作方式 3 的波特率为：

$$\frac{2^{\text{SMOD}}}{32} \cdot \text{T1 溢出率}$$

当晶振频率 f_{osc} 一定时，方式 2 的波特率基本固定，而方式 3 的波特率还取决于 T1 的溢出率。

7.4　波特率设计

通过前面章节的学习，我们知道在串行通信中，收发双方对发送或接收的数据速率要有一定的约定，我们通过软件对 8051 串行口编程可约定 4 种工作方式。其中，方式 0 和方式 2 的波特率是固定的，而方式 1 和方式 3 的波特率是可变的，由定时器 T1 的溢出率决定。

串行口的 4 种工作方式对应着 3 种波特率。由于输入的移位时钟的来源不同，所以各种方式的波特率计算公式也不同。

1. 方式 0 的波特率

在方式 0 时，移位时钟脉冲由 S6（即第 6 个状态周期，第 12 个节拍）给出，即每个机器周期产生一个移位时钟，发送或接收一位数据；所以，波特率为振荡频率的 1/12，并不受 PCON 中 SMOD 的影响，即：

$$方式 0 的波特率 = f_{osc}/12$$

2. 方式 2 的波特率

串行口方式 2 波特率的产生与方式 0 不同，即输入时钟源的频率不同。控制接收与发送的移位时钟由振荡频率 f_{osc} 的第二节拍（即 $f_{osc}/2$）给出，所以方式 2 的波特率取决于 PCON 中 SMOD 位的值，当 SMOD = 0 时，波特率为 f_{osc} 的 1/64；若 SMOD = 1，则波特率为 f_{osc} 的 1/32，即：

$$方式 2 的波特率 = \frac{2^{SMOD}}{64} \cdot f_{osc}$$

3. 方式 1 和方式 3 的波特率

移位时钟脉冲由定时器 T1 的溢出率决定，故波特率由定时器 T1 的溢出率与 SMOD 的值同时决定，即：

$$方式 1 和方式 3 的波特率 = \frac{2^{SMOD}}{32} \cdot T1 溢出率$$

其中，溢出率取决于计数速率和定时器的预置值，计数速率与 TMOD 寄存器中 C/$\overline{T}$ 的状态有关。当 C/$\overline{T}$ = 0 时，计数速率 = $f_{osc}/12$；当 C/$\overline{T}$ = 1 时，计数速率取决于外部输入时钟频率。

当定时器 T1 当做波特率发生器使用时，通常选用可自动装入初值模式（工作方式 2），在工作方式 2 中，TL1 做计数用，而自动装入的初值放在 TH1 中，设计数初值为 X，则每过"256 − X"个机器周期，定时器 T1 就会产生一次溢出。为了避免因溢出而引起中断，此时应禁止 T1 中断，这时，溢出周期为：

$$\frac{12}{f_{osc}} \cdot (256 - X)$$

溢出率为溢出周期的倒数，所以有：

$$波特率 = \frac{2^{SMOD}}{32} \cdot \frac{f_{osc}}{12 \cdot (256 - X)}$$

此时，定时器 T1 在工作方式 2 时的初值为：

$$X = 256 - \frac{f_{osc} \cdot (SMOD + 1)}{384 \cdot 波特率}$$

【例 7.1】已知 8051 单片机时钟振荡频率为 11.0592MHz，选用定时器 T1、工作方式 2 做波特率发生器，波特率为 2 400 波特，求初值 X。

解：设波特率控制位 SMOD = 0，则有：

$$X = 256 - \frac{11.059\ 2 \times 106 \times (0+1)}{384 \times 2\ 400} = 244 = F4H$$

所以，（TH1）=（TL1）= F4H。

晶振频率选为 $f_{osc} = 11.059\ 2$MHz 就是为了使初值为整数，从而产生精确的波特率。

如果串行通信选用很低的波特率，可将定时器 T1 置于工作方式 0 或工作方式 1，但在这种情况下，T1 溢出时，需用中断服务程序重装初值。中断响应时间和执行指令时间会使波特率产生一定的误差，可用改变初值的办法加以调整。如表 7.2 所示列出了各种常用波特率及其初值。

表 7.2 常用波特率及其参数选择关系

波特率	f_{osc}	SMOD	定时器 T1		
			C/$\overline{T}$	模式	初值
方式 0：1MHz	12MHz	×	×	×	×
方式 2：375kHz	12MHz	1	×	×	×
方式 1、3：62.5kHz	12MHz	1	0	2	FFH
19.2kHz	11.059MHz	1	0	2	FDH
9.6kHz	11.059MHz	0	0	2	FDH
4.8kHz	11.059MHz	0	0	2	FAH
2.4kHz	11.059MHz	0	0	2	F4H
1.2kHz	11.059MHz	0	0	2	E8H
137.5kHz	11.059MHz	0	0	2	1DH
110Hz	6MHz	0	0	2	72H
110Hz	6MHz	0	0	1	FEEBH

7.5 串行口应用举例

下面通过几个应用实例，来加深对串行异步通信工作在不同方式的理解。

7.5.1 利用串行口工作方式 0 扩展 I/O 口

由前面章节可知，8051 单片机的串行口在工作方式 0 状态下，使用移位寄存器芯片可以扩展一个或多个 8 位并行 I/O 口。所以，若串行口别无他用，就可用来扩展并行 I/O 口，这种方法不占用片外 RAM 地址，而且还能简化单片机系统的硬件结构。但缺点是操作速度较慢，扩展芯片越多，速度越慢。

【例 7.2】 用 74LS165 扩展并行输入口。

如图 7.11 所示是利用两片 74LS165 扩展两个 8 位并行输入口的实用电路。

74LS165 是可并行输入的 8 位移位寄存器。当移位/输入端 S/$\overline{L}$ 由 "1" 变为 "0" 时，并行输入端的数据被输入各寄存器。当 S/$\overline{L}$ = "1" 且时钟禁止端（15 脚）为低时，在时钟

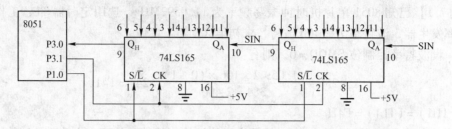

图 7.11　利用两片 74LS165 扩展并行输入口

脉冲的作用下，数据由 Q_A 向 Q_H 方向移动，图中 SIN 为串行输入端。下面的程序是从 16 位扩展口读入 10 组数据（每组 2 个字节），并把它们转存到内部 RAM 从 40H 开始的单元。

程序清单如下：

```
            ORG    0000H
            MOV    R6,#0AH        ;设置读入组数
            MOV    R1,#40H        ;设置片内 RAM 指针
RCV0：      CLR    P 1.0          ;并行置入数据
            SETB   P 1.0          ;允许串行移位
            MOV    R0,#02H        ;设置每组字节数
RCV1：      MOV    SCON,#10H      ;设置工作方式 0,并启动接收
WAIT：      JNB    RI,WAIT        ;未接收完一帧数据,等待

            CLR    RI             ;清接收中断标志,准备下次接收
            MOV    A,SBUF         ;读入数据
            MOV    @R1,A          ;送内部 RAM 区
            INC    R1             ;指向下一个地址
            DJNZ   40,RCV1        ;若未读完一组继续
            DJNZ   R6,RCV0        ;预定的字节数读完否
```

【例 7.3】用 74LS164 扩展并行输出口。

如图 7.12 所示是利用两片 74LS164 扩展两个 8 位并行输出口的实用电路。

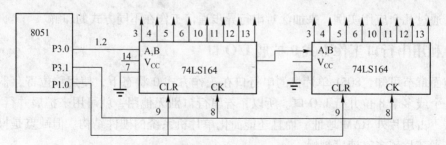

图 7.12　利用两片 74LS164 扩展两个 8 位并行输出口

74LS164 是 8 位串入并出移位寄存器，由于其无输出控制端，故在串行输入过程中，输出端会不断地变化，所以一般应在 74LS164 和输出装置之间加接输出控制门，以保证串行输入结束后再输出数据。下面的程序将内部 RAM 区中 20H 和 21H 单元的内容经串行口由

74LS164 并行送出。

程序清单如下：

```
          ORG   0000H
START：   MOV   R6,#02H          ;设置发送字节数
          MOV   R0,#20H          ;设置片内 RAM 指针
          MOV   SCON,#00H        ;设置串行口方式 0
SEND：    MOV   A,@ R0
          MOV   SBUF,A           ;启动串行口发送
WAIT：    JNB   TI,WAIT          ;未发送完一帧,等待
          CLR   TI               ;清发送中断标志
          INC   R0               ;取下一个数
          DJNZ  R6,SEND          ;判断是否发送完
```

7.5.2　利用串行口进行异步单工通信

1. 发送工作

【例7.4】编程把片内 40H ~4FH 单元中的数据串行发送出去，定义为工作方式 2，TB8 作为奇偶校验位，在数据写入发送缓冲器之前，先将数据的奇偶位写入 TB8。这时，第 9 位数据作为奇偶校验用，程序如下：

```
          MOV   SCON,#80H        ;设定工作方式 2
          MOV   PCON,#80H        ;波特率为 f_{ocs}/32
          MOV   R0,#40H          ;设片内指针
          MOV   R2,#10H          ;数据长度送 R2
LOOP：    MOV   A,@ R0           ;取数据送 A
          MOV   C,P              ;奇偶位送 TB8
          MOV   TB8,C
          MOV   SBUF,A           ;启动发送
WAIT：    JBC   TI,CONT          ;判断发送中断标志
          SJMP  WAIT
CONT：    INC   R0
          DJNZ  R2,LOOP
```

2. 接收工作

【例7.5】用工作方式 2 编制一个串行口接收程序，核对奇偶校验位，并进行接收正确和接收错误的判断和处理。程序如下：

```
          MOV   SCON,#90H        ;工作方式 2,并允许接收
LOOP：    JBC   RI,READ          ;等待接收数据并清 RI
          SJMP  LOOP
READ：    MOV   A,SBUF           ;读入一帧数据
          JB    PSW.0,ONE        ;判断接收端奇偶
          JB    RB8,ER           ;R 判断发送端奇偶
          SJMP  RIGHT
ONE：     JNB   RB8,ERR
```

```
        RIGHT：                          ;接收正确
        ERR：                            ;接收错误
```

当接收到一个字符时，从 SBUF 送到累加器 A 中会产生接收端的奇偶值，而保存在 RB8 中的值为发送端的奇偶值，若接收正确，两个奇偶值应相等，否则接收字符有错，需通知对方重发。

7.5.3　用串行口进行异步双工通信

【例7.6】设 MCS – 51 单片机用双工方式收发 ASCII 码字符，最高位作为奇偶校验位（奇校验），要求传送的波特率为 1 200 波特。双工通信要求收发能同时进行，实际上，CPU 只是把数据从接收缓冲器读出，并把数据写入发送缓冲器，数据传送用中断方式进行，CPU 响应中断后，通过检测是 RI 置位还是 TI 置位来决定 CPU 是进行发送操作还是接收操作。

设发送数据区首地址为 20H，接收数据区首地址为 40H，晶振为 6MHz，通过计算或查表可得 T1 初值为 F4H（SMOD = 0）。

主程序如下：

```
    MAIN:MOV    TMOD,#20H            ;T1 工作方式 2
         MOV    TL1,#0F4H            ;置初值
         MOV    TH1,#0F4H
         SETB   TR1                 ;启动 T1
         MOV    SCON,#50H           ;串行口工作方式 1(REN = 1)
         MOV    R0,#20H             ;发送区首址
         MOV    R1,#40              ;接收区首址
         SETB   ES                  ;串行口开中断
         SETB   EA                  ;CPU 开中断
         ACALL  SOUT                ;输出一个字符
    LOOP:SJMP   LOOP                ;等待
```

中断服务程序如下：

```
         ORG    0023H               ;串行口中断入口地址
         AJMP   SBR1                ;转中断服务程序

    SBRI：JNB    RI,SEND            ;RI 不为 1,调发送子程序
         ACALL  SIN                 ;RI = 1,调接收子程序
         SJMP   NEXT                ;转至出口
    SEND：ACALL  SOUT               ;调用发送子程序
    NEXT:RETI                       ;中断返回
```

发送子程序如下：

```
    SOUT:MOV    A,@ R0              ;取数送 A
         MOV    C,P                 ;奇偶标志送 C
         CPL    C                   ;用奇校验
         MOV    ACC.7,C             ;加到 ASCII 码高位
         INC    R0                  ;发送区地址指针加 1
```

```
          MOV   SBUF,A              ;发送 ASCII 码
          CLR   TI                 ;清 TI
          RET
```

接收子程序如下：

```
SIN: MOV   A,SBUF               ;接收 SBUF 中内容
     MOV   C,P                  ;取校验位
     JNC   ERR                  ;偶数个"1"出错
     ANL   A,#7FH               ;删去校验位
     MOV   @R1,A                ;读入内存
     INC   R1                   ;接收区地址指针加 1
     CLR   RI                   ;清 RI
     RET
```

【例 7.7】主从式多机通信。

（1）主机向 02 号从机发送 50H ~ 5FH 单元内的数据。

```
          ORG    2000H
MAIN:     MOV    SCON,#98H       ;串行口方式 2,令 SM2 = 0、REN = 1、TB8 = 1
M1:       MOV    SBUF,#02H       ;呼叫 02 号从机
L1:       JBC    TI,L2
          SJMP   L1
L2:       JBC    RI,S1           ;等待从机应答
          SJMP   L2
S1:       MOV    A,SBUF          ;取出应答地址
          XRL    A,#02H          ;判断是否 02 号机应答
          JZ     RIGHT           ;若 02 号机,转发送
          AJMP   M1              ;若不是 02 号机,重新呼叫
RIGHT:    CLR    TB8             ;联络成功,清除地址标志
          MOV    R0,#50H         ;数据区首址送 R0
          MOV    R7,#10H         ;字节数送 R7
LOOP:     MOV    A,@R0           ;取发送数据
          MOV    SBUF,A          ;启动发送
WA:       JBC    TI,CON          ;判发送中断标志
          SJMP   WA
CON:      INC    R0
          DJNZ   R7,LOOP
          AJMP   MAIN
```

（2）从机（02 号）响应主机呼叫的联络程序如下：

```
          ORG    2000H
          MOV    R0,#50H         ;从机数据区首址
          MOV    R7,#10H         ;字节长度
SI:       MOV    CON,#0B0H       ;串行口工作方式 2,SM = 2,REN = 1
SR1:      JBC    RI,SR2          ;等待主机发送
```

```
          SJMP    SR1
SR2:      MOV     A,SBUF              ;取出呼叫地址
          XRl     A,#02H             ;判断是否呼叫本机(02 号)
          JNZ     SR1                ;不是本机,继续等待
          CLR     SM2                ;是本机,清 SM2
          MOV     SBUF,A             ;向主机发应答地址
WT:       JBC     TI,SR3             ;发完地址跳转
          SJMP    WT                 ;未发完继续
SR3:      JBC     RI,SR4             ;等待主机发送数据
          SJMP    SR3
SR4:      JNB     RB8,RIGHT          ;再判断联络是否成功
          SETB    SM2                ;未联络成功,恢复等待主机发送
          SJMP    SR1
RIGHT:    MOV     A,SBUF             ;联络成功,取主机发来的信息
          MOV     @R0,A              ;数据送缓冲区
          INC     R0
          DJNZ    R7,SR3             ;未接收完继续
          AJMP    SI
```

【例7.8】如图7.13 所示,有甲、乙两台单独供电的单片机,它们的串行口直接相连,晶振频率均为12MHz。每台单片机上有 1 个数码管编写甲机和乙机的通信程序,要求甲机工作在倒计时状态,同时将倒计时结果在甲机和乙机上显示出来,即甲机显示9、8、7、6、5、4、3、2、1、0、9……不断循环,在乙机上显示与甲机相同的结果。

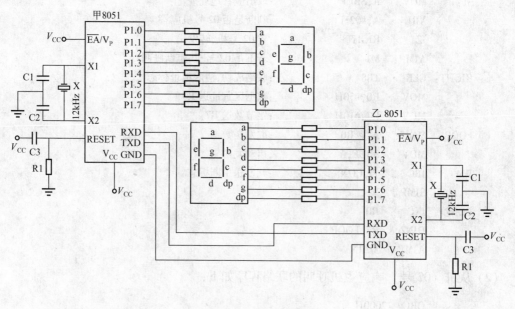

图 7.13　硬件结构

甲机设置如下。

(1) 串行口工作于方式 1。

（2）T1 做波特率发生器使用，工作于方式 2，波特率为 1 200bps，此时 TH1 = TL1 =0E6H。

（3）T0 用于定时，工作于方式 1，定时时间为 50ms，此时 TH0 = 3CH，TL0 = 0B0H。

乙机设置如下。

（1）传行口工作于方式 1。

（2）T1 做波特率发生器用，工作于方式 2，波特率为 1 200bps，TH1 = TL1 =0E8H。

程序清单如下。

（1）甲机。

① 主程序：

```
            ORG   0000H
            LJMP  MAIN
            ORG   000BH
            LJMP  AT0
            ORG   0023H
            LJMP  SERJ
    MAIN:   MOV   SP,#60H           ;设置堆栈
            MOV   SCON,#40H         ;串口设为方式 1,不允许接收
            MOV   PCON,#00H         ;波特率不倍增
            MOV   IE,#92H           ;允许串口和 T0 中断
            MOV   TL1,#0E6H         ;T1 初值
            MOV   TH1,#0E6H
            MOV   TMOD,#21H         ;定时器 T1 设为方式 2,T0 设为方式 1
            MOV   TL0,#0B0H;        定时器 T0 定为 50ms
            MOV   TH0,#3CH
            MOV   30H,#20           ;30H 单元为计数单元,20 次为 1s
            MOV   R7,#00H           ;R7 为秒单元,先清 0
            SETB  TR1               ;启动定时器 T1
            MOV   A,#3FH            ;数码管显示"0"
            MOV   P1,A
            MOV   SBUF,A            ;向乙机发送"0"的字码
            SETB  TR0               ;启动定时器 T0
            SJMP  $                 ;等待中断
```

② T0 中断服务子程序：

```
    AT0:    MOV   TL0,#0B0H         ;定时器 T0 定时 50ms
            MOV   TH0,#3CH
            DJNZ  30H,AT00          ;1s 未到,返回
            MOV   30H,#20           ;继续下一轮
            DEC   R7                ;秒单元减 1
            CJNE  R7,#0FFH,AT01     ;秒单元未减到 0,则返回
            MOV   R7,#9             ;秒单元减到 0,则从 9 开始进行
```

```
AT01： MOV    DPTR,#TAB              ;字码表首地址送 DPTR
       MOV    A,R7                   ;偏移量送 A
       MOVC   A,@ A + DPTR           ;查表取得显示字码
       MOV    P1,A                   ;在数码管上显示字形
       MOV    SBUF,A                 ;向乙机发送字码
AT00： RETI
```

③ T1 中断服务子程序：

```
SERJ： JNB    TI,DOWN                ;若 TI = 0,则转到 DOWN
       CLR    TI                     ;TI = 1,为发送中断,先使 TI 清 0
DOWN： RETI
TAB：  DB     3FH                    ;字码表
       DB     06H
       DB     5BH
       DB     4FH
       DB     66H
       DB     6DH
       DB     7DH
       DB     07H
       DB     7FH
       DB     6FH
       END
```

（2）乙机。

① 主程序：

```
       ORG    0000H
       LJMP   MAIN
       ORG    0023H
       LJMP   SERY
MAIN： MOV    SP,#60H
       MOV    SCON,#40H              ;设串口为方式 1,不允许接收
       MOV    PCON,#00H
       MOV    IE,#90H                ;允许串口中断
       MOV    TL1,#0E6H              ;定时器 T1 初值
       MOV    TH1,#0E6H              ;8 位重装
       MOV    TMOD,#20H              ;定时器 T1 设为方式 2
       SETB   TR1                    ;启动定时器 T1
       MOV    A,#3FH
       MOV    P1,A                   ;在数码管上显示"0"
       SETB   REN                    ;允许接收
       SJMP   $                      ;等待中断
```

② 串口中断服务子程序：

```
SERY：　JNB　RI,DOWN　　　　　;若 RI = 0,则转到 DOWN
　　　　CLR　RI　　　　　　　　;RI = 1,为接收中断,先使 RI 清 0
　　　　MOV　A,SUBF　　　　　 ;接收字码
　　　　MOV　P1,A　　　　　　　;显示字形
DOWN：RETI　　　　　　　　　　;返回

　　　　END
```

思　考　题

1. 串行通信的方向分为哪几类?

2. 串行异步通信的帧格式是怎样的?

3. 波特率的含义是什么?

4. 串行异步通信的波特率要求 7.8Kbps 时，若 SMOD = 0，T1 的定时初值应该是多少(查表)?

5. 方式 0 主要应用在什么场合?

6. 异步单工通信的特点是什么?

7. 比较异步单工通信与异步双工通信的主要特点。

第8章 中断系统应用

通过前面 7 章的学习,我们能使单片机正常工作,一条一条地按顺序执行指令,但这都是程序员事先安排的,对于突发事件却无能为力。为解决这个问题,引入中断是十分必要的。

8.1 中断的概念

先通过一个生活常识,启发对中断的认识。

当你正在家里上网聊天时,电话铃响了,你会暂时停止聊天而去接电话,正在接电话的时候有人按门铃,你不得不放下电话去开门,然后继续接电话,电话接完后再回到网上继续聊天。

这里的网上聊天是当前任务。

电话铃响和门铃响都属于中断源。

先处理门铃还是电话铃是中断级别。

接电话和开门是中断响应。

对于这 3 件事的孰缓孰急的判断为中断控制。

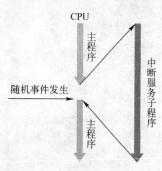

图 8.1 单片机处理中断的过程

8051 单片机为我们提供了一套完整的中断系统,包括对中断源的识别、中断级别安排、快速中断响应,以及完善的中断控制。

中断是指由于某种随机事件的发生,计算机暂停现行程序的运行,转去执行另一程序,以处理发生的事件,处理完毕后又自动返回原来的程序继续运行。单片机处理中断的过程如图 8.1 所示。

CPU 正在运行的程序称为主程序。

处理随机事件的程序称为中断服务子程序。

8.1.1 为什么要用中断

在 CPU 与外设交换信息时,若用查询的方式,则 CPU 会浪费较多的时间去等待外设,这就是快速的 CPU 和慢速的外设之间的矛盾。为了解决这个问题,引入了中断的概念。引入中断后有以下优点。

1. 同步工作

计算机有了中断功能后,就可以使 CPU 和外设同步工作了。CPU 启动外设工作后,可继续执行主程序,而外设把数据准备好后,发出中断请求,请求 CPU 中断原程序的执行,转去执行输入/输出(中断处理)。中断程序执行完后,CPU 恢复执行主程序,外设也继续工作。这样,CPU 就可指挥多个外设同时工作,大大提高了 CPU 的利用率,也提高了输入/

输出速度。

2. 实时处理

在实时控制中，现场采集到的各种数据可在任意时刻发出中断请求，要求 CPU 处理，若中断是开放的，则 CPU 就可以马上对数据进行处理。

3. 故障处理

若计算机在运行过程中出现了事先预料不到的情况或故障时（如掉电、存储出错、溢出等），可以利用中断系统自行处理，而不必停机。

8.1.2 中断源

引起中断的原因或能发出中断申请的来源，称为中断源。

通常的中断源有以下几种。

（1）外部输入/输出设备，如 A/D、打印机等。

（2）数据通信设备，如双机或多机通信。

（3）定时时钟。

（4）故障源，如掉电保护请求等。

（5）为调试程序而设置的中断源。

8.1.3 中断系统的功能

1. 实现中断并返回

当某一个中断源发出中断请求时，CPU 应决定是否响应这个中断请求（当 CPU 正在执行更重要的工作时，可暂不响应中断）。若响应这个中断请求，CPU 必须在现行的指令执行完后，保护现场和断点，然后转到需要处理的中断源的服务程序入口，执行中断服务程序。当中断处理完后再恢复现场和断点，使 CPU 返回去继续执行主程序。

2. 能实现优先权排队

通常，在系统中有多个中断源，有时会出现两个或两个以上的中断源同时提出中断请求的情况。这时，CPU 应能找到优先级别最高的中断源，响应它的中断请求，在优先级别最高的中断源处理完后，再响应级别较低的中断源。

3. 高级中断源能中断低级的中断处理

当 CPU 响应某一中断源的请求进行中断处理时，若有优先级别更高的中断源发出中断请求，则 CPU 应能中断正在执行的中断服务程序，保留这个程序的断点和现场，响应高级中断。在高级中断处理完后，再继续执行被中断的中断服务程序。若当发出新的中断请求的中断源的优先级别与正在处理的中断源同级或更低时，CPU 则不响应这个中断请求，直到正在处理的中断服务程序执行完后，才去处理新的中断请求。

8.2 MCS-51 单片机中断系统

8051 单片机的中断系统由与中断有关的特殊功能寄存器、中断入口和顺序查询逻辑电路等组成，其结构框图如图 8.2 所示。

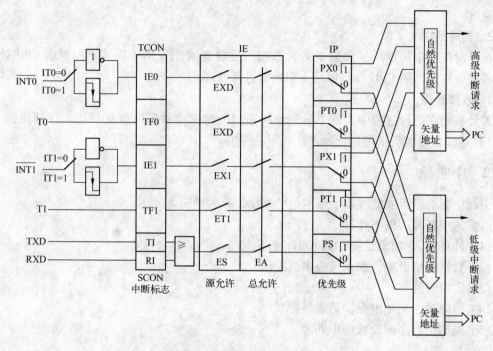

图 8.2　中断系统结构框图

8.2.1　中断请求源

8051 单片机的 5 个中断源如图 8.3 所示。

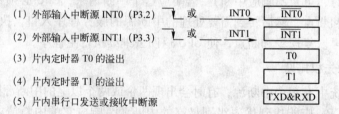

(1) 外部输入中断源 INT0 (P3.2)　或　INT0　$\overline{INT0}$

(2) 外部输入中断源 INT1 (P3.3)　或　INT1　$\overline{INT1}$

(3) 片内定时器 T0 的溢出　T0

(4) 片内定时器 T1 的溢出　T1

(5) 片内串行口发送或接收中断源　TXD&RXD

图 8.3　中断系统中的 5 个中断源示意图

8051 单片机提供了 5 个中断请求源，其中两个为外部中断请求 $\overline{INT0}$ (P3.2) 和 $\overline{INT1}$ (P3.3)，两个为片内定时器/计数器 T0 和 T1 的溢出中断请求 TF0 (TCON.5) 和 TF1 (TCON.7)，1 个为片内串行口发送或接收中断请求 TI (SCON.1) 或 RI (SCON.0)，这些中断请求源分别由特殊功能寄存器 TCON 和 SCON 的相应位锁存。

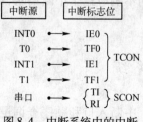

图 8.4　中断系统中的中断
标志寄存器示意图

8.2.2　标志寄存器

8051 有两个保存中断标志的寄存器 TCON（用 4 位）和 SCON（用 2 位）。如图 8.4 所示。

它们的作用是保存相应中断源的信号。每一个中断源都有相应的中断标志位。

某一个中断源申请中断，相应中断标志位置 1，否则清 0。

1. 定时器/计数器控制寄存器 TCON

TCON 为定时器/计数器 T0、T1 的控制寄存器，同时也锁存了 T0、T1 的溢出中断源和外部中断请求源，在中断系统中也称其为标志寄存器。与中断有关的位如图 8.5 所示。

TCON	8FH		8DH		8BH	8AH	89H	88H
(88H)	TF1		TF0		IE1	IT1	IE0	IT0

图 8.5　寄存器 TCON 中与中断有关的位

IT0：外部中断 0 触发方式控制位。当 IT0 = 0 时，外部中断控制为电平触发方式。在这种方式下，CPU 在每个机器周期的 S5P2 期间采样 $\overline{\text{INT0}}$（P3.2）的输入电平，若采到低电平，则认为有中断请求，随即置位 IE0；若采到高电平，则认为无中断请求或中断请求已撤销，随即对 IE0 清 0。在电平触发方式中，CPU 响应中断后不能自动使 IE0 清 0，也不能由软件使 IE0 清 0，故在中断返回前必须清除 $\overline{\text{INT0}}$ 引脚上的低电平，否则会再次响应中断，造成出错。

若 IT0 = 1，外部中断 0 控制为边沿触发方式，CPU 在每个机器周期的 S5P2 期间采样 $\overline{\text{INT0}}$ 的输入电平。若在相继两次采样中，一个周期采样为高电平，接着的下一个周期采样为低电平，则将 IE0 置 1，表示外部中断 0 正在向 CPU 请求中断，直到该中断被 CPU 响应时，IE0 才由硬件自动清 0。在边沿触发方式中，为了保证 CPU 在两个机器周期内检测到先高后低的负跳变，输入高低电平的持续时间起码要保持 1 个机器周期。

IE0：外部中断 0 标志，若 IE0 = 1，则外部中断 0 向 CPU 请求中断。

IT1：外部中断 1 触发方式控制位，功能与 IT0 相同。

IE1：外部中断 1 标志，功能与 IE0 相同。

TF0：T0 溢出中断标志，在启动 T0 计数后，T0 从初值开始加 1 计数。当计满溢出时，由硬件使 TF0 置 1，向 CPU 请求中断，CPU 响应 TF0 中断后，由硬件对 TF0 清 0，TF0 也可由软件清 0（用于查询方式时）。

TF1：T1 溢出中断标志，功能与 TF0 相同。

当单片机系统复位后，TCON 各位均清 0。

2. 串行口控制寄存器 SCON

SCON 为串行口控制寄存器，字节地址为 98H，SCON 的低 2 位 TI 和 RI 锁存串行口的接收中断和发送中断标志，在中断系统中也称其为标志寄存器。与中断标志有关的位如图 8.6 所示。

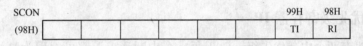

SCON							99H	98H
(98H)							TI	RI

图 8.6　寄存器 SCON 中与中断有关的位

TI：串行口发送中断标志。在串行口以方式 0 发送时，每当发送完 8 位数据，由硬件使 TI 置 1；若以方式 1、方式 2 或方式 3 发送时，在发送停止位的开始时使 TI 置 1，TI = 1 表示串行口发送正在向 CPU 请求中断。但 CPU 响应中断时，不会对 TI 清 0，必须由软件清 0。

RI：串行口接收中断标志。若串行口接收器允许接收，并以方式 0 工作，则每当接收到 8 位时使 RI 置 1；若以方式 1、2、3 工作，且 SM2 = 0（单机通信），则每当接收到停止位的中间位置时使 RI 置 1；当串行口以方式 2 或方式 3 工作，且 SM2 = 1（多机通信）时，在接收到的第 9 位数据 RB8 为 1 且同时还要在接收到停止位的中间位置时才使 RI 置 1。RI = 1 表示串行口接收器正在向 CPU 请求中断。同样，CPU 响应中断时不会对 RI 清 0，必须由软件清 0。

8.2.3　中断允许寄存器 IE

8051 单片机有一个对中断进行确认的寄存器 IE，我们称之为中断允许寄存器，如图 8.7 所示。

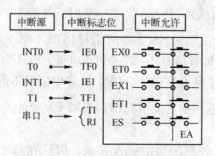

图 8.7　中断系统中的中断允许寄存器示意图

其功能是对中断源的请求进行允许或禁止的管理。

对于每个中断源，其允许与禁止由中断允许寄存器 IE 中的某一位控制，格式如图 8.8 所示。

IE (A8H)	AFH			ACH	ABH	AAH	A9H	A8H
	EA	/	/	ES	ET1	EX1	ET0	EX0

图 8.8　寄存器 IE 的格式

EA：CPU 的中断开放标志。EA = 1，CPU 开放中断；EA = 0，CPU 禁止（屏蔽）所有的中断请求。

ES：串行口中断允许位。ES = 1，允许串行口中断；ES = 0，禁止串行口中断。

ET1：T1 的溢出中断允许位。ET1 = 1，允许 T1 中断；ET1 = 0，禁止 T1 中断。

EX1：外部中断 1 中断允许位。EX1 = 1，允许外部中断 1 中断；EX1 = 0，禁止外部中断 1 中断。

ET0：T0 的溢出中断允许位。ET0 = 1，允许 T0 中断；ET0 = 0，禁止 T0 中断。

EX0：外部中断 0 中断允许位。EX0 = 1，允许外部中断 0 中断；EX0 = 0，禁止外部中断 0 中断。

单片机系统复位后，IE 中各位均被清 0，即禁止所有中断。

8.2.4　中断优先级寄存器 IP

8051 单片机有两个中断优先级，对于每一个中断请求源都可编程为高优先级中断或低优先级中断，还可实现二级中断嵌套。一个正在执行的低优先级中断能被高优先级中断中断，但不能被另一个低优先级中断中断，如图 8.9 所示。

优先级寄存器 IP，字节地址为 B8H，只要通过程序改变其内容，就可对各中断源的中断级别进行设置。其格式如图 8.10 所示。

PS：串行口中断优先级控制位。PS = 1，串行口中断设置为高优先级中断；PS = 0，设置为低优先级中断。

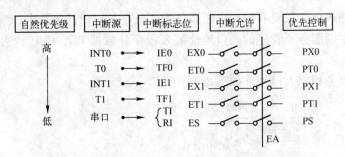

图 8.9 中断系统中的中断优先级寄存器示意图

IP	BCH	BBH	BAH	B9H	B8H
(B8H)	/	/	/	PS	PT1	PX1	PT0	PX0

图 8.10 寄存器 IP 的格式

PT1：T1 中断优先控制位。PT1 = 1，定时器/计数器 T1 设置为高优先级中断；PT1 = 0，设置为低优先级中断。

PX1：外部中断 1 中断优先级控制位。PX1 = 1，外部中断 1 设置为高优先级中断；PX1 = 0，设置为低优先级中断。

PT0：T0 中断优先级控制位。PT0 = 1，定时器/计数器 T0 设置为高优先级中断；PT0 = 0，设置为低优先级中断。

PX0：外部中断 0 中断优先级控制位。PX0 = 1，外部中断 0 设置为高优先级中断；PX0 = 0，设置为低优先级中断。

单片机系统复位后，IP 各位均为 0，各中断源均为低优先级中断。

单片机的中断系统有两个不可寻址"优先级有效"触发器。其中一个指示某高优先级的中断正在执行，所有后来申请的中断都被阻止。另一个触发器指示某低优先级的中断正在执行，所有的同级中断都被阻止，但不阻止高优先级的中断。

同一优先级别的中断源按照自然优先级顺序确定优先级别（由硬件形成无法改变）。

当同时收到几个同一优先级的中断请求时，哪一个先得到服务，取决于中断系统内部的查询顺序。这相当于在每个优先级内，还同时存在另一个辅助优先级结构，其优先顺序如表 8.1 所示。

表 8.1 优先顺序表

中 断 源	中断优先级别
外部中断 0 T0 溢出中断 外部中断 1 T1 溢出中断 串行口中断	最高 ↓ 最低

8.2.5 中断服务程序入口地址

为了确保每个中断源请求中断时，处理器在响应中断后能准确地执行对应的中断服务子程序，单片机为其规定了 5 个中断源对应 5 个固定的中断入口地址（矢量地址），这是由硬件设定好的，不能改变。只要我们将中断服务程序放在其对应的地址中，当中断响应后，硬件就会自动将该中断服务子程序的入口地址装入程序计数器 PC，CPU 转去执行对应中断服务子程序。

这 5 个中断服务程序入口地址如图 8.11 所示。

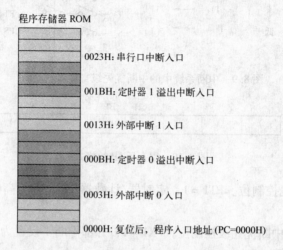

图 8.11　中断服务程序入口地址

从图 8.11 中不难看出，每个中断源占据程序存储器中的 8 个字节，这 8 个字节专用于存放中断服务程序的机器码。

8.3　中断的响应条件及响应过程

1. 响应条件

单片机响应中断的条件是，中断源有请求，中断允许寄存器 IE 中的 EA = 1，中断允许寄存器 IE 中其他相应允许位置 1。这样，在每个机器周期内，单片机对所有中断源都进行顺序检测，并可在任意一个周期的 S6 期间，找到所有有效的中断请求，然后对其优先级排队，只要满足下列条件，单片机便在紧接着的下一个机器周期 S1 期间响应中断，否则将丢弃中断查询的结果。

（1）无同级或高级中断正在服务。

（2）现行指令执行到最后一个机器周期且已结束。

（3）当现行指令为 RETI 或需访问特殊功能寄存器 IE 或 IP 的指令时，执行完该指令且紧随其后的另一条指令也已执行完。

2. 响应过程

单片机一旦响应中断，首先置位响应的"优先级有效"触发器，然后执行一个硬件子程序调用，把断点地址压入堆栈保护，然后将对应的中断入口地址值装入程序计数器 PC，使程序转向该中断入口地址，以执行中断服务程序。

由此可知，单片机响应中断后，只保护断点而不保护现场（如累加器 A、程序状态字寄存器 PSW 的内容），且不能清除串行口中断标志 TI 和 RI，也无法清除外部中断请求信号 $\overline{\text{INT0}}$ 和 $\overline{\text{INT1}}$，故我们在编制程序时应予以考虑。

CPU 从相应的地址开始执行中断服务程序，直至遇到一条 RETI 指令为止。若用户在中断服务程序开始处安排了保护现场指令（相应寄存器内容压入堆栈），则在 RETI 指令前应有恢复现场（相应寄存器内容弹出堆栈）指令。

保护现场的方法是用 PUSH 指令将在中断服务程序中用到的寄存器的内容压入堆栈中保存起来。我们称之为进栈。

恢复现场的方法是用 POP 指令将压入堆栈中的内容还原回对应寄存器。我们称之为出栈。

进出栈的规则是，最先进去的最后出来，最后进去的最先出来，简称"先进后出"。

每个中断源占据程序存储器中的 8 个字节，这 8 个字节专门用于存放中断服务程序的机器码。如果中断服务程序的机器码超过 8 个字节，则在矢量地址中放 1 条转移指令，通过转移指令转移到真正中断服务子程序的入口地址去执行，这种方法称为间接转移，如图 8.12 所示。

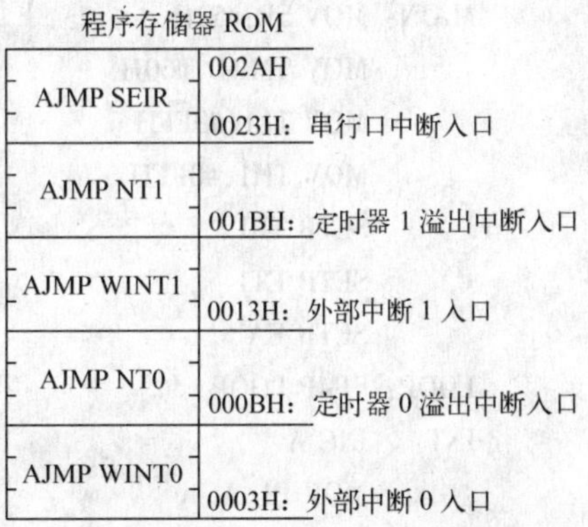

图 8.12 中，SEIR、NT0、WINT1、NT1、WINT0 才是中断服务子程序真正的入口的形式地址。

程序存储器 ROM

	002AH	
AJMP SEIR		
	0023H：	串行口中断入口
AJMP NT1		
	001BH：	定时器 1 溢出中断入口
AJMP WINT1		
	0013H：	外部中断 1 入口
AJMP NT0		
	000BH：	定时器 0 溢出中断入口
AJMP WINT0		
	0003H：	外部中断 0 入口

图 8.12　间接转移示意图

3. 中断响应时间

CPU 不是在任何情况下都对中断请求立即响应的，而且不同的情况对中断响应的时间也不同，下面以外部中断为例，说明中断响应时间。

外部中断请求信号的电平在每个机器周期的 S5P2 期间，经反相后锁存到 IE0 或 IE1 标志位，CPU 在下一个机器周期才会查询到这些值。这时如果满足响应条件，CPU 响应中断时，需执行一条两个机器周期的调用指令，以转到相应的中断服务程序入口。这样，从外部中断请求有效到开始执行中断服务程序的第一条指令，至少需要 3 个机器周期。

如果在申请中断时，CPU 正在处理最长指令（如乘、除法指令），则额外等待时间增加 3 个机器周期；若正在执行 RETI 或访问 IE、IP 指令，则额外等待时间又要增加 2 个机器周期。

综合估算，若系统中只有一个中断源，则响应时间为 3～8 个机器周期。这是在希望中断快速反应时必须考虑的，通常情况都能满足。

8.4　中断系统应用举例

【例 8.1】利用定时器做外部中断源。

单片机有两个定时器/计数器，当它们选择计数工作方式时，T0 或 T1 引脚上的负跳变将使 T0 或 T1 计数器加 1 计数，故若把定时器/计数器设置成计数工作方式，计数初始设定为满量程，一旦外部从计数引脚输入一个负跳变信号，计数器 T0 或 T1 将加 1 产生溢出中断。这样，便可把外部计数输入端 T0（P3.4）或 T1（P3.5）扩充作为外部中断源输入。

例如，将 T1 设置为工作方式 2（自动恢复常数）及外部计数方式，计数器 TH1、TL1 初值设置为 FFH，当计数输入端 T1（P3.5）发生一次负跳变时，计数器加 1 并产生溢出标志，向 CPU 申请中断，中断处理程序使累加器 A 内容加 1，送 P1 口输出，然后返回主程序。编程如下：

```
            ORG 0000H                ;用户程序首址
            AJMP MAIN                ;转主程序
            ORG 001BH
            AJMP INT                 ;转中断服务程序
    MAIN：  MOV SP,#53H              ;堆栈指针赋初值
            MOV TMOD,#60H            ;T1 方式 2,计数
            MOV TL1,#0FFH            ;送常数
            MOV TH1,#0FFH
            SETB TR1                 ;启动 T1 计数
            SETB ET1                 ;允许 T1 中断
            SETB EA                  ;CPU 开中断
    LOOP：  SJMP LOOP                ;等待
    INT：   INC A                    ;T1 中断处理程序
            MOV P1,A
            RETI                     ;中断返回
```

【例 8.2】利用定时器 T0 定时，在 P1.0 端输出周期性的方波信号，方波周期为 2ms，已知晶振频率为 6MHz。编程如下：

```
            ORG 0000H
            AJMP MAIN                ;转主程序
            ORG 000BH                ;中断入口地址
            MOV TL0,#18H             ;重赋初值
            MOV TH0,#0FCH
            CPL P1.0                 ;输出取反
            RETI                     ;中断返回
    MAIN：  MOV TMOD,#01H            ;T0 初始化
            MOV TL0,#18H             ;赋初值
            MOV TH0,#0FCH
            MOV IE,#82H              ;CPU 开中断,T0 开中断
    HERE：  SJMP HERE
```

【例 8.3】利用定时中断抗干扰。

单片机应用系统开发完成后，在工作现场，由于系统本身的噪声干扰、电磁干扰、过压干扰，以及环境干扰等原因，往往会出现"死机"现象。解决的办法有很多种，这里介绍利用定时中断防止"死机"的方法。

设计思想是先估算系统主程序执行一次循环所需的时间 t，然后把定时器 T0 或 T1 的定时时间取得比 t 稍大，并在主程序中包含对定时器的初始化程序。这样，如果系统主程序运行正常，因定时时间比 t 大，故在定时时间还未到时，主程序已完成一次循环，T0 或 T1 被重新初始化，使定时时间常数重新置入其中，故不会产生溢出中断。若应用系统由于干扰失控，主程序不能正常循环运行，T0 或 T1 不能被及时初始化，则经过时间 t 后，T0 或 T1 必将产生溢出中断，转入中断服务程序，这表示程序运行出现故障，用户可安排中断程序跳转回主程序需要的地址，以此重新使主程序运行。

将 T1 设置为工作方式 2，晶体振荡频率为 6MHz。防止"死机"的程序如下：

```
    SETB ET1              ;T1 开中断
    SETB PTI              ;T1 中断设置为高优先级
    SETB EA               ;CPU 开中断
    MOV TL1,#data         ;T1 赋初值(根据 t)
    MOV TH1,#data
    MOV TMOD,#20H         ;T1 工作方式 2,定时
    SETB TR1              ;启动 T1 计数
    ORG 001BH             ;T1 溢出中断入口地址
    POP A                 ;丢弃 PC 压入堆栈的错误地址
    POP A
    MOV A,#data           ;将需转去的主程序地址(2 个字节)送入栈顶
    PUSH A
    MOV A,#data
    PUSH A
    RETI                  ;中断返回
```

【例 8.4】 如图 8.13 所示为多个故障显示电路。当系统无故障时，4 个故障源输入端 $X_1 \sim X_4$ 全为低电平，显示灯全灭。当某部分出现故障时，其对应的输入端由低电平变为高电平，从而引起 MCS-51 单片机中断。中断程序的任务是判定故障源，并用对应的发光二极管 LED1 ~ LED4 进行显示。

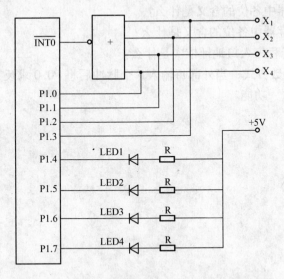

图 8.13　利用中断对多个故障进行显示的电路

编程如下：

```
        ORG 0000H
        AJMP MAIN
        ORG 0003H
        AJMP SERVE
MAIN:   ORL P1,#0FFH      ;灯全灭,准备读入
```

```
              SETB IT0              ;选择边沿方式
              SETB EX0              ;允许INT0中断
              SETB EA               ;CPU 开中断
              AJMP  $               ;等待中断
       SERVE: JNB P1.3,L1           ;若 X₁ 有故障
              CLR P1.4              ;LED1 亮
       L1：    JNB P1.2,L2           ;若 X₂ 有故障
              CLR P1.5              ;LED2 亮
       L2：    JNB P1.1,L3           ;若 X₃ 有故障
              CLR P1.6              ;LED3 亮
       L3：    JNB P1.0,L4           ;若 X₄ 有故障
              CLR P1.7              ;LED4 亮
       L4：    RETI
```

思 考 题

1. 中断究竟要解决什么问题？
2. 就你的理解，用图示方法描述主程序与中断服务程序之间的关系。
3. 5 个中断源分别是哪些？
4. 中断标志寄存器中各位的含义是什么？
5. 中断允许寄存器中各位的含义是什么？
6. 中断优先级寄存器中各位的含义是什么？
7. 5 个中断服务子程序入口地址依次是什么？
8. 将 T0 设置成计数方式，当外部每输入 5 个脉冲后将 P0.0 求反，使 P0.0 输出序列脉冲。请编制程序完成这一功能。

第9章 外部存储器的应用

存储器用来存储程序和数据，是计算机的重要组成部分。

8051 单片机的存储器配置方式与其他常用的微型计算机不同。它把程序存储器和数据存储器分开，各有自己的寻址系统、控制信号和功能。通常，程序存储器用来存放程序和表格常数；数据存储器用来存放程序运行所需要的给定参数和运行结果。

9.1 存储器扩展概述

8051 单片机的功能较强，从一定意义上说，一块单片机可以直接使用在智能仪器、仪表、小型检测及控制系统中，而不需要扩展外围芯片，使用极其方便。但是对于一些较大的应用系统，单片机原有的功能就显得不足了，这时必须在片外扩展一些外围芯片。通常可以扩展存储器、并行输入/输出口、串行输入/输出口等。本章就将介绍单片机存储器的扩展方法。

前面已经介绍过，8051 有 4 个存储空间，它们是片内程序存储器、片外程序存储器、片内数据存储器（含特殊功能寄存器）和片外数据存储器。当内部数据存储器和程序存储器的容量不能满足要求时，就必须通过外接存储器芯片对单片机存储系统进行扩展。

9.1.1 8051 的扩展总线

用单片机组成应用系统时，首先要考虑单片机所具有的各种功能是否能满足应用系统的需要。如果能满足需要，则称这样的系统为最小系统。

1. 单片机的三总线

当单片机的最小系统不能满足系统功能要求时，就需要扩展 ROM、RAM、I/O 口，以及其他需要的外围芯片了。为了使单片机能方便地与各种扩展芯片连接，应将单片机的外部连线变为类似一般微型计算机的三总线结构形式，即数据总线（DB）、地址总线（AB）和控制总线（CB）。对于 8051 单片机来说，其三总线由下列通道口的引脚线组成。

数据总线：由 P0 口提供。P0 口是双向输入三态控制的通道口。

地址总线：由 P2 口提供高 8 位地址线，P2 具有输出锁存功能，能保留地址信息。由 P0 口提供低 8 位地址线。由于 P0 口是地址、数据分时使用的通道口，所以为了保存地址信息，需外加地址锁存器锁存低 8 位地址信息。一般采用 ALE 正脉冲信号的下降沿控制地址锁存器锁存低 8 位地址信息的锁存。

控制总线：扩展系统时常用的控制信号为地址锁存信号 ALE、片外程序存储器取指信号$\overline{PSEN}$，以及与外围接口共用的读写控制信号$\overline{WR}$、$\overline{RD}$等。

顾名思义，数据总线是用来传递数据信息的，地址总线是用来传递地址信息的，控制总线是用来传递控制信息的。

如图 9.1 所示为将单片机扩展成三总线的结构图。

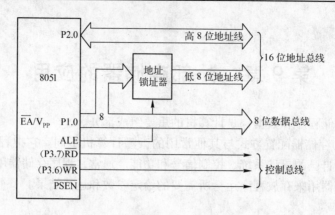

图 9.1　单片机的三总线结构

2. 存储器的三总线

了解了单片机的三总线，我们就会想到单片机的三总线如何和存储器对接呢？为此我们有必要先简单了解一下存储器的三总线，如图 9.2 所示。

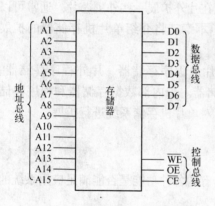

图 9.2　存储器的三总线结构

图 9.2 中，A0 ~ A15 为 16 根地址总线。存储容量的大小与地址总线的多少有直接关系，因为存储容量 = $2^{地址总线数}$

例如，1 根地址总线对应存储容量为 2 个存储单元，因为 $2^1 = 2$；2 根地址总线对应存储容量为 4 个存储单元，因为 $2^2 = 4$；3 根地址总线对应存储容量为 8 个存储单元，因为 $2^3 = 8$。

16 根地址总线对应存储容量为 65 536 个存储单元（简称 64KB），因为 $2^{16} = 65\,536$。

D0 ~ D7 为 8 根数据总线，表明一次可以传送 1 个字节的数据。

$\overline{CE}$ 为存储器片选信号输入端。低电平时，存储器允许进行读/写操作，否则禁止。

$\overline{OE}$ 为读存储器信号输入端。低电平时允许从存储器读数据，否则禁止。

$\overline{WE}$ 为写存储器信号输入端。低电平时允许向存储器写数据，否则禁止。

将单片机的三总线与存储器的三总线对接，就能实现对存储器的读/写功能。

9.1.2　片选信号与地址分配的关系

在搞清楚片选信号与地址的关系之前，我们先认识一下常见的存储芯片，如图 9.3 所示。

与图 9.2 不同的是程序存储器没有写控制端 $\overline{WE}$，这是因为程序存储器是只读存储器。

一个存储器芯片的容量大小取决于地址线的多少。例如，数据存储器 6116 的地址线为（A0 ~ A10）11 根，其地址空间为 2KB（$2^{11} = 2\,048$）。这 2KB 地址空间在单片机的内存空间（如 8 位微处理器有 16 根地址线，能寻址 $2^{16} = 64$KB）中被分配在什么位置，由高位地址线 A11 ~ A15 产生的片选信号来决定（称为地址分配）。当存储器芯片多于一片时，必须利用片选信号来分别确定各芯片的地址分配。

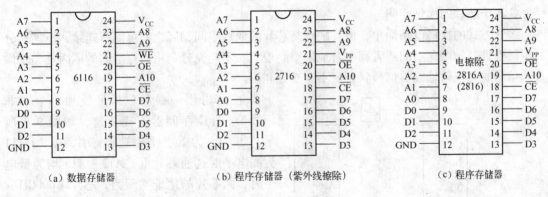

（a）数据存储器　　　（b）程序存储器（紫外线擦除）　　　（c）程序存储器

图9.3　常见存储芯片

产生片选信号的方式不同，存储器的地址分配也就不同。片选方式有线选和译码两种。

1. 线选方式

线选方式，就是把一根高位地址线直接连到存储芯片的片选端，如图9.4所示。

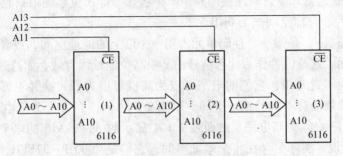

图9.4　用线选方式实现片选

图中芯片（1）、（2）、（3）都是 2KB×8 位存储器芯片，地址线 A0～A10 实现片内寻址，地址空间为 2KB。现用 3 根高位地址线 A11、A12、A13 实现片选，均为低电平有效。为了避免出现寻址错误，当 A11、A12、A13 之中有一根地址线为低电平时，其余两根地址线必须为高电平，也就是说每次存储器操作只能选中其中一个芯片。现假设剩下的两根高位地址线 A14、A15 都为低电平，这样可得到 3 个芯片的地址分配，如表9.1所示。

表9.1　线选方式地址分配表

	二进制表示								十六进制表示
	A15	A14	A13	A12	A11	A10	……	A0	
芯片（1）	0	0	1	1	0	0	……	0	3000H～37FFH
						1	……	1	
芯片（2）	0	0	1	0	1	0	……	0	2800H～2FFFH
						1	……	1	
芯片（3）	0	0	0	1	1	0	……	0	1800H～1FFFH
						1	……	1	

可以看出 3 个芯片的内部寻址 A0～A10 都是从 0～0（共 11 位）到 1～1（共 11 位），为 2KB 空间，而依靠不同的片选信号——高位地址线 A11、A12、A13 之中某一根为 0，来

区分这 3 个芯片的地址空间。

　　线选方式的接口电路简单，但其缺点是芯片的地址空间相互之间可能不连续，不能充分利用微处理器的内存空间或者存在着地址重叠现象。不能充分利用内存空间的原因是，用做片选信号的高位地址线的信号状态得不到充分利用。

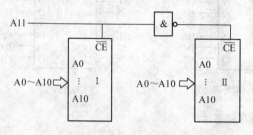

图 9.5　用一根高位地址线加一个
"非门"对两片存储器实现片选

　　也可以用一根高位地址线加一个"非门"，对两片存储器实现片选，如图 9.5 所示。当 A11 为低电平时选通芯片 I，当 A11 为高电平时选通芯片 II。A12 ～ A15 均为低电平时，两芯片的地址空间为，芯片 I 0000H ～ 07FFH，芯片 II 0800H ～ 0FFFH。

　　在图 9.4 中，A11、A12、A13 这 3 根地址线的信号状态从 000 到 111 应有 8 种，若采用译码方式能选通 8 个 2KB 芯片，存储空间共计 16KB。但在线选方式下，只能使用其中 3 种状态（即 3 位数码中只允许 1 位为"0"），选通 3 个 2KB 芯片，存储空间减为 6KB。

　　所谓"地址重叠"，是指一个存储单元占用一个以上的地址空间，或者说不同的地址会选通同一存储单元。这是因为作为片选信号的某根高位地址线有效，而选通该芯片时，其他的高位地址线可能闲置未用，它们的电平可以为高也可以为低，这并不影响这个芯片的选通，但这时该芯片就会有不同的地址空间。以图 9.4 为例，当 A11 为低电平选通芯片（1）时，此时 A12、A13 必须为高电平，然而表 9.1 中显示的 A14、A15 的电平可高可低，这样对于芯片（1）来说，实际上存在 4 个地址空间，它们是 3000H ～ 37FFH、7000H ～ 77FFH、B000H ～ B7FFH 和 F000H ～ F7FFH。同理，芯片（2）和（3）也有 4 个地址空间。对于地址重叠现象，使用者要清楚，并认定其中一个地址空间进行编程使用。

　　由于线选方式不能充分利用内存空间，因此这种方式一般适用于存储容量较小的系统。

2. 全译码方式

　　全译码方式是将片内寻址的地址线以外的高位地址线，全部输入到译码器进行译码，利用译码器的输出端作为各存储器芯片的片选信号。

　　常用的译码器有 74LS138（3/8 译码器）、74LS139（双 2/4 译码器）、74LS154（4/16 译码器）等。这里介绍 74LS138 译码器，如图 9.6 和表 9.2 所示分别为其引脚图和真值表。

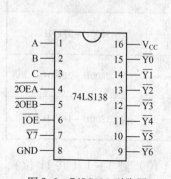

图 9.6　74LS138 引脚图

表 9.2　74LS138 真值表

输　　入					输　　出							
允许		选择										
1OE	2OEA	C	B	A	$\overline{Y0}$	$\overline{Y1}$	$\overline{Y2}$	$\overline{Y3}$	$\overline{Y4}$	$\overline{Y5}$	$\overline{Y6}$	$\overline{Y7}$
×	1	×	×	×	1	1	1	1	1	1	1	1
0	×	×	×	×	1	1	1	1	1	1	1	1
1	0	0	0	0	0	1	1	1	1	1	1	1
1	0	0	0	1	1	0	1	1	1	1	1	1
1	0	0	1	0	1	1	0	1	1	1	1	1
1	0	0	1	1	1	1	1	0	1	1	1	1
1	0	1	0	0	1	1	1	1	0	1	1	1
1	0	1	0	1	1	1	1	1	1	0	1	1
1	0	1	1	0	1	1	1	1	1	1	0	1
1	0	1	1	1	1	1	1	1	1	1	1	0

用全译码方式实现片选的接口电路如图 9.7 所示。芯片 I、II、III 都是 2KB×8 位。地址线 A0 ~ A10 用于片内寻址。高位地址线 A13、A12、A11 接到 74LS138 的选择输入端 C、B、A，A15、A14 接到允许输入端1OE、2OEA。译码器的另一端允许输入端2OEB接存储器访问信号。译码器的输出Y0、Y1和Y2分别作为 3 个芯片的片选信号。

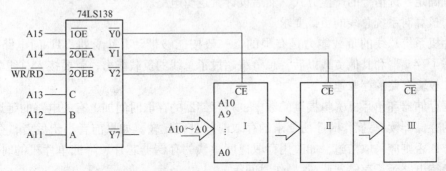

图 9.7　用全译码方式实现片选

根据译码器的逻辑关系和存储器的片内寻址范围，可以得到 3 个芯片的地址空间，如表 9.3 所示。

表 9.3　全译码方式实现片选的地址分配表

芯片	二进制表示								十六进制表示
	A15	A14	A13	A12	A11	A10	…	A0	
I	1	0	0	0	0	0	…	0	8000H ~ 87FFH
	1	0	0	0	0	1	…	1	
II	1	0	0	0	1	0	…	0	8800H ~ 8FFFH
	1	0	0	0	1	1	…	1	
III	1	0	0	1	0	0	…	0	9000H ~ 97FFH
	1	0	0	1	0	1	…	1	

全译码方式的电路连接稍复杂，它的优点是存储器芯片的地址空间连续，且唯一确定，不存在地址重叠现象；能够充分地利用内存空间；当译码器输出端留有空余时，便于继续扩展存储器或其他外围器件。

9.1.3　扩展存储器的步骤

（1）确定存储器的类型和容量。

根据对存储器功能的要求来确定存储器的类型，如存储固定信息采用 ROM，存储随机读写信息采用 RAM，根据所需容量选定具体类型的存储器芯片，并留有一定的余量。

（2）选择合适的存储器芯片。

选择存储器芯片时主要考虑存取时间、功耗等性能，以及货源、价格等情况，一般从常用芯片中选定，并尽量减少芯片数量。

存储器的存取时间应满足 CPU 的操作时序要求。

对于几十 KB 以下的小容量存储系统来说，存储器的功耗是无关紧要的。如果存储容量达到几百 KB，则功耗大不仅会增加供电电源的负担，而且会产生散热问题，这时就要选用功耗小的存储器芯片。

减少存储器芯片数量，可以降低对总线的负载要求，而且由于连线少，减小了分布电容，从而减小附加延时，提高了存取速度。

（3）分配存储器的地址空间。

根据单片机的寻址范围和系统要求，分配好 ROM 和 RAM 的地址空间，同时还要兼顾 I/O 接口和外围设备占用的地址。

（4）设计片选逻辑。

首先确定片选信号的产生方式，然后设计其逻辑电路。

（5）核算对系统总线的负载要求。

单片机系统总线的负载能力是有限的，一般按能够带动几个标准 TTL 门电路来设计。如果考虑了存储器和其他负载以后，总负载超过了总线的负载能力，就要接入总线驱动器。

（6）校验存储的存取速度。

根据存储器和单片机资料提供的数据，将存储器的存取时间加上有关电路的延迟时间与单片机的存储器读/写操作时序所要求的存取时间进行比较。如果前者小于后者，存储器能正常工作；否则应采取措施，如改用存取速度更快的存储器芯片、降低单片机的时钟频率，或者加等待电路延长存储器读/写操作时间等。

9.2 扩展程序存储器

9.2.1 常用程序存储器芯片介绍

1. EPROM 芯片

常用的 EPROM27 系列芯片是 Intel 公司的系列产品，其主要性能如表 9.4 所示。如图 9.8 所示是其引脚图，采用紫外线擦除。其中 $\overline{CE}$ 为片选信号，$\overline{OE}$ 为输出允许信号，$\overline{PGM}$ 为编程信号，V_{PP} 为编程电压。

表 9.4　EPROM27 系列芯片主要性能

性能 \ 型号	2716	2732A	2764	27128	27256
容量/bit	2KB ×8	4KB ×8	8KB ×8	16KB ×8	32KB ×8
读写时间/ns	350	250	250	250	250
封装	DIP24	DIP24	DIP28	DIP28	DIP28

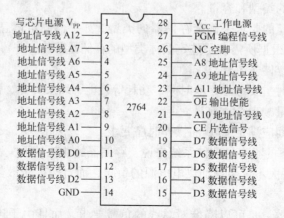

图 9.8　EPROM2764 芯片引脚图

2716～27 256 等芯片的技术性能和使用方法基本相同，现以 2764 为例加以说明。它的工作方式如表 9.5 所示。

表 9.5　2764 工作方式

引脚\工作方式	$\overline{CE}$	$\overline{OE}$	$\overline{PGM}$	V_{PP}	V_{CC}	D0～D7
读出	0	0	1	V_{CC}	V_{CC}	D_{OUT}
维持	1	×	×	V_{CC}	V_{CC}	高阻
编程	0	1	编程脉冲	V_{PP}	V_{CC}	D_{IN}
程序检测	0	0	1	V_{PP}	V_{CC}	V_{OUT}
禁止编程	1	×	×	V_{PP}	V_{CC}	高阻

具体操作过程如下。

（1）读出：当片选信号$\overline{CE}$和输出允许信号$\overline{OE}$都有效（为低电平），而编程信号$\overline{PGM}$无效（为高电平）时，芯片处于经常性工作方式——读出数据。

（2）维持：$\overline{CE}$无效，则芯片进入维持方式。此时数据线处于高阻状态，芯片功耗降为 200mW。

（3）编程：其条件是$\overline{CE}$有效，$\overline{OE}$无效，V_{PP}端外接 21V ± 0.5V（或 12.5V ± 0.5V）电压，$\overline{PGM}$端加宽度为 50ms（45～55ms）的 TTL 低电平编程脉冲。必须注意 V_{PP} 不能超过允许值，否则会损坏芯片。

（4）程序检验：此方式工作在编程完成之后，可检验编程结果是否正确。各信号状态类似读出方式，但 V_{PP} 为编程电压。

（5）禁止编程：V_{PP} 已接编程电压，但$\overline{CE}$无效，故不能进行编程操作。

上述几种 EPROM 所用的编程电压 V_{PP} 有 25V、21V、12.5V 等值，此电压值与芯片型号和生产公司（厂家）有关，同一种型号芯片的 V_{PP} 也可能不同。使用时必须特别注意。另外，2716 的编程信号$\overline{PGM}$是正脉冲，而 2764 的编程信号$\overline{PGM}$是负脉冲，脉冲宽度都是 50ms 左右。

值得注意的是写好的 EPROM 芯片窗口应贴上一层不透光的胶纸，以防止在强光照射下片内信息被擦除。

2. EEPROM 芯片

如表 9.6 所示为 Intel 公司生产的几种 EEPROM 产品的主要性能。这些芯片的读出时间较短，擦除和写入时间比较长。型号不带"A"的是早期产品，其擦/写操作电压高于 5V，而型号带"A"的改进型芯片的擦/写操作电压为 5V。

表 9.6　几种 EEPROM 芯片的主要性能

型号\性能	2816	2816A	2817	2817A	2864A
存储容量/bit	2KB×8	2KB×8	2KB×8	2KB×8	8KB×8
读出时间/ns	250	200/250	250	200/250	250
读操作电压/V	5	5	5	5	5
擦/写操作电压/V	21	5	21	5	5
字节擦除时间/ms	10	9～15	10	10	10
写入时间/ms	10	9～15	10	10	10
封装	DIP24	DIP24	DIP28	DIP28	DIP28

如图 9.9 所示为 2816/2816A、2817/2817A 和 2864A 的引脚。图中 $\overline{WE}$ 是写允许信号，输入芯片，当进行擦/写操作时该信号必须有效（为低电平）。RDY/$\overline{BUSY}$ 是空/忙信号，由芯片输出，当芯片进行擦/写操作时该信号为低电平，擦/写完毕，该信号为高阻状态。

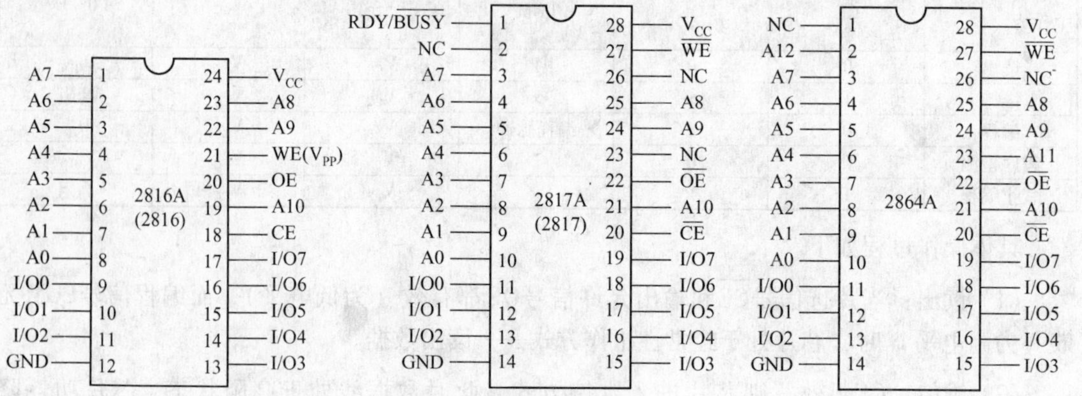

图 9.9　EEPROM 引脚图

2817A 与 2816A 相比较，其容量相同，其他主要性能也相近，但两者引脚图不同，工作方式也有区别。

从引脚图可见，2816/2816A 与 2716 引脚兼容。

2816 的工作方式如表 9.7 所示。

表 9.7　2816 的工作方式

引脚 工作方式	$\overline{CE}$	$\overline{OE}$	$\overline{WE}$	I/O0 ~ I/O7
读出	0	0	1	D_{OUT}
维持	1	×	×	高阻
字节擦除	0	1	0	$D_{IN} = 1$
字节写入	0	1	0	D_{IN}
整片擦除	0	+10 ~ +15V	0	$D_{IN} = 1$
不操作	0	1	1	高阻

其操作过程如下。

（1）读出：当片选 $\overline{CE}$ 和输出允许 $\overline{OE}$ 同时为低电平、写入允许 $\overline{WE}$ 为高电平时，芯片工作于读出方式。

（2）维持：当 $\overline{CE}$ 为高电平时，芯片处于维持方式，此时功耗下降。

（3）字节擦除：当 $\overline{CE}$ 和 $\overline{WE}$ 为低电平而 $\overline{OE}$ 为高电平时，将数据线上的全"1"信息写入被选通的存储单元，即实现字节擦除。2816A 的字节擦除电压为 5V，所需时间最长为 15ms。

（4）字节写入：字节写入方式与字节擦除方式相似，只是数据线上是要写入的信息。写入电压和所需时间与字节擦除方式相同。

（5）整片擦除：这种方式与字节擦除方式的区别是在 $\overline{OE}$ 端加 +10 ~ +15V 电压。

（6）不操作：与字节擦/写方式相比，此时$\overline{WE}$无效，因此不进行擦/写操作，数据线为高阻状态。

2817A 的工作方式基本上与 2816A 相同，其区别如下。

（1）2817A 的字节擦除操作是在字节写入方式开始时自动进行的，因此没有单独的字节擦除方式，在进行字节改写时不需要先人为安排字节的擦除操作。

（2）2817A 的 RDY/$\overline{BUSY}$信号在字节写入进程中为低电平，在其他工作方式下为高阻状态，由此能判断字节写入操作是否已经完成。

2864A 工作方式的特点如下。

（1）写入方式分为字节写入和页面写入两种。字节写入方式同 2817A。页面写入方式是为了提高写入速度而设置的。2864A 的整个存储阵列分为 512 页，每页 16 个字节。页地址由 A4～A12 确定。每页中的某一单元由 A0～A3 选定。页面写入方式分两步进行。第一步是页加载，由 CPU 向页缓冲器写入一页数据；第二步是页存储，在芯片内部电路控制下，擦除所选页中的内容，并将页缓冲器中的数据写入指定的存储单元。

（2）在 2864A 编程过程中，允许 CPU 读取当前写入的最后一个存储单元的内容。若当前页缓冲器中的数据没有全部写入存储单元，则读出数据的最高位是写入字节最高位的反码。若读出的数据和写入的相同，则表示当前页缓冲器中的数据已经完成写入，CPU 可继续输入下一页数据。

EEPROM 还有串行芯片，其地址和数据的传送都采用串行方式。与并行 EEPROM 相比，它具有体积小、价廉、电路简单、不占用系统地址总线和数据总线等优点，但数据传输速率不高。

9.2.2　EPROM 与单片机的连接

在 MCS-51 系列单片机中，8051 芯片内部有 4KB ROM，而 8031 芯片内部没有 ROM，所以使用 8031 时必须靠外部扩充 ROM。

1. 扩展一片 EPROM

如图 9.10 所示为 8031 单片机扩展一片 2732A EPROM 作为外部程序存储器的接口电路。

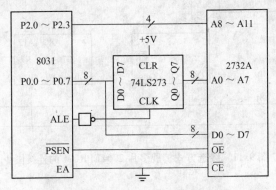

图 9.10　单片机与 2732A 的连接

图 9.10 中，8031 的$\overline{EA}$端固定接地，P0 口通过锁存器向 EPROM 提供低 8 位地址线，同时复用为数据线。ALE 和$\overline{PSEN}$是访问外部程序存储器的两个控制信号。

74LS273 是带清除端的 8D 触发器。当$\overline{CLR}$端为高电平、CLK 端信号为上升沿时，D 端信号锁存于 Q 端。因此 ALE 应经过"非"门再接到 74LS273 的 CLK 端。

CLR端为低电平时，Q 端输出为低。

2732A 的数据线接 8031 的 P0 口。12 根地址线中，低 8 位接锁存器输出端，高 4 位接 8031 的 P2 口。输出允许端$\overline{OE}$与 8031 的$\overline{PSEN}$端相接。因为只有一片 EPROM，其片选端$\overline{CE}$可以不接高位地址线而固定接地。

若改用其他型号的 EPROM，只需将图 9.10 中高位地址线的连接做适当变动即可。

这个电路的 3 个部分加上时钟和复位电路，就是实际应用的 8031 最小系统。

2. 扩展多片 EPROM

当扩展一片 EPROM 不能满足要求时，可以采用扩展多片 EPROM 的方法。这时所有芯片的片选端都必须适当连接，也就是要使用片内寻址以外的高位地址线，以线选或译码方式提供片选信号。

如图 9.11 所示是采用线选方式对 8031 扩展 3 片 2764EPROM 的接口电路。图中锁存器采用 74LS373，它由 8D 触发器和三态门组成。当 LE 由高电平变为低电平时，触发器的输入信号被锁存于输出端。触发器输出接有三态门，当$\overline{OE}$为低电平时，（三态门通路）使能输出。图中$\overline{OE}$端接地，LE 端直接连到 8031 的 ALE 端。2764 的地址线有 13 根，低 8 位地址线连接锁存器的输出端，其余 5 根地址线接到 P2 口的 P2.0 ~ P2.4。3 片 EPROM 的片内地址线、数据线和$\overline{OE}$端都对应并联。P2 口剩下的 3 根高位地址线 P2.5 ~ P2.7（A13 ~ A15）分别作为 3 片 2764 的片选信号，各接每片的$\overline{CE}$端。

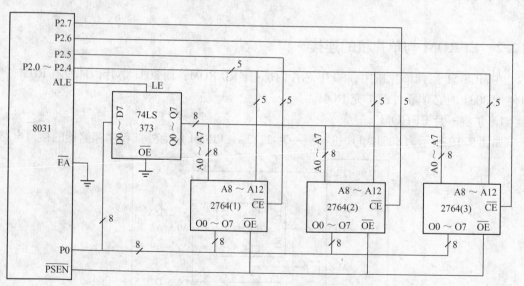

图 9.11　线选方式扩展多片 2764EPROM 的连接图

9.2.3　扩展 EEPROM 程序存储器

EPROM 的优点是芯片可以多次擦写使用，缺点是无论擦除或写入都需要专用设备。此外，即使是写错了一个字节，也必须把芯片拔下来，全片擦掉之后重写，这给使用带来了很大不便。实际上，将整片内容全部改写的情况比较少，大多数情况是要求以字节为单位进行改写。例如，改写一个或几个写错的字节、修改程序中的常数、扩充部分程序等。电擦除可编程只读存储器 EEPROM 能满足这种实际需求，具有很大的优越性。它不仅能够用电的方法进行整片擦除，还能实现以字节为单位的擦除和写入，擦除和写入均可在线进行，其功能相当于磁盘。EEPROM 已经在智能仪表、检测控制系统和微机开发装置中得到了广泛的应用。

1．扩展 2816A

如图 9.12 所示为 8031 扩展 2816A 作为外部程序存储器的接口电路。输出允许信号 $\overline{OE}$ 仍接 8031 的 $\overline{PSEN}$ 端；片选信号 $\overline{CE}$ 接高位地址线 P2.7（A15），为线选方式；写入允许信号 $\overline{WE}$ 接 8031 的 $\overline{WR}$ 端，以便进行擦/写操作。

对 2816A 进行擦除和写入操作时应使用访问外部数据存储器的指令 MOVX，也就是说这时将 2816A 看成外部 RAM。如果还有其他外部 RAM，在地址空间分配上不能有重叠现象。

EEPROM 的读出时间完全能满足一般要求，但写入时间较长。不过在应用系统中，作为程序存储器并不需要频繁地进行写入操作，只是某些常数或表格等有时需要改写。改写能在机内进行，通过执行相应的程序来完成，擦/写时间的控制由软件实现。

2．扩展 2817A

如图 9.13 所示为 8031 扩展 2817A 作为外部程序存储器的接口电路。电路连接情况基本上与图 9.12 相同，所不同的只是 RDY/$\overline{BUSY}$ 信号的连接。

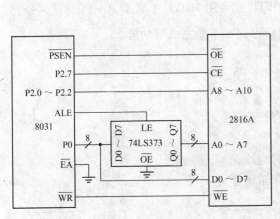

图 9.12　8031 扩展 2816A 的连接图

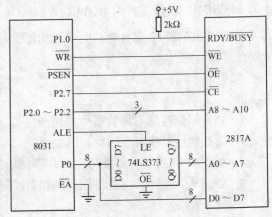

图 9.13　8031 扩展 2817A 作为外部程序存储器的接口电路

在字节写入操作时，设有联络信号 RDY/$\overline{BUSY}$ 是 2817A 的特点。在图 9.13 中 8031 与该信号的联络采用查询方式，通过 P1.0 查询信号的状态，来判断字节写入操作是否完成。也可以采用中断方式，将 RDY/$\overline{BUSY}$ 信号接到 8031 的外部中断引脚 $\overline{INT0}$ 或 $\overline{INT1}$ 上。由于 RDY/$\overline{BUSY}$ 信号在 RDY 有效时为高阻状态，因此需要通过一个电阻接到 +5V 端，以得到高电平。

3．扩展时应注意的问题

在扩展（RAM、EPROM、EEPROM）3 种存储器时应该注意下面两个问题。

1）连线

RAM：将存储器芯片的数据线（D0~D7）与单片机的 P0 口直接相连，将存储器芯片的数据线 A0~AX（不同容量的芯片基地址线不同）与单片机的 P0 口（通过地址锁存器）

和 P2 口直接相连，剩余的高位地址线作为片选信号（或线选、或译码，视具体情况而定）与存储器芯片的 $\overline{CE}$ 端连接，将存储器芯片的 $\overline{OE}$ 端与单片机的 $\overline{RD}$ 端直接相连，将存储器芯片的 $\overline{WE}$ 端与单片机的 $\overline{WR}$ 端直接相连。

　　EPROM：将存储器芯片的数据线（D0～D7）与单片机的 P0 口直接相连，将存储器芯片的数据线 A0～AX（不同容量的芯片基地址线不同）与单片机的 P0 口（通过地址锁存器）和 P2 口直接相连，剩余的高位地址线作为片选信号（或线选、或译码，视具体情况而定）与存储器芯片的 $\overline{CE}$ 端连接，将存储器芯片的 $\overline{OE}$ 端与单片机的 $\overline{ESPN}$ 端直接相连。

　　EEPROM：将存储器芯片的数据线（D0～D7）与单片机的 P0 口直接相连，将存储器芯片的数据线 A0～AX（不同容量的芯片基地址线不同）与单片机的 P0 口（通过地址锁存器）和 P2 口直接相连，剩余的高位地址线作为片选信号（或线选、或译码，视具体情况而定）与存储器芯片的 $\overline{CE}$ 端连接，将存储器芯片的 $\overline{OE}$ 端与单片机的 $\overline{ESPN}$ 端直接相连。

　　2）指令

　　RAM：读数据时用 MOVX　A,@DPTR，该指令能使单片机的 $\overline{RD}$ 端有效，完成读功能。写数据时用 MOVX @DPTR,A，该指令能使单片机的 $\overline{WR}$ 端有效，完成写功能。

　　EPROM：读数据时用 MOVC　A,@A+DPTR 或者用 MOVC　A,@A+PC，这两条指令能使单片机的 $\overline{ESPN}$ 端有效，完成读功能，只读存储器不能完成写功能。

　　EEPROM：读数据时用 MOVC　A,@A+DPTR 或者用 MOVC　A,@A+PC，这两条指令能使单片机的 $\overline{ESPN}$ 端有效，完成读功能，只读存储器不能完成写功能。

思　考　题

1. 如何根据存储芯片的型号来判断存储容量？
2. 简述地址总线与存储空间的关系。
3. 如图 9.14 所示，直接写出两片存储器的地址。
4. 如图 9.15 所示，直接写出存储芯片的存储地址。

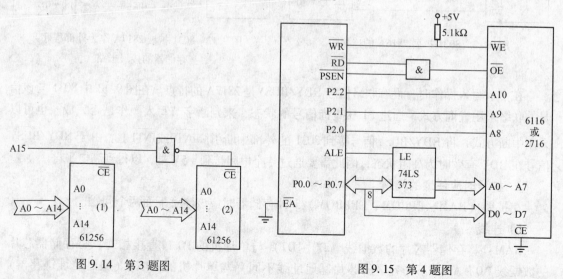

图 9.14　第 3 题图　　　　　　　　　　　　　图 9.15　第 4 题图

5. 如图 9.16 所示，直接写出 8 片存储器的地址。

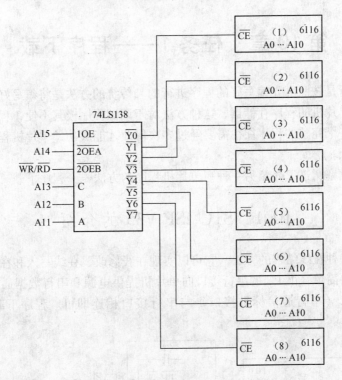

图 9.16　第 5 题图

第 10 章   任务 1——程序下载

单片机的运行是按照事先编写好的程序进行的。传统的方法是将编写好的程序的机器码通过编程器写入单片机的程序存储器，这种方法对于调试程序极其不便，程序修改一次就要重新写入一次。一个完整的程序往往需要经过多次修改才能成功，单片机程序要经过反复烧写。工作效率很低。

为提高工作效率，这里介绍另一种写单片机程序的方法——程序下载。

10.1   STC-ISP V35 的介绍

程序下载是一种在线编程的方法，它可以实现在线修改、在线写入和在线运行的功能。

它的实现方法简单，由 PC 的串行接口向单片机提供电源和串行数据通道，单片机只需要通过一个 RS232（串行通信标准接口）与串行接口相连即可。程序下载的硬件结构如图 10.1 所示。

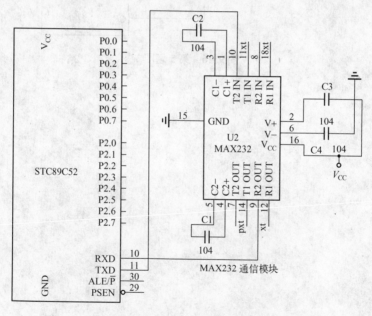

图 10.1   程序下载的硬件结构

在图 10.1 中，串行接口采用 MAX232 芯片，单片机采用 STC89C52 芯片。

在程序下载中，单片机不能使用 AT 系列（如 AT89C51）单片机，因为 AT 系列单片机写入程序时需要多组电源。STC 系列单片机的电源经过特殊处理，只需要单一的 +5V 电源即可。和 AT 系列单片机相比，STC 系列单片机有如下优点。

- 加密性强，很难解密或破解，解密费用很高、国内能解密的人较少，令一般的仿制者望而却步。
- 超强抗干扰。

- 高抗静电保护。
- 轻松抗 2kV/4kV 快速脉冲干扰（EFT 测试）。
- 宽电压，不怕电源抖动。
- 宽温度范围，－40℃～85℃。
- I/O 口经过特殊处理。
- 单片机内部的电源供电系统经过特殊处理。
- 单片机内部的时钟电路经过特殊处理。
- 单片机内部的复位电路经过特殊处理。
- 单片机内部的看门狗电路经过特殊处理。
- 掉电模式可由外部中断唤醒，适用于电池。

10.2　STC-ISP V35 的安装

STC-ISP V35 是支持程序下载的应用软件，只要硬件按照图 10.1 进行连接，执行 STC-ISP V35 文件就可以完成程序下载。

下面介绍 STC-ISP V35 应用程序的安装。

在硬盘中找到 stc-isp-v3.5-setup 文件，双击 图标，按照提示逐步完成安装。其步骤如下。

（1）双击 图标，出现如图 10.2 所示的对话框。

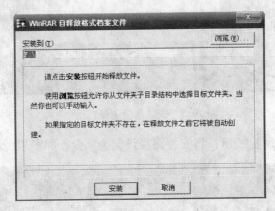

图 10.2　进入安装对话框

（2）单击【安装】按钮，自动生成如图 10.3 所示的 5 个文件。

图 10.3　安装过程派生的文件图标

（3）双击 图标进入安装对话框，如图 10.4 所示。

（4）单击【确定】按钮，进入安装路径选择对话框，如图 10.5 所示。

图 10.4　进入安装对话框

图 10.5　安装路径选择对话框

（5）单击【更改目录】按钮，将安装路径设定为 e 盘，如图 10.6 所示。

图 10.6　确定目标盘为 e

（6）单击【确定】按钮，进入安装准备就绪对话框，如图 10.7 所示。

图 10.7 安装准备就绪

（7）单击 图标，进入安装最后确认对话框，如图 10.8 所示。

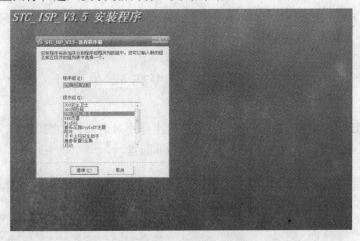

图 10.8 安装最后确认

（8）单击【继续】按钮开始安装，进入安装等待对话框如图 10.9 所示。

图 10.9 安装等待对话框

（9）安装结束，如图 10.10 所示。

图 10.10　安装结束示意图

（10）单击【确定】按钮，至此安装结束。

安装结束后，桌面出现 图标，双击 图标进入程序下载应用程序。

10.3　STC-ISP V35 的使用

双击 图标进入程序下载应用程序，出现应用程序对话框，如图 10.11 所示。
进入程序下载之前，必须先根据需要进行如下配置。

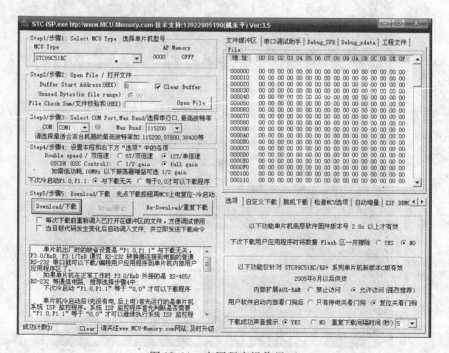

图 10.11　应用程序操作界面

（1）单片机型号选择，如图 10.12 所示。

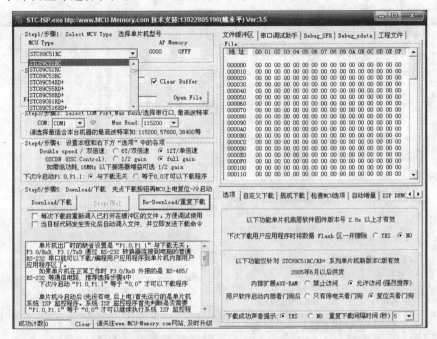

图 10.12　单片机型号选择示意图

该应用程序支持 STC 系列多种型号单片机，根据使用的型号选择相应选项。

（2）波特率选择，如图 10.13 所示。

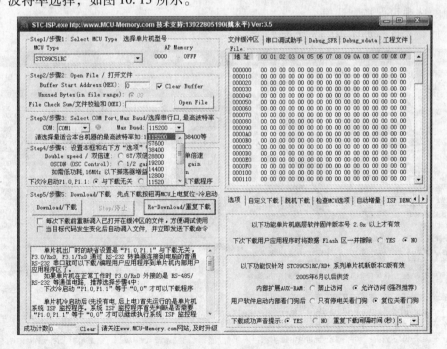

图 10.13　波特率选择

应用程序支持串行通信，通信波特率从 1 200～115 200Hz。根据硬件的速率选择相应通信波特率。

（3）串口选择，如图 10.14 所示。

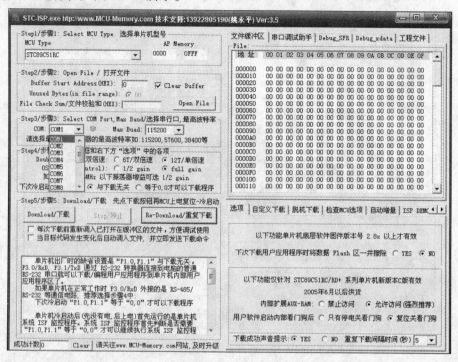

图 10.14　串口选择

应用程序支持 16 个串行通信口，从 COM1～COM16。根据实际使用的端口选择串行通信口。其他的选项可保持默认值。

（4）加载文件，如图 10.15 所示。

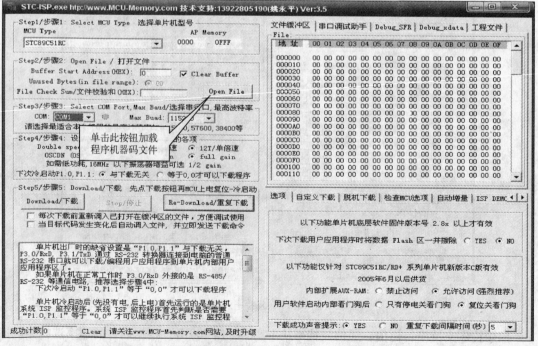

图 10.15　加载程序机器码文件示意图

　　将准备下载到单片机中的程序机器码文件（.exe）加载到右边的框中。加载完毕，单击【下载】按钮，如图 10.16 所示。

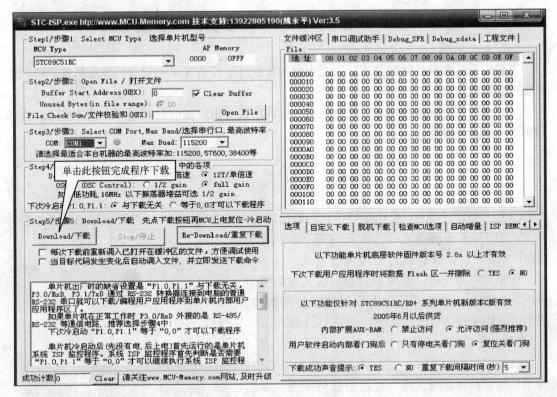

图 10.16　程序下载示意图

等待程序下载完毕即可。

思　考　题

自己动手编写一个解决实际问题的程序段，熟练掌握程序下载的使用方法。

第 11 章　任务 2——流水灯控制设计

当我们漫步在现代化的都市，五光十色的霓虹灯、广告牌无不让我们驻足回首。可是你曾想过它是怎样实现的吗？

其实很简单，就是将发光二极管组成一定的图案并辅以相应的控制。本任务将告诉你如何实现对发光二极管的控制。

11.1　发光二极管

发光二极管（LED）是用半导体材料制作的正向偏置的 PN 结二极管。其发光原理是当在 PN 结中注入正向电流时，注入的非平衡载流子（电子－空穴对）在扩散过程中复合发光，这种发射过程主要对应光的自发发射过程。按光输出的位置不同，发光二极管可分为面发射型和边发射型。我们最常用的是边发光二极管，如图 11.1 所示。

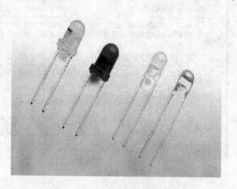

图 11.1　发光二极管实物图

1. 发光二极管的作用

发光二极管（LED）是一种由磷化镓（GaP）等半导体材料制成的，能直接将电能转变成光能的发光显示器件。当其内部有一定电流通过时，它就会发光。发光二极管与普通二极管一样由 PN 结构成，也具有单向导电性。它广泛应用于各种电子电路、家电和仪表等设备中。

2. 发光二极管的分类

发光二极管有多种分类方法。

（1）按其材料可分为砷化镓（GaAs）发光二极管、磷铟砷化镓（GaAsInP）发光二极管和砷铝化镓（GaAlAs）发光二极管等多种。

（2）按其封装结构及封装形式可分为金属封装、陶瓷封装和塑料封装二极管。

（3）按其封装外形可分为圆形、方形、矩形、三角形和组合形等多种二极管。

（4）按管体颜色可分为红色、琥珀色、黄色、橙色、浅蓝色、绿色、黑色、白色和透明色等二极管。

（5）按发光颜色可分为有色光和红外光二极管。有色光又分为红色光、黄色光、橙色光和绿色光等二极管。

（6）按发光强度分为普通单色发光二极管、高亮度发光二极管、超高亮度发光二极管、变色发光二极管、闪烁发光二极管、电压控制型发光二极管、红外发光二极管和负阻发光二极管等。

3. 普通单色发光二极管

普通单色发光二极管具有体积小、工作电压低、工作电流小、发光均匀稳定、响应速度快和寿命长等优点，可用各种直流、交流、脉冲等电源驱动点亮。它属于电流控制型半导体器件，使用时需串接合适的限流电阻。普通单色发光二极管的发光颜色与发光的波长有关，而发光的波长又取决于制造发光二极管所用的半导体材料。红色发光二极管的波长一般为 650～700nm，琥珀色发光二极管的波长一般为 630～650nm，橙色发光二极管的波长一般为 610～630nm，黄色发光二极管的波长一般为 585nm 左右，绿色发光二极管的波长一般为 555～570nm。

常用的国产普通单色发光二极管有 BT（厂标型号）系列、FG（部标型号）系列和 2EF 系列。常用的进口普通单色发光二极管有 SLR 系列和 SLC 系列等。

4. 高亮度单色发光二极管和超高亮度单色发光二极管

高亮度单色发光二极管和超高亮度单色发光二极管使用的半导体材料与普通单色发光二极管不同，所以发光的强度也不同。

通常，高亮度单色发光二极管使用砷铝化镓（GaAlAs）等材料，超高亮度单色发光二极管使用磷铟砷化镓（GaAsInP）等材料，而普通单色发光二极管使用磷化镓（GaP）或磷砷化镓（GaAsP）等材料。

5. 变色发光二极管

变色发光二极管是能变换发光颜色的发光二极管。变色发光二极管按发光颜色种类可分为双色发光二极管、三色发光二极管和多色（有红、蓝、绿、白 4 种颜色）发光二极管。

变色发光二极管按引脚数量可分为二端变色发光二极管、三端变色发光二极管、四端变色发光二极管和六端变色发光二极管。

6. 闪烁发光二极管

闪烁发光二极管（BTS）是一种由 CMOS 集成电路和发光二极管组成的特殊发光器件，可用于报警指示及欠压、超压指示。

闪烁发光二极管在使用时，无须外接其他元件，只要在其引脚两端加上适当的直流工作电压即可。

7. 电压控制型发光二极管

普通发光二极管属于电流控制型器件，在使用时需串接适当阻值的限流电阻。电压控制型发光二极管（BTV）是将发光二极管和限流电阻集成制作为一体，使用时可直接并接在电源两端。

电压控制型发光二极管的发光颜色有红、黄、绿等，工作电压有 5V、9V、12V、18V、19V、24V 共 6 种规格。

8. 红外发光二极管

红外发光二极管也称红外线发射二极管，它是可以将电能直接转换成红外光（不可见光）并能辐射出去的发光器件，主要应用于各种光控及遥控发射电路中。红外发光二极管的结构和原理与普通发光二极管相近，只是使用的半导体材料不同。红外发光二极管通常使用砷化镓（GaAs）和砷铝化镓（GaAlAs）等材料，采用全透明、浅蓝色或黑色的树脂封装。常用的红外发光二极管有 SIR 系列、SIM 系列、PLT 系列、GL 系列、HIR 系列和 HG 系列等。在实际应用时可按需选取。

11.2 单片机和发光二极管组成的流水灯

任务 2——流水灯，是选用普通发光二极管、电阻排与 8051 单片机的 P3 口连接而成的，如图 11.2 所示。

8 个发光二极管按照"一"字排开，8 个发光二极管通过电阻排分别与单片机 P3 口的 P3.0～P3.7（10～17 引脚）相连接。在程序控制下，8 个发光二极管轮流点亮。

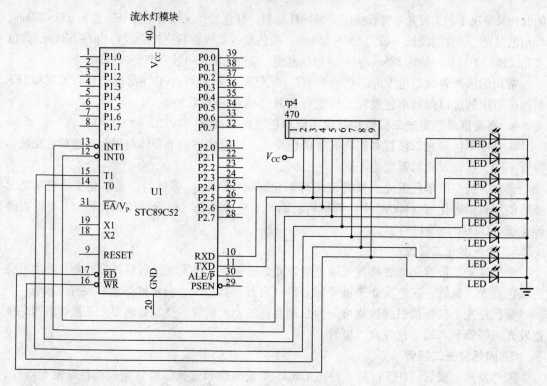

图 11.2　流水灯硬件结构图

读者可以通过改变程序，变换发光二极管发光的不同组合。

在实际应用时，可以选取不同的发光二极管模块，形成按需要的各种光显示效果。

11.3　程序范例

1. 程序流程图（见图 11.3）

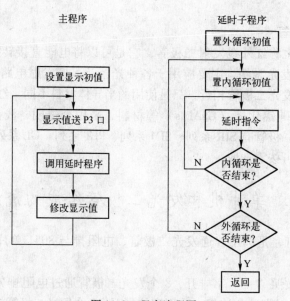

图 11.3　程序流程图

2. 程序清单

程序机器码	源程序
	ORG 0000H
74FE	MOV A,#0FEH
F5B0	LOOP:MOV P3,A
1109	ACALL DELY
23	RL A
80F9	SJMP LOOP
7A00	DELY:MOV R2,#0
7900	DELY0:MOV R1,#0
8541F0	DELY1:MOV B,41H
D9FB	DJNZ R1,DELY1
DAF7	DJNZ R2,DELY0
22	RET
	END

第 12 章　任务 3——键盘控制设计

当我们把程序编写好并写入单片机后，它就会周而复始地工作。如果人们试图改变其工作方法，只有通过键盘来告诉单片机，当单片机接到键盘命令后做出响应，这就是所谓的"人机对话"。可见键盘的作用是很大的。为此我们必须先了解键盘的特性。

12.1　键　盘　结　构

键盘的种类非常多，特别是计算机的键盘是大家非常熟悉的，它是重要的计算机外部设备之一。

说起键盘我们并不陌生，但是键盘和计算机连接起来的技术细节有必要在这里进行一下详细的介绍。

单片机使用的键盘不像 PC 使用的大键盘，通常只采用为数不多的几个按键。

单片机使用的键盘分为编码键盘和非编码键盘。编码键盘采用硬件线路来实现键盘编码，每按下一个键，键盘能自动生成按键代码，并有去抖动功能，因此使用方便，但硬件较复杂。非编码键盘仅仅提供键开关状态，由程序来识别闭合键、消除抖动、产生相应的代码，以及转入执行该键的功能程序。非编码键盘中键的数量较少，称为小键盘，硬件简单，在单片机中应用非常广泛。

下面将主要介绍非编码键盘及其与 8051 单片机的接口。

12.1.1　按键状态输入与消抖

按键在电路中的连接如图 12.1（a）所示。当操作按键时，其一对触点闭合或打开，引起 A 点电压的变化。A 点电压就用来向 CPU 输入按键的通断状态。

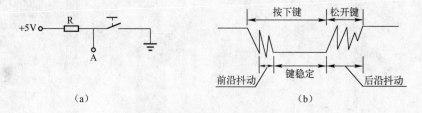

图 12.1　按键输入和电压抖动

由于机械触点的弹性作用，触点在闭合和断开瞬间的电接触情况往往不稳定，造成了电压信号的抖动现象，如图 12.1（b）所示。键的抖动时间一般为 5～10ms。这种现象可能会引起 CPU 对一次键操作进行多次处理，因此必须设法消除按键通断时的抖动现象。消除键抖动的方法有硬件和软件两种。

硬件去抖动如图 12.2 所示。图 12.2（a）利用的是 R-S 触发器，图 12.2（b）利用的是单稳态电路。

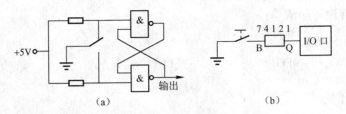

图 12.2　去抖动电路

　　由于采用硬件防抖需增加硬件开销，故为节省开支和使系统做得小巧精致，常常采用软件防抖方法。

　　软件防抖动的方法是在 CPU 检测到有按键按下时，等待 10~20ms 的延时后，再次检查该键电平是否仍保持闭合状态，如果保持闭合状态，则确认有键按下，否则重新检测。这样就能消除按键抖动的影响了。

12.1.2　独立式键盘及其与单片机的接口

1. 独立式键盘的结构

　　独立式键盘的结构如图 12.3 右半部分所示，这是最简单的键盘结构形式，每个按键的电路是独立的，都有单独一根数据线输出键的通断状态。当按键 S_i $(i=0~7)$ 断开时，相应的数据线 $D_i=1$；当 S_i 闭合时，$D_i=0$。CPU 通过检测各数据线的状态，就能知道有无按键闭合，以及是哪个键闭合。

2. 独立式键盘与 8051 的接口

　　独立式键盘与 8051 的接口比较简单。常用的是通过 I/O 口直接连接。

　　【例 12.1】独立式键盘通过 P1 口与 8051 连接的电路，如图 12.3 所示。

　　键盘管理程序的功能是检测有无键闭合。若有键闭合，消除抖动，根据键号转到相应的键处理程序。程序流程图如图 12.4 所示。

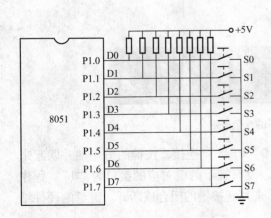

图 12.3　独立式键盘与 8051 的连接

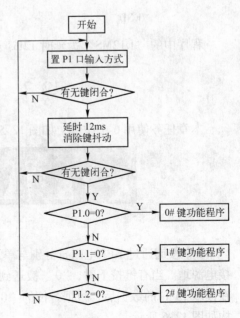

图 12.4　键盘管理程序流程图

下面是键盘管理程序清单：

```
        ORG 0100H
KBP0：MOV   P1,#0FFH              ;置 P1 口为输入方式
        MOV   A,P1                   ;读键值
        CPL   A
        ANL   A,#0FFH               ;屏蔽高 5 位
        JZ   KBP0                   ;无键闭合,重新检测
        ACALI   D12MS              ;延时 12ms,去抖动
        MOV   A,P1                   ;再测有无键闭合
        CPL   A
        ANL   A,# 0FFH
        JZ   KBP0
        JB   ACC.0,A0              ;判断闭合键键号,转相应程序
        JB   ACC.1,A1
        JB   ACC.2,A2
             ⋮
             ⋮
        AJMP   KBP0
A0：    AJMP PR0                   ;键功能程序入口
A1：    AJMP PR1
A2：    AJMP PR2
PR0：…                             ;K0 键功能
PR1：…                             ;K1 键功能
PR2：…                             ;K2 键功能
             ⋮
             ⋮
        END
```

程序中的“D12MS”为延时 12ms 子程序。

12.2 键盘的硬件结构

本章任务使用 6 个按键，如图 12.5 所示。

图 12.5 任务 3 使用的 6 个按键

6 个按键通过 RP1 电阻排分别与单片机的 P1.0～P1.5 口连接，按键的另一端并联起来接电源地。当有键按下时，“0”被送到对应接口，没有按下的键对应的接口为“1”。程序在读取 P1 口的数据后，根据各位的“0”或“1”来判断按键的闭合或断开。键盘的硬件结构如图 12.6 所示。

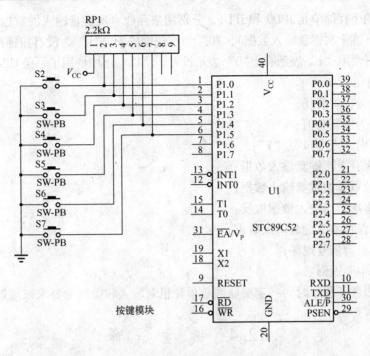

图 12.6 键盘的硬件结构

12.3 消 除 抖 动

由于按键的物理结构的缺陷，按下键时易产生抖动。实际应用时可采用软件消除抖动的方法。软件消除抖动的方法就是延时。这里采用中断延时，让 T1 工作在方式 1。

本实验系统单片机的晶振频率采用的是 12MHz，单片机的机器周期应该是 1μs。由于定时器的初值 = 65 536 - 定时时间/机器周期，故定时时间取 20ms，机器周期为 1μs，定时器初值 = 65 536 - 20ms/1μs = 45 536D = B1E0H。

下面是中断服务子程序的程序清单：

```
                    ORG 001BH
C0D0                PUSH PSW
C0E0                PUSH ACC
758DB1              MOV TH1,#081H
758BE0              MOV TL1,#0E0H;恢复初值
743F                MOV A,#3FH
4290                ORL P1,A
852F2E              MOV JPD1,JPD0
E590                MOV A,P1
F4                  CPL A
F52F                MOV JPD0,A
D0E0     RETUN:     POP ACC
D0D0                POP PSW
32                  RETI
```

程序中有两个存储单元 JPD0 和 JPD1，分别用来存放本次键盘输入的数据和 20ms 前的键盘输入的数据（称上次键盘输入数据），"0"为有按键按下、"1"为没有按键按下。由于在键盘解释程序中习惯用"1"表示有、"0"表示没有，所以程序中使用了一条 CPL A 指令。

程序清单中：

第 1、2 条为保护现场；

第 3、4 条为恢复初值；

第 5、6 条向输入端口写"1"；

第 7 条为保存上次键盘输入数据；

第 8 条为读取本次键盘输入数据；

第 9 条为本次键盘输入数据取反；

第 10 条为保存本次键盘输入数据；

第 11、12 条为恢复现场；

第 13 条为中断返回。

在读中断服务子程序时，一定要联系着单片机对输入和中断的要求来理解。

12.4　键　盘　解　释

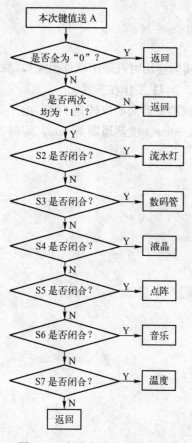

图 12.7　键盘解释程序流程图

在中断服务程序中，已经获取了本次和上次的键盘输入数据，并分别存放在 JPD0 和 JPD1 中。将两次获取的键盘输入数据进行比较，如果两次均为"1"，则表示该按键被按下，即有键盘输入。根据输入的键转去执行对应程序，称为键盘解释。程序流程图如图 12.7 所示。

在图 12.7 中：

S2 闭合执行流水灯工作程序；

S3 闭合执行数码管工作程序；

S4 闭合执行液晶工作程序；

S5 闭合执行汉字点阵工作程序；

S6 闭合执行音乐播放工作程序；

S7 闭合执行温度监控工作程序。

下面是键盘解释子程序清单：

E52F	COM：	MOV A,JPD0
6016		JZ RET0
652E		XRL A,JPD1
7012		JNZ RET0
207810		JB 78H,LSD;P1.0 流水灯
207916		JB 79H,SMG;P1.1 数码管
207A1C		JB 7AH,YJ;P1.2 液晶
207B22		JB 7BH,LED;P1.3 点阵
207C28		JB 7CH,YY;P1.4 音乐
207D2E		JB 7DH,WD;P1.5 温度
22	RET0：	RET

采用中断延时可以节省单片机的大量工作时间。如果不是这样单片机每隔 20ms 要查询一次 P1 口，采用中断方式后，读键盘的工作交中断自动完成。

思 考 题

根据我们所学知识，用查询方式编写读取键盘、输入数据，并解释执行的程序。

第13章 任务4——数码管控制设计

数码管（LED显示器）对于单片机系统而言，和键盘一样，是另一个重要的外部设备。如何把单片机内部的二进制数在数码管上显示出来，这是本章要重点解决的问题。为此，我们还是先从数码管的构造开始介绍。

13.1 数码管构造

1. 结构和显示原理

LED显示器是由发光二极管作为显示字段的数码型显示器件。如图13.1（a）所示为一位LED显示器的外形和引脚图。其中，7段发光二极管（a～g）构成"8"字形，另外还有1段发光二极管作为小数点。因此这种LED显示器称为7段数码管显示器或8段数码管显示器。

当显示器的某一段发光二极管通电时，该段发光。人为控制某几段发光二极管通电，就能显示出某个数码或字符。例如，使b、c、f、g这4段发光二极管通电，即可显示出数码"4"；使a、b、e、f、g这5段发光二极管通电，则显示字符"P"。

LED显示器有共阴极和共阳极两种结构，如图13.1（b）和图13.1（c）所示。在共阴极结构中，各段发光二极管的阴极连在一起，并且将此公共点接地。某一段发光二极管的阳极为高电平时，该段发光。在共阳极结构中，各段发光二极管的阳极连在一起，并将此公共点接+5V。当某一段发光二极管的阴极为低电平时，该段发光。

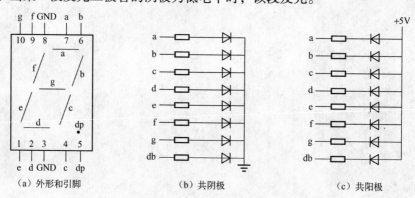

（a）外形和引脚　　　　（b）共阴极　　　　（c）共阳极

图13.1　LED显示器

2. 字段码

当LED显示器与计算机连接时，一般是将LED显示器各发光二极管的引脚a、b、…、g、dp顺序接到计算机的一个并行I/O口的D0、D1、…、D6、D7。当从这个I/O口输出某个特定的数据时，就能使LED显示器显示出某个字符。例如，要使共阴极LED显示字符"0"，则要求a、b、c、d、e、f各引脚为高电平，g和dp为低电平，I/O口线输出的8位数据如下：

D7	D6	D5	D4	D3	D2	D1	D0	
dp	g	f	e	d	c	b	a	
0	0	1	1	1	1	1	1	3FH

3FH 称为共阴极 LED 显示字符"0"的字段码。不计小数点的字段码称为七段码,包括小数点的字段码称为八段码。

如表 13.1 所示为共阴极 LED 和共阳极 LED 显示不同字符的字段码,此表为七段码。共阴极 LED 和共阳极 LED 的字段码互为反码。

表 13.1 LED 显示器的字段码

显示字符	共阴极字段码	共阳极字段码	显示字符	共阴极字段码	共阳极字段码
0	3FH	C0H	9	6FH	90H
1	06H	F9H	A	77H	88H
2	5BH	A4H	B	7CH	83H
3	4FH	B0H	C	39H	C6H
4	66H	99H	D	5EH	A1H
5	6DH	92H	E	79H	86H
6	7DH	82H	F	71H	8EH
7	07H	F8H	P	73H	8CH
8	7FH	80H	熄灭	00H	FFH

3. N 位 LED 显示器

实际使用的 LED 显示器通常由多位 LED 显示器组成,多位 LED 的控制包括字段控制(显示什么字符)和字位控制(哪一位或哪几位亮)。N 位 LED 显示器包括 8×N 根字段控制线和 N 根字位控制线,如图 13.2 所示。

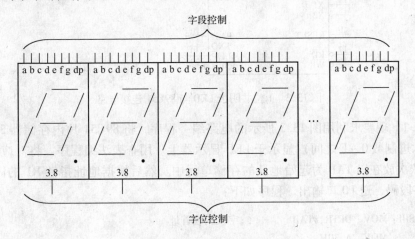

图 13.2 N 位 LED 显示器

由 LED 显示原理可知,要使 N 位 LED 显示器的某一位显示出某个字符,必须要将此字符转换为相应的字段码,同时通过一定的接口进行字位的选择和控制。N 位 LED 显示器的接口形式与字段、字位控制线的译码及 LED 的显示方式有关。字段、字位控制线的译码方式分为软件译码和硬件译码两种,LED 的显示方式分为静态显示和动态显示两种。

软件译码就是根据二进制数查表获取 LED 显示码。

硬件译码就是根据二进制规则直接转换成 LED 显示码。

静态显示就是一个 8 位接口对应一个数码管。

动态显示就是一个 8 位接口对应 N 个数码管。

13.2　静态显示器接口

在静态显示方式下，每一位显示器的字段控制线是独立的。当显示某一字符时，该位的各字段线和字位线的电平不变，也就是各字段的亮灭状态不变。

静态显示方式下 LED 显示器的电路连接方法是，每位 LED 显示器的字位控制线（即共阴极点或共阳极点）连在一起，共阴极接地或共阳极接 +5V；字段控制线（a～dp）分别接到一个 8 位 I/O 口。

如图 13.3 所示为 1 位共阴极 LED 显示器与 89C51 单片机的接口电路。单片机 P0 口中的 P0.0 ～ P0.7 分别接到共阴极 LED 显示器的 a～dp 引脚，共阴极端接地。

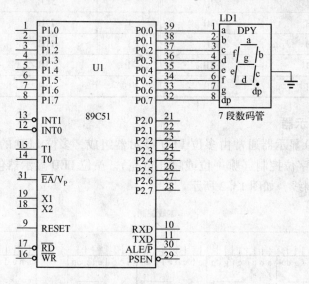

图 13.3　1 位共阴极 LED 与 89C51 连接电路

【例 13.1】现要求利用图 13.3 所示的电路编一程序，将 89C51 片内存储器 30H 单元的数值（十六进制数 0～F 之间）显示于 LED 显示器上。用查表法编程序。将对应于 0～F 这 16 个数码依次放在以 TAB 为起始地址的存储单元中。然后根据地址指针 R1 的内容查表得到对应的字段码，送 P0 口输出。程序如下：

```
DISP1：MOV   DPTR,#TAB        ;字段码表首址
       MOV   A,30H
       MOVC  A,@ A + DPTR     ;查字段码
       MOV   P0,A             ;将字段码送 P0 口
       RET
  TAB：DB 3FH,06H,…           ;0 ～ F 的共阳极字段码表
```

通过上例可以看出，静态显示方式硬件连线简单、编程简单，如果是两个 LED 显示器需要占用单片机的两个并行口，如果是 4 个 LED 显示器需要占用单片机的 4 个并行口。可见静态显示方式虽然编程简单，但占用 I/O 口线多，适合于显示器位数较少的场合。

13.3　动态显示器接口

动态显示方式就是将所有 LED 显示器并接在单片机的一个并行口，通过控制位码来实现显示，如图 13.4 所示。

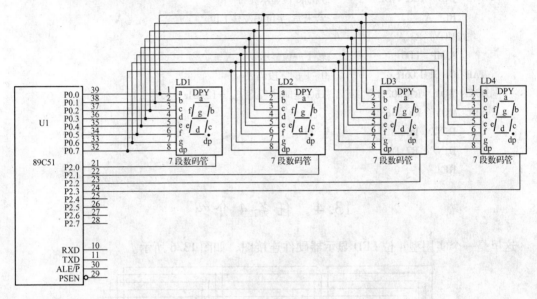

图 13.4　4 位共阴极 LED 显示器与 89C51 连接电路

当 LED 显示器位数较多时，为了简化电路，降低成本，将所有位的字段线对应并联，由一个 8 位 I/O 口控制，而共阴极点或共阳极点由另一个 I/O 口控制。这样用两个 8 位 I/O 口最多能控制 8 位 LED 显示器（图 13.4 中只接了 4 位共阴极 LED 显示器）。

【例 13.2】现要求利用图 13.4 所示的电路编一程序，将 89C51 片内存储器 30H、31H、32H、33H 单元的数值（十六进制数 0～F 之间）显示于 LED 显示器上（用查表法编程序。将对应于 0～F 的这 16 个数码依次放在以 TAB 为起始地址的存储单元中）。

编制程序流程图如图 13.5 所示。

根据框图编写的显示程序如下：

```
DISP:MOV   R0,#30H   ;送显示缓冲区首地址
     MOV   R3,#0FEH;送位码初值
LD0: MOV   A,R3
     MOV   P2,A      ;送位码
     MOV   A,@R0     ;取显示数据
```

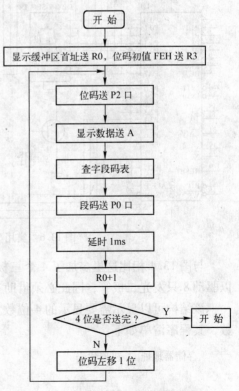

图 13.5　动态显示 4 位数据程序流程图

```
        MOVC   A,@ A + DPTR      ;查表得字段码
        MOV    P0,A              ;段码送 P0 口
        ACALL  DIMS              ;调 1ms 延时
        INC    R0                ;指向下一显示单元
        MOV    A,R3
        JNB    ACC. 4,DISP       ;判断 8 位显示完否
        RL     A                 ;若未完,字位码左移 1 位
        MOV    R3,A
        AJMP   LD0               ;转下一位显示
  TAB:  DB 3FH,06H…              ;0 ~ F 的字段码表
  DIMS: MOV    R7,#02H           ;1ms 延时子程序 f_osc = 12MHz
  DL:   MOV    R6,#0F8H
        DJNZ   R6, $
        DJNZ   R7,DL
        RET
```

13.4　任务 4 介绍

这里是一个实用型 4 位 LED 显示器硬件连接图，如图 13.6 所示。

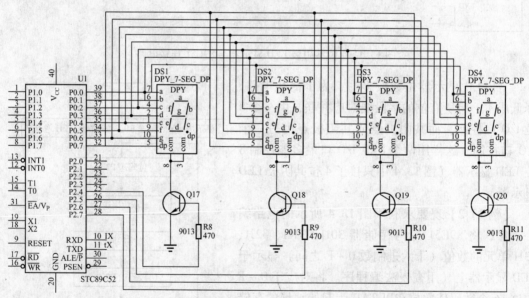

图 13.6　实用型 4 位 LED 显示器硬件连接图

与图 13.4 相比这里多加了 4 个三极管。由于单片机输出的电流很小（微安级），不足以驱动 8 只发光二极管，因此必须借助三极管将信号功率放大。

该结构可以显示需要显示的 4 位数。本任务中设计成巡回显示 0000 ~ 9999 4 位十进制数，其程序清单如下：

存储器地址	机器代码	指令助记符
		ORG 0000H
0000	75A000	MOV P2,#0

0003	C2B2		CLR P3.2
0005	C2B3		CLR P3.3
0007	900052		MOV DPTR,#TAB
000A	780A	SMG1：	MOV R0,#10
000C	790A		MOV R1,#10
000E	E8	SMG2：	MOV A,R0
000F	75F00A		MOV B,#10
0012	84		DIV AB
0013	93		MOVC A,@A+DPTR
0014	F580		MOV P0,A
0016	75A040		MOV P2,#40H
0019	1148		ACALL SMGDELY
001B	E5F0		MOV A,B
001D	93		MOVC A,@A+DPTR
001E	F580		MOV P0,A
0020	75A080		MOV P2,#80H
0023	1148		ACALLSMGDELY
0025	E9		MOV A,R1
0026	75F00A		MOV B,#10
0029	84		DIV AB
002A	93		MOVC A,@A+DPTR
002B	F580		MOV P0,A
002D	75A010		MOV P2,#10H
0030	1148		ACALL SMGDELY
0032	E5F0		MOV A,B
0034	93		MOVC A,@A+DPTR
0035	F580		MOV P0,A
0037	75A020		MOV P2,#20H
003A	1148		ACALL SMGDELY
003C	09		INC R1
003D	B964CE		CJNE R1,#100,SMG2
0040	08		INC R0
0041	7900		MOV R1,#0
0043	B864C8		CJNE R0,#100,SMG2
0046	80C2		SJMP SMG1
0048	7E0A	SMGDELY：	MOV R6,#10
004A	7D00	SMGDELY1：	MOV R5,#0
004C	00	SMGDELY2：	NOP
004D	DDFD		DJNZ R5,SMGDELY2
004F	DEF9		DJNZ R6,SMGDELY1
0051	22		RET
0052	3F	TAB：	DB 3FH
0053	06		DB 06H

0054	5B	DB 5BH
0055	4F	DB 4FH
0056	66	DB 66H
0057	6D	DB 6DH
0058	7D	DB 7DH
0059	07	DB 07H
005A	7F	DB 7FH
005B	6F	DB 6FH
005C		END

第14章 任务5——LCD液晶屏控制设计

14.1 液晶屏工作原理

1. 液晶（LCD）的物理特性

当通电导通时，液晶分子排列变得有秩序，使光线容易通过，不通电时液晶分子排列混乱，阻止光线通过，即让液晶如闸门般地阻隔光线或让光线穿透。从技术上简单地说，液晶面板包含了两片相当精致的无钠玻璃素材，称为Substrates，中间夹着一层液晶。当光束通过这层液晶时，液晶本身会排排站立或扭转呈不规则状，从而阻隔或使光束顺利通过。大多数液晶都属于有机复合物，由长棒状的分子构成。在自然状态下，这些棒状分子的长轴大致平行。将液晶倒入一个经精良加工的开槽平面，液晶分子会顺着槽排列，所以假如那些槽非常平行，则各分子也是完全平行的。

2. 液晶显示器

液晶显示器，又称LCD（Liquid Crystal Display），为平面超薄的显示设备，它由一定数量的彩色或黑白画素组成，放置于光源或者反射面前方。液晶显示器功耗很低，因此备受工程师青睐，适用于使用电池的电子设备。

每个画素由以下几个部分构成：悬浮于两个透明电极（氧化铟锡）间的一列液晶分子，两个偏振方向互相垂直的偏振过滤片。如果没有电极间的液晶，光通过其中一个过滤片势必被另一个阻挡，通过一个过滤片的光线偏振方向被液晶旋转，从而能够通过另一个。

液晶分子本身带有电荷，将少量的电荷加到每个画素或者子画素的透明电极上，则液晶的分子将被静电力旋转，通过的光线同时也被旋转，改变一定的角度，从而能够通过偏振过滤片。

在将电荷加到透明电极之前，液晶分子处于无约束状态，分子上的电荷使得这些分子组成了螺旋形或者环形（晶体状）。在有些LCD中，电极的化学物质表面可作为晶体的晶种，因此分子会按照需要的角度结晶，通过一个过滤片的光线在通过液晶片后偏振方向发生旋转，从而使光线能够通过另一个偏振片，一小部分光线被偏振片吸收，但其余的设备都是透明的。

将电荷加到透明电极上后，液晶分子将顺着电场方向排列，因此限制了透过光线偏振方向的旋转。假如液晶分子被完全打散，通过的光线其偏振方向将和第二个偏振片完全垂直，因此光线被完全阻挡了，此时画素不发光。通过控制每个画素中液晶的旋转方向，可以控制照亮画素的光线，可多可少。

许多LCD在交流电作用下变黑，交流电破坏了液晶的螺旋效应，而切断电流后，LCD会变亮或者透明。

为了省电，LCD显示采用复用的方法。在复用模式下，一端的电极分组连接在一起，每一组电极连接到一个电源，另一端的电极也分组连接，每一组连接到电源另一端，分组设计保证每个画素由一个独立的电源控制，电子设备或者驱动电子设备的软件通过控制电源的开/关序列来控制画素的显示。

检验LCD显示器的指标包括以下几个重要方面：显示大小、反应时间（同步速率）、阵列类型（主动和被动）、视角、所支持的颜色、亮度、对比度、分辨率、屏幕高宽比，以及输入接口（如视觉接口和视频显示阵列）。

3. LCD 显示原理

LCD 利用液晶的基本性质实现显示。自然光经过一偏振片后"过滤"为线性偏振光，由于液晶分子在盒子中的扭曲螺距远比可见光波长大得多，所以当沿取向膜表面的液晶分子排列方向一致或正交的线性偏振光入射后，其偏光方向在经过整个液晶层后会扭曲 90° 由另一侧射出，正交偏振片起到透光的作用；如果在液晶盒上施加一定值的电压，液晶长轴开始沿电场方向倾斜，当电压达到约 2 倍阈值电压后，除电极表面的液晶分子外，所有液晶盒内两电极之间的液晶分子都变成沿电场方向排列，这时 90° 旋光的功能消失，在正交片振片间失去了旋光作用，使器件不能透光。如果使用平行偏振片则相反。

通过利用给液晶盒通电或断电的办法使光改变其透—遮状态，从而实现显示。上下偏振片为正交或平行方向时显示表现为常白或常黑模式。

4. 透射和反射显示

LCD 可透射显示，也可反射显示，这取决于它的光源在哪里。透射型 LCD 由一个屏幕背后的光源照亮，而观看者则在屏幕另一边（前面）。这种类型的 LCD 多用在需高亮度显示的应用中，如计算机显示器、PDA 和手机等。这时，用于照亮 LCD 的照明设备的功耗往往高于 LCD 本身。

反射型 LCD，常见于电子钟表和计算机中，（有时候）它可由后面散射的反射面将外部的光反射回来照亮屏幕。这种类型的 LCD 具有较高的对比度，因为光线要经过液晶两次，所以被削减了两次。不使用照明设备明显降低了功耗，因此当这种设备使用电池时，可使电池使用更久。因为小型的反射型 LCD 功耗非常低，以至于光电池就足以给它供电，因此常用于袖珍型计算器。

半穿透反射式 LCD 既可以当做透射型使用，也可当做反射型使用。当外部光线很足时，该 LCD 按照反射型工作，而当外部光线不足时，它又能按透射型工作。

5. 彩色显示

彩色 LCD 中，每个画素分成 3 个单元，或称子画素，附加的滤光片分别标记为红色、绿色和蓝色。3 个子画素可独立进行控制，对应的画素便产生了成千上万甚至上百万种的颜色。老式的 CRT 采用同样的方法显示颜色。根据需要，颜色组件按照不同的画素几何原理进行排列。

14.2　1602 型液晶屏引脚介绍

与数码管相比，液晶屏显得更为专业、漂亮。液晶显示屏以其微功耗、体积小、显示内容丰富和超薄轻巧等诸多优点，在袖珍式仪表和低功耗应用系统中得到越来越广泛的应用，实验板所配的是 1602 型液晶屏，它是工控系统中使用最为广泛的液晶屏之一。

1602 型液晶屏是一种用 5 × 7 点阵图形来显示字符的液晶显示器，根据显示的容量可以分为 1 行 16 个字、2 行 16 个字等，常用的为 2 行 16 个字。我们也以此为例来介绍一下相应的硬件连接和编程方法。

1602 型液晶屏实物如图 14.1 所示。

图 14.1　1602 型液晶屏实物

1602 型液晶屏对外提供 16 根引脚（左下

方）作为接口，可以直接与单片机连接。下面我们先对 1602 液晶屏技术资料进行一个全面的了解。

1. 主要技术参数

1602 型液晶屏主要技术参数如表 14.1 所示。

表 14.1　主要技术参数

显示容量	16×2 个字符
芯片工作电压	4.5～5.5V
工作电流	2.0A（5.0V）
模块最佳工作电压	5.0V
字符尺寸	2.95mm×4.35mm

2. 接口信号说明

1602 型液晶屏对外提供 16 根引脚作为接口，这 16 根引脚的功能如表 14.2 所示。

表 14.2　引脚功能表

编　号	符　号	引 脚 说 明	编　号	符　号	引 脚 说 明
1	V_{SS}	电源地	9	D2	DATA I/O
2	V_{DD}	电源正极	10	D3	DATA I/O
3	VL	液晶显示偏压信号	11	D4	DATA I/O
4	RS	数据/命令选择端	12	D5	DATA I/O
5	R/W	读/写选择端	13	D6	DATA I/O
6	E	使能信号	14	D7	DATA I/O
7	D0	DATA I/O	15	BLA	背光源正极
8	D1	DATA I/O	16	BLK	背光源负极

3. 基本操作时序

（1）读状态：输入为 RS = L，RW = H，E = H，输出为 D0～D7 = 状态字。

STA7	STA6	STA5	STA4	STA3	STA2	STA1	STA0
D7	D6	D5	D4	D3	D2	D1	D0

其中，

STA0～STA6	当前数据地址指针的数据		
STA7	读/写操作使能	1：禁止	0：允许

注意，对控制器每次进行读/写操作之前，都必须进行读/写检测，以确保 STA7 为 0。

（2）写指令：输入为 RS = L，RW = L，D0～D7 = 指令码，E = 上升延，无输出。

（3）读数据：输入为 RS = H，RW = H，E = H，输出为 D0～D7 = 状态字。

（4）写数据：输入为 RS = H，RW = L，D0～D7 = 数据，E = 上升延，无输出。

4. 1602 型液晶屏内部 RAM 地址映射

1602 型液晶屏控制器内部带有 80×8 位（80 字节）的 RAM 缓冲区，对应关系如图 14.2 所示。

5. 指令说明

1）初始化设置

（1）显示模式设置如表 14.3 所示。

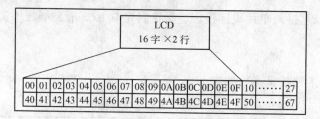

图 14.2　1602 型液晶屏内部 RAM 地址映射图

表 14.3　显示模式设置

指　令　码								功　　能
0	0	1	1	1	0	0	0	设置 16×2 显示，5×7 点阵，8 位数据接口

（2）显示开/关及光标设置如表 14.4 所示。

表 14.4　显示开/关及光标设置

指　令　码								功　　能
0	0	0	0	1	D	C	B	D=1 开显示；　D=0 关显示 C=1 显示光标；C=0 不显示光标 B=1 光标闪烁；B=0 光标不显示
0	0	0	0	0	1	N	S	N=1 当读/写一个字符后地址指针加 1，且光标加 1 N=0 当读/写一个字符后地址指针减 1，且光标减 1 S=1 当写一个字符时，整屏显示左移（N=1）或右移（N=0），以得到光标不移动而屏幕移动的效果 S=0 当写一个字符时，整屏显示不移动

2）数据控制

控制器内部设有一个数据地址指针，可通过这个数据指针访问内部的全部 80 个字节 RAM。

（1）数据地址指针设置。指令码：80H + 地址码（0~27H，40H~67H）。

（2）读数据，输入为 RS = H，RW = H，E = H，输出为 D0~D7 = 状态字。

（3）写数据，输入为 RS = H，RW = L，D0~D7 = 数据，E = 上升延，无输出。

（4）其他设置，如表 14.5 所示。

表 14.5　其他设置

指　令　码	功　　能
01H	显示清屏：1. 数据指针清零 　　　　　2. 所有显示清零
02H	显示回车：1. 数据指针清零

6. 初始化过程

（1）延时 15ms。

（2）写指令 38H（不检测忙信号）。

（3）延时 5ms。

（4）写指令 38H（不检测忙信号）。

（5）延时 5ms。

（6）写指令 38H（不检测忙信号）。

（7）以后每次写指令、读/写数据操作之前均需检测忙信号。

（8）写指令 38H：显示模式设置。

（9）写指令 08H：显示关闭。

（10）写指令 01H：显示清屏。

（11）写指令 06H：显示光标移动设置。

（12）写指令 0CH：显示开及光标设置。

14.3　任务概述

本任务采用 1602 型液晶屏与单片机连接，如图 14.3 所示。

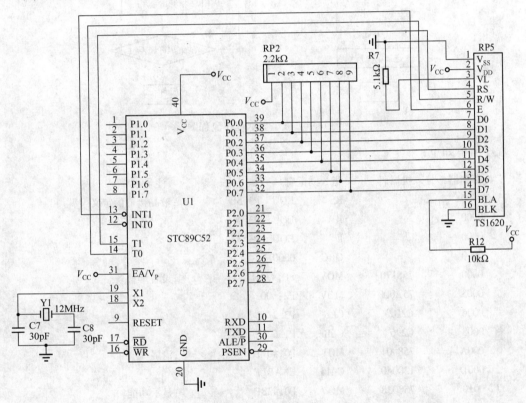

图 14.3　1602 型液晶屏与单片机连接图

其中，P3.3（第 13 引脚）、P3.4（第 14 引脚）、P3.5（第 15 引脚）作为 1602 型液晶屏的时序控制；P0.0 ~ P0.7 作为 1602 型液晶屏的数据接口；其他均按照 1602 型液晶屏推荐的方法完成。

14.4　程序编制

本程序显示的是，第 1 行 "I AM A STUDENT"；第 2 行 "I LOVE SCIENCE"。

由于 1602 型液晶屏的控制器内部有 RAM 存储器，因此程序中只安排传送一次即可。

标号为 ENABLE 的程序段是 1602 型液晶屏的时序控制子程序。

标号为 WRITE1 的程序段是对 1602 型液晶屏写 N 个字节的数据子程序，以 00H 结尾。

标号为 DELAY 的程序段是延时子程序，可修改 R4、R5 值获取不同延时时间。

程序流程图如图 14.4 所示。

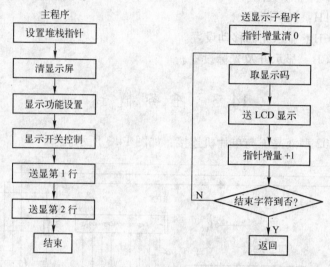

图 14.4　液晶显示程序流程图

程序清单如下：

存储器地址	机器码	指令助记符			注释
0000		RS	EQU	P3.5	;液晶接口的定义
0000		RW	EQU	P3.4	
0000		E	EQU	P3.3	
0000		ORG	0000H		
0000	758170	MOV	SP,#70H		;设置堆栈
0003	75A000	MOV	P2,#00		
0006	C2B2	CLR	P3.2		
0008	C296	CLR	P1.6		
000A	758001	MOV	P0,#01H		;清屏
000D	120040	CALL	ENABLE		
0010	758038	MOV	P0,#38H		;显示功能
0013	120040	CALL	ENABLE		
0016	75800F	MOV	P0,#0FH		;显示开关控制
0019	120040	CALL	ENABLE		
001C	758006	MOV	P0,#06H		; +1
001F	120040	CALL	ENABLE		
0022	758080	MOV	P0,#80H		;第一行的开始位置
0025	120040	CALL	ENABLE		
0028	90006F	MOV	DPTR,#TABLE1		;显示
002B	12004C	CALL	WRITE1		;到 TABLE1 取码
002E	7580C0	MOV	P0,#0C0H		;第二行的位置
0031	120040	CALL	ENABLE		

0034	900080	MOV	DPTR,#TABLE2	;显示
0037	12004C	CALL	WRITE1	;到 TABLE2 取码
003A	120040	CALL	ENABLE	
003D	02003D	JMP	$	
0040	C2B5	ENABLE：CLR	RS	;送命令
0042	C2B4	CLR	RW	
0044	C2B3	CLR	E	
0046	120066	CALL	DELAY	
0049	D2B3	SETB	E	
004B	22	RET		
004C	7900	WRITE1：MOV	R1,#00H	;显示 TABLE 中的值
004E	E9	A1： MOV	A,R1	;到 TABLE 取码
004F	93	MOVC	A,@A+DPTR	
0050	120058	CALL	WRITE2	;显示到 LCD
0053	09	INC	R1	
0054	B400F7	CJNE	A,#00H,A1	;是否到 00H
0057	22	RET		
0058	F580	WRITE2：MOVP0,A		;显示
005A	D2B5	SETB	RS	
005C	C2B4	CLR	RW	
005E	C2B3	CLR	E	
0060	120066	CALL	DELAY	
0063	D2B3	SETB	E	
0065	22	RET		
0066	7C0A	DELAY：MOV	R4,#10	
0068	7DFF	D1： MOV	R5,#0FFH	
006A	DDFE	DJNZ	R5,$	
006C	DCFA	DJNZ	R4,D1	
006E	22	RET		
006F	49 20 41	TABLE1：DB 'I AM A S '		
0072	4D 20 41			
0075	20 53			
0077	54 55 44	DB	'TUDENT '	
007A	45 4E 54			
007D	20 20			
007F	00	DB	00H	
0080	49 20 4C	TABLE2：DB 'I LOVE S '		
0083	4F 56 45			
0086	20 53			
0088	43 49 45	DB	'CIENCE '	
008B	4E 43 45			
008E	20 20			
0090	00	DB	00H	
0091		END		

思　考　题

编写一段程序,在液晶屏上显示"2009-10-15"和"18-28-08"字样。

第 15 章 任务 6——LED 点阵控制设计

LED 显示以其组合方式灵活、显示稳定、功耗低、寿命长、技术成熟、成本低廉等特点，在车站、证券所、运动场馆、交通干道及各种室内外显示场合得到了广泛的应用。

单片机控制系统程序采用单片机汇编语言进行编辑，通过编程控制各显示点对应 LED 阳极和阴极端的电平，从而有效地控制各显示点的亮灭。所显示字符的点阵数据可以自行编写（即直接点阵画图），也可从标准字库中提取。

本任务是一个 16×16 点阵 LED 电子显示屏的设计。以 40 引脚单片机 STC89C51 为核心，介绍了以它为控制系统的 LED 点阵电子显示屏的动态设计和开发过程。通过该芯片控制一个行驱动器 74HC154 和两个列驱动器 74HC595 来驱动显示屏显示。该电子显示屏可以显示各种文字或单色图像，全屏能显示 1 个汉字，采用 4 块 8×8 点阵 LED 显示模块来组成 16×16 点阵显示模式。显示采用动态显示，使图形或文字能够实现静止、移入、移出等显示效果。

15.1 字符点阵屏的构造

如图 15.1 所示是一块 8×8 点阵 LED 显示模块的实物图。它由 64 个发光二极管组成，通过控制 64 个点的亮与灭来达到显示字符的目的。

如图 15.2 所示是 8×8 点阵 LED 显示模块原理图。

将 64 个发光二极管按照 8 行 8 列摆放，只要控制行列信号就可以实现字符显示。比如，要显示一个英文字母"I"，只要依次让第 3 列为高电平，第 1、8 行为低电平，第 4 列为高电平，第 1~8 行为低电平，第 5 列为高电平，第 1、8 行为低电平即可，如图 15.3 所示。

图 15.1 8×8 点阵 LED 显示
模块的实物图

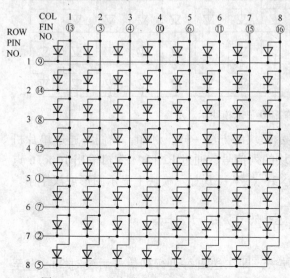

图 15.2 8×8 点阵 LED 显示模块原理图

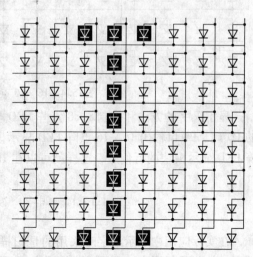

图 15.3 用 8×8 点阵 LED 显示模块显示"I"示意图

15.2　汉字点阵屏的构造

8×8点阵的像素只能有64个，不足以显示图形。我们知道，显示汉字实质就是显示图形。为了提高像素，将4块8×8点阵拼成16×16点阵，使其像素为256，这时再显示汉字就没有问题了，如图15.4所示。

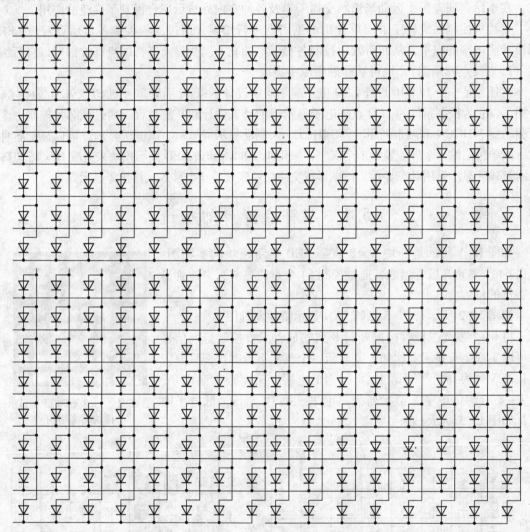

图15.4　16×16点阵LED显示模块示意图

显示汉字的方法和控制8×8点阵LED显示模块的方法一样。例如，我们将通过单片机的P0口、P1口输出16×16点阵LED显示模块的列信号，通过P2口、P3口输出16×16点阵LED显示模块的行信号，这样就可以在16×16点阵LED显示模块上显示图形或汉字了。

15.3　单个汉字的显示方法

在实际应用中显示汉字时采用的是扫描方法，即在送出每组行列信号后延时2ms直至送完。如此反复多次，利用人的视觉滞后现象就会看到一个完整的汉字了。

例如，我们希望显示汉字"中"，只要按照上面的方法依次送出 16 组列、行信号（4 位十六进制数）即可：

0000H、7FFFH；0180H、BFFFH；0180H、DFFFH；0180H、EFFFH；

1FF8H、F7FFH；1FF8H、FBFFH；1998H、FDFFH；1998H、FEFFH；

1998H、FF7FH；1998H、FFBFH；1FF8H、FFDFH；1FF8H、FFEFH；

0180H、FFF7H；0180H、FFFBH；0180H、FFFDH；0000H、FFFEH；

这样就显示了一个汉字"中"，如图 15.5 所示。

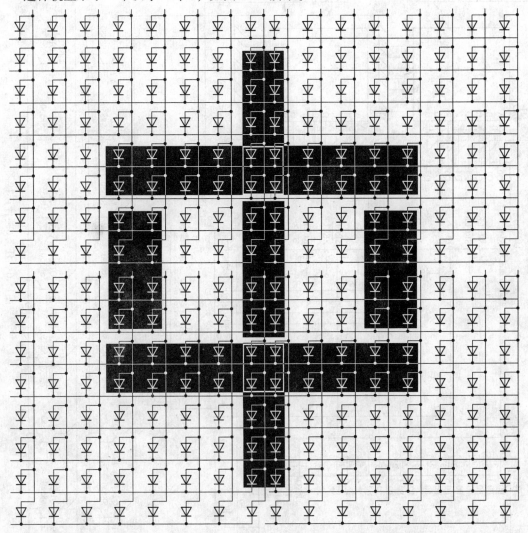

图 15.5　用 16×16 点阵 LED 显示模块显示"中"字示意图

按照上面的方法，当显示多个汉字时就会在每两个汉字之间出现间歇现象。为解决这个问题，通常采用上移、下移、左移、右移的方法使其连续。

15.4　16×16 点阵 LED 显示模块与单片机的连接

本任务是为了实现显示多个汉字上移的实际电路，其硬件连接如图 15.6 所示。

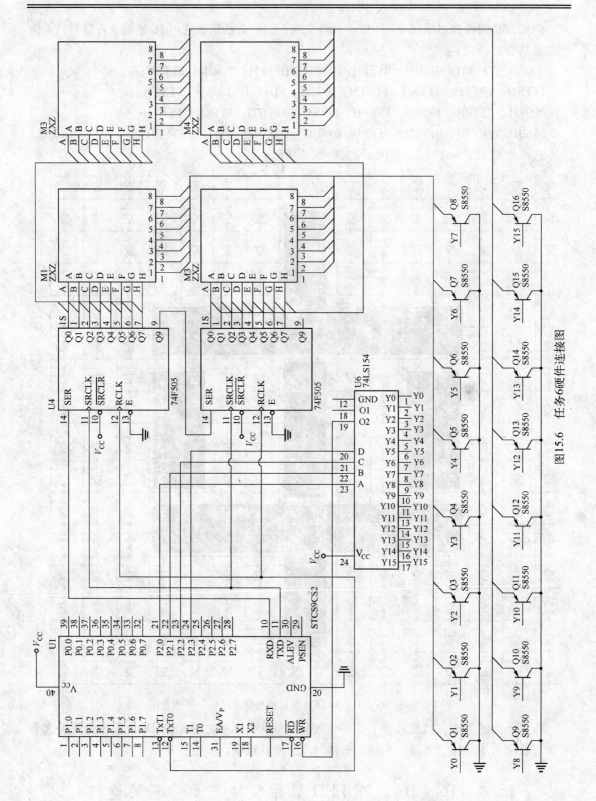

图15.6　任务6硬件连接图

　　行信号由单片机 P2 口（P2.0、P2.1、P2.2、P2.3 位）连接 74HC154 经过译码输出，由三极管放大后驱动行。

　　利用单片机的串行口按照串行工作方式 0 将列信号通过 74HC595 的 SER 端送往移位寄存器 74HC595，由 74HC595 的输出驱动列。

　　由 P3.2 控制移位寄存器输出（74HC595 的 RCLK）。

　　由 P3.1 提供移位脉冲（74HC595 的 SRCLK）。

　　显示器采用 4 块 8×8 点阵 LED 显示模块分别与行、列驱动输出连接。

　　编程采用 8051 汇编语言。

　　图中 74HC154 和三极管基极的 Y0～Y15 分别表示相同连接点。

15.5　程序范例

　　在如图 15.6 所示的连接方式下，上移显示"我们喜欢学习单片机"字样的程序流程图如图 15.7 所示。

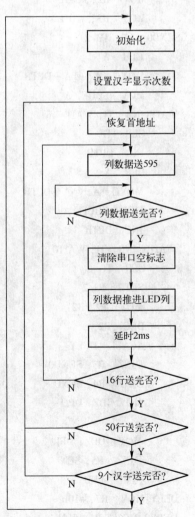

图 15.7　任务 6 程序流程图

程序清单如下：

存储器地址	机器码	指令助记符	注释
0000		GDZ　EQU 30H	
0000		DDZ　EQU 31H	
0000		ORG　0000H	
0000	C2B6	LED: CLR　P3.6	
0002	900051	MOV　DPTR, #ZFTAB	;字符首地址送 DPTR
0005	858330	MOV　GDZ, DPH	;保存首地址
0008	858231	MOV　DDZ, DPL	
000B	759800	MOV　SCON, #0	;串口方式 0
000E	7D09	MOV　R5, #9	;9 个字符
0010	7C32	SEN: MOV　R4, #50	;同一字符送 50 次
0012	853083	SEND:MOV　DPH, GDZ	;恢复首地址
0015	853182	MOV　DPL, DDZ	
0018	7A0F	MOV　R2, #0FH	;行信号从第 15 行开始
001A	7B10	MOV　R3, #10H	;16 行控制
001C	C2B2	SEND0:CLR　P3.2	;移位寄存器不进锁存器
001E	E4	CLR　A	
001F	93	MOVC　A, @ A + DPTR	;取第一个字符
0020	F599	MOV　SBUF, A	;发送第一个字符
0022	3099FD	WAIT:JNB　TI, WAIT	;等待发送器空
0025	C299	CLR　TI	;清除发生器空标志
0027	A3	INC　DPTR	;准备第二个字符的地址
0028	E4	CLR　A	
0029	93	MOVC　A, @ A + DPTR	;取第二个字符
002A	F599	MOV　SBUF, A	;发送第二个字符
002C	A3	INC　DPTR	;准备下一列第一个字符地址
002D	3099FD	WAIT0:JNB　TI, WAIT0	;等待发送器空
0030	C299	CLR　TI	;清除发送器空标志
0032	D2B2	SETB　P3.2	;将数据从寄存器送入锁存器
0034	8AA0	MOV　P2, R2	;列信号送 P2 口
0036	1A	DEC　R2	;修改列信号
0037	1147	ACALL　DELY	;延时 2ms
0039	DBE1	DJNZ　R3, SEND0	;没有送完 16 列, 继续
003B	DCD5	DJNZ　R4, SEND	;连续 50 次没有送完, 继续
003D	858330	MOV GDZ, DPH	;送完 50 次就是送完 1 个汉字
			;保存第二个汉字的首地址
0040	858231	MOV　DDZ, DPL	
0043	DDCB	DJNZ　R5, SEN	;9 个汉字没有送完继续
0045	80B9	SJMP　LED	;送完 9 个汉字再从头开始
0047	7F10	DELY:MOV　R7, #10h	;延时子程序入口
0049	7E10	DELY0:MOV　R6, #10h	
004B	00	DELY1:NOP	

```
004C   DEFD            DJNZ   R6, DELY1
004E   DFF9            DJNZ   R7, DELY0
0050   22              RET
0051           ZFTAB:
0051                   ;我
0051   00 01 00        DB 000H,001H,000H,001H,020H,001H,010H,005H
0054   01 20 01
0057   10 05
0059   00 19 70        DB 000H,019H,070H,009H,080H,00FH,090H,038H
005C   09 80 0F
005F   90 38
0061   A0 0A 40        DB 0A0H,00AH,040H,00CH,0C0H,038H,024H,0CBH
0064   0C C0 38
0067   24 CB
0069   14 18 0C        DB 014H,018H,00CH,008H,004H,000H,000H,000H
006C   08 04 00
006F   00 00
0071                   ;们
0071   00 00 00        DB 000H,000H,000H,008H,000H,009H,0B8H,010H
0074   08 00 09
0077   B8 10
0079   08 12 08        DB 008H,012H,008H,032H,008H,052H,008H,092H
007C   32 08 52
007F   08 92
0081   08 12 08        DB 008H,012H,008H,012H,008H,012H,008H,012H
0084   12 08 12
0087   08 12
0089   18 12 08        DB 018H,012H,008H,010H,000H,000H,000H,000H
008C   10 00 00
008F   00 00
0091                   ;喜
0091   00 01 F0        DB 000H,001H,0F0H,001H,000H,01FH,0C0H,001H
0094   01 00 1F
0097   C0 01
0099   00 0E C0        DB 000H,00EH,0C0H,007H,040H,008H,0C0H,007H
009C   07 40 08
009F   C0 07
00A1   40 08 FE        DB 040H,008H,0FEH,004H,000H,0FFH,0E0H,001H
00A4   04 00 FF
00A7   E0 01
00A9   20 0E 40        DB 020H,00EH,040H,008H,080H,007H,000H,000H
00AC   08 80 07
00AF   00 00
00B1                   ;欢
```

```
00B1    80 00 80      DB 080H,000H,080H,000H,080H,000H,000H,001H
00B4    00 80 00
00B7    00 01
00B9    78 19 90      DB 078H,019H,090H,069H,020H,00AH,080H,048H
00BC    69 20 0A
00BF    80 48
00C1    80 28 80      DB 080H,028H,080H,010H,040H,029H,020H,041H
00C4    10 40 29
00C7    20 41
00C9    18 82 0E      DB 018H,082H,00EH,004H,000H,000H,000H,000H
00CC    04 00 00
00CF    00 00
00D1                  ;学
00D1    20 00 20      DB 020H,000H,020H,012H,020H,009H,040H,000H
00D4    12 20 09
00D7    40 00
00D9    FC 23 08      DB 0FCH,023H,008H,03CH,0C0H,063H,080H,044H
00DC    3C C0 63
00DF    80 44
00E1    00 01 F8      DB 000H,001H,0F8H,001H,080H,07EH,080H,000H
00E4    01 80 7E
00E7    80 00
00E9    80 00 80      DB 080H,000H,080H,002H,000H,001H,000H,000H
00EC    02 00 01
00EF    00 00
00F1                  ;习
00F1    00 00 F0      DB 000H,000H,0F0H,000H,010H,01FH,010H,000H
00F4    00 10 1F
00F7    10 00
00F9    10 04 10      DB 010H,004H,010H,002H,0D0H,000H,010H,001H
00FC    02 D0 00
00FF    10 01
0101    10 06 20      DB 010H,006H,020H,038H,020H,000H,020H,000H
0104    38 20 00
0107    20 00
0109    40 01 C0      DB 040H,001H,0C0H,000H,000H,000H,000H,000H
010C    00 00 00
010F    00 00
0111                  ;单
0111    20 00 40      DB 020H,000H,040H,008H,080H,004H,0F0H,007H
0114    08 80 04
0117    F0 07
0119    10 19 A0      DB 010H,019H,0A0H,017H,020H,011H,0C0H,00FH
011C    17 20 11
```

011F	C0 0F		
0121	00 01 FC	DB	000H,001H,0FCH,001H,000H,0FFH,000H,001H
0124	01 00 FF		
0127	00 01		
0129	00 01 00	DB	000H,001H,000H,001H,000H,001H,000H,000H
012C	01 00 01		
012F	00 00		
0131		;片	
0131	40 00 40	DB	040H,000H,040H,008H,040H,008H,040H,008H
0134	08 40 08		
0137	40 08		
0139	70 08 80	DB	070H,008H,080H,00FH,000H,008H,0C0H,008H
013C	0F 00 08		
013F	C0 08		
0141	40 0F 40	DB	040H,00FH,040H,008H,040H,010H,040H,010H
0144	08 40 10		
0147	40 10		
0149	40 20 40	DB	040H,020H,040H,040H,000H,000H,000H,000H
014C	40 00 00		
014F	00 00		
0151		;机	
0151	00 10 00	DB	000H,010H,000H,010H,000H,010H,070H,010H
0154	10 00 10		
0157	70 10		
0159	90 1C A0	DB	090H,01CH,0A0H,070H,0A0H,010H,0A0H,018H
015C	70 A0 10		
015F	A0 18		
0161	A0 34 22	DB	0A0H,034H,022H,051H,022H,091H,01EH,012H
0164	51 22 91		
0167	1E 12		
0169	00 14 00	DB	000H,014H,000H,010H,000H,000H,000H,000H
016C	10 00 00		
016F	00 00		
171		END	

注：编辑汉字是借用《汉字提取方法》解决的。

思 考 题

参照本任务的编程方法，编写程序使其在 LED 屏上显示 "单片机就是微型控制器"。

第16章 任务7——音乐编辑控制设计

在很多儿童玩具和一些需要音乐提示（如报警仪、定时闹钟、电子宠物等）的场合，都需要用到单片机音乐编程的功能。其原理就是利用单片机的引脚发出一定频率的信号驱动外部发声设备发出声音，或者放出美妙的音乐。

单片机音乐中音调和节拍的确定方法如下。

调号：音乐上指用以确定乐曲主音高度的符号，如 A、B、C、D、E、F、G。

经过声学家的研究，全世界都用这些字母来表示固定的音高。比如，A 这个音，标准的音高为每秒钟振动 440 周。

所谓 1 = A，就是说，这首歌曲的"调"要唱得同 A 一样高，人们也把这首歌曲叫做 A 调歌曲，或叫"唱 A 调"。1 = C，就是说，这首歌曲的"调"要唱得同 C 一样高，或者说"这歌曲唱 C 调"。同样是"调"，不同的调唱起来的高低是不一样的。

单片机奏乐只需弄清楚两个概念即可，也就是"音调"和"节拍"。音调表示一个音符唱多高的频率，节拍表示一个音符唱多长的时间，也称"音节"。

在音乐中所谓"音调"，其实就是我们常说的"音高"，也称"音阶"。

16.1 单片机产生音阶、音节的方法

1. 音阶脉冲的产生方法

在 1 = C 时，各音阶、频率如表 16.1 所示。

表 16.1 音阶、频率对照表

音阶	频率	音阶	频率	音阶	频率
低 1	262Hz	中 1	523Hz	高 1	1 046Hz
低 2	294Hz	中 2	587Hz	高 2	1 175Hz
低 3	330Hz	中 3	659Hz	高 3	1 318Hz
低 4	349Hz	中 4	698Hz	高 4	1 397Hz
低 5	392Hz	中 5	748Hz	高 5	1 568Hz
低 6	440Hz	中 6	880Hz	高 6	1 760Hz
低 7	494Hz	中 7	988Hz	高 7	1 967Hz

产生音阶的频率通常通过单片机定时器/计数器工作在中断方式来获取。

要产生音阶频率脉冲（简称音频脉冲），可算出该音频的周期，然后将该周期除以 2（半周期）作为定时时间。当定时时间到后将输出脉冲的 I/O 口求反即可以得到需要的音阶频率脉冲（假定晶振频率为 12MHz）。下面的任务是根据音频确定计数初值。

例如，中 1（DUO）的频率为 523Hz，周期 $T = 1/523\text{Hz} = 1912\mu\text{s}$，半周期 $T/2 = 956\mu\text{s}$，那么定时时间 $t = 956\mu\text{s}$。

一般来说，计数初值 $N =$ 定时最大值 $- 1/Fr/2Ti$。其中，Ti 为机器周期，Fr 为音阶

频率。

如果选择定时方式 1，则中 1（DUO）的计数初值 $N = 65\,536 - 1/523\,\text{Hz} / 2\,\mu\text{s} = 64\,580\text{D} = \text{FC44H}$，即 $\text{TH0} = 0\text{FCH}$，$\text{TL0} = 44\text{H}$。

用同样的方法可以求出，低 1 的计数初值 $N = \text{F884H}$，高 1 的计数初值 $N = \text{FE22H}$。

为了便于查阅，这里将低、中、高音频对应的初值列在表 16.2 中，我们可根据三者的对应关系直接查表获取。

表 16.2　音阶、频率、计数初值对照表

音阶	频率	计数初值	音阶	频率	计数初值	音阶	频率	计数初值
低 1	262Hz	F884H	中 1	523Hz	FC44H	高 1	1 046Hz	FE22H
低 2	294Hz	F95BH	中 2	587Hz	FCACH	高 2	1 175Hz	FE56H
低 3	330Hz	FA15H	中 3	659Hz	FD09H	高 3	1 318Hz	FE85H
低 4	349Hz	FA67H	中 4	698Hz	FD34H	高 4	1 397Hz	FE9AH
低 5	392Hz	FB04H	中 5	748Hz	FD82H	高 5	1 568Hz	FEC1H
低 6	440Hz	FB90H	中 6	880Hz	FDC8H	高 6	1 760Hz	FEE4H
低 7	494Hz	FC0CH	中 7	988Hz	FE06H	高 7	1 967Hz	FF03H

2. 音节（节拍）的产生方法

在控制扬声器时为了控制方便，每个音符使用一个字节，字节的高 4 位代表音符的高低，低 4 位代表音符的节拍，这称为"发音节拍代码字节"。具体定义方法如表 16.3 所示。

表 16.3　音阶、发音代码、节拍代码对照表

音　阶	发音代码（高 4 位）	节拍代码（低 4 位）	节　拍　数
低 1	1	1	1/4
低 2	2	2	2/4
低 7	3	3	3/4
中 1	4	4	4/4
中 2	5	5	5/4
中 3	6	6	6/4
中 4	7	8	8/4
中 5	8	A	10/4
中 6	9	C	12/4
中 7	A	F	15/4
高 1	B		
高 2	C		
高 3	D		
高 4	E		
高 5	F		
不发音	0		

例如，82H 代表"中 5"2/4 拍；A4H 代表"中 7"4/4 拍，即 1 拍；94H 代表"中 6"4/4 拍，即 1 拍。

16.2　编辑一首歌

以《生日快乐歌》为例，如图 16.1 所示。

生日快乐歌

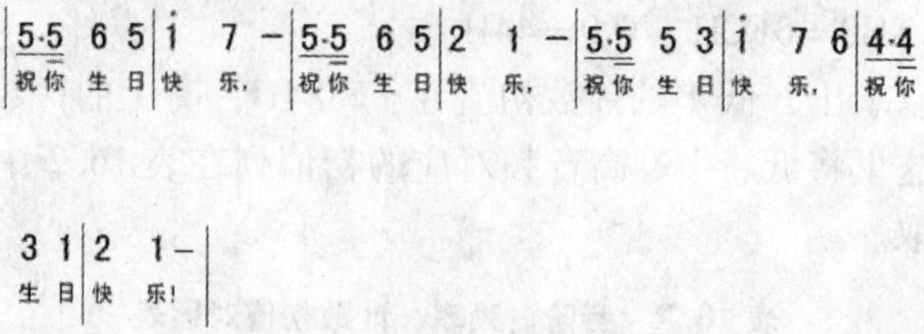

$$\underline{5\cdot 5}\ 6\ 5\ |\ \dot{1}\ 7\ -\ |\underline{5\cdot 5}\ 6\ 5\ |\ 2\ 1\ -\ |\underline{5\cdot 5}\ 5\ 3\ |\ \dot{1}\ 7\ 6\ |\underline{4\cdot 4}$$
　祝你　生　日　快　乐，　祝你　生　日　快　乐，　祝你　生　日　快　乐，　祝你

$$3\ \dot{1}\ |\ 2\ 1\ -\ |$$
　生　日　快　乐!

图 16.1　生日快乐歌简谱

图 16.1 中，$\underline{5\cdot 5}$ 为 1 拍，$\underline{5}$ 为 1/4 拍。其"发音节拍代码字节"依次为：

82H、01H、81H、94H、84H、B4H、A4H、04H

82H、01H、81H、94H、84H、C4H、B4H、04H

82H、01H、81H、F4H、D4H、B4H、A4H、94H

E2H、01H、E1H、D4H、B4H、C4H、B4H、04H

82H、01H、81H、94H、84H、B4H、A4H、04H

82H、01H、81H、94H、84H、C4H、B4H、04H

82H、01H、81H、F4H、D4H、B4H、A4H、94H

E2H、01H、E1H、D4H、B4H、C4H、B4H、04H

编程时只需将音阶计数初值、发音节拍代码字节进行定义即可。

16.3　扬声器与单片机的连接

任务 7 需要的硬件十分简单，除单片机以外，只需要一个电阻、一个三极管和一个蜂鸣器，如图 16.2 所示连接即可。

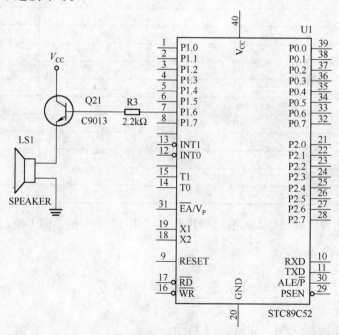

图 16.2　扬声器与单片机的连接图

连接完成后就可以依据"定时计数初值"和"发音节拍代码字节"进行编程了。

16.4　生日快乐歌程序

0000		BUZZER	EQU P1.6	
0000		ORG	0000H	;主程序起始地址
0000				
0000	0130	AJMP	MAIN	;跳至主程序
000B		ORG	000BH	;TIMER0 中断起始地址
000B	020074	JMP	TIM0	;跳至 TIMER0 中断子程序
0030		ORG	0030H	
0030		MAIN:		
0030	758901	MOV	TMOD,#01H	;设 TIMER0 在 MODE1
0033	75A882	MOV	IE,#82H	;中断使能
0036		START0:		
0036	753000	MOV	30H,#00H	;取简谱码指针
0039	E530	NEXT: MOV	A,30H	;简谱码指针载入 A
003B	9000B2	MOV	DPTR,#TABLE	;至 TABLE 取简谱码
003E	93	MOVC	A,@ A + DPTR	
003F	FA	MOV	R2,A	;取到的简谱码暂存于 R2
0040	602D	JZ	END0	;是否取到 00(结束码)
0042	540F	ANL	A,#0FH	;不是,则取低 4 位(节拍码)
0044	FD	MOV	R5,A	;将节拍码存入 R5
0045	EA	MOV	A,R2	;将取到的简谱码再载入 A
0046	C4	SWAP	A	;高低 4 位交换
0047	540F	ANL	A,#0FH	;取低 4 位(音符码)
0049	7005	JNZ	SING	;取到的音符码是否为零
004B	C28C	CLR	TR0	;是,则不发音
004D	020067	JMP	D1	
0050	14	SING: DEC	A	;取到的音符码减 1(不含 0)
0051	F522	MOV	22H,A	;存入(22H)
0053	23	RL	A	;乘 2
0054	900094	MOV	DPTR,#TABLE1	;取相对的高位字节计数值
0057	93	MOVC	A,@ A + DPTR	
0058	F58C	MOV	TH0,A	;取到的高位字节存入 TH0
005A	F521	MOV	21H,A	;取到的高位字节存入 21H
005C	E522	MOV	A,22H	;再载入取得的音符码
005E	23	RL	A	;乘 2
005F	04	INC	A	;加 1
0060	93	MOVC	A,@ A + DPTR	;取相对的低位字节计数值
0061	F58A	MOV	TL0,A	;取到的低位字节存入 TL0
0063	F520	MOV	20H,A	;取到的低位字节存入 20H
0065	D28C	SETB	TR0	;启动 TIMER0

0067	120085	D1：	CALL	DELAY	;基本单位时间 1/4 拍 187ms
006A	0530		INC	30H	;取简谱码指针加 1
006C	020039		JMP	NEXT	;取下一个码
006F	C28C	END0：	CLR	TR0	;停止 TIMER0
0071	020036		JMP	START0	;重复循环
0074					;TIME0 中断服务子程序用来产生
					相应的音调脉冲频率
0074		TIM0：			
0074	C0E0		PUSH	ACC	;将 A 的值暂存于堆栈
0076	C0D0		PUSH	PSW	;将 PSW 的值暂存于堆栈
0078	85208A		MOV	TL0,20H	;重设计数值
007B	85218C		MOV	TH0,21H	
007E	B296		CPL	BUZZER	;将蜂鸣器反相
0080	D0D0		POP	PSW	;至堆栈取回 PSW 的值
0082	D0E0		POP	ACC	;至堆栈取回 A 的值
0084			32	RETI	;返回主程序
0085	7F02	DELAY：	MOV	R7,#02H	;187ms
0087	7CBB	D2：	MOV	R4,#187	
0089	7BF8	D3：	MOV	R3,#248	
008B	DBFE		DJNZ	R3,$	
008D	DCFA		DJNZ	R4,D3	
008F	DFF6		DJNZ	R7,D2	
0091	DDF2		DJNZ	R5,DELAY	;决定节拍
0093	22		RET		
0094		TABLE1：			
0094	04 FB		DW	64260,64400,64524,64580	
0096	90 FB				
0098	0C FC				
009A	44 FC				
009C	AC FC		DW	64684,64777,64820,64898	
009E	09 FD				
00A0	34 FD				
00A2	82 FD				
00A4	C8 FD		DW	64968,65030,65058,65110	
00A6	06 FE				
00A8	22 FE				
00AA	56 FE				
00AC	85 FE		DW	65157,65178,65217	
00AE	9A FE				
00B0	C1 FE				
00B2					
00B2		TABLE：			
00B2					;1
00B2	820181		DB	82H,01H,81H,94H,84H,0B4H,0A4H,04H,82H	

```
                                01H,81H,94H,84H,0C4H,0B4H,04H
        00B5    94 84 B4
        00B8    A4 04 82
        00BB    01 81 94
        00BE    84 C4 B4
        00C1    04
        00C2                                                        ;2
00C2    820181              DB    82H,01H,81H,0F4H,0D4H,0B4H,0A4H,94H
                                  0E2H,01H,0E1H,0D4H,0B4H,0C4H,0B4H,04H
        00C5    F4 D4 B4
        00C8    A4 94 E2
        00CB    01 E1 D4
        00CE    B4 C4 B4
        00D1    04
        00D2                                                        ;3
00D2    82 01 81            DB    82H,01H,81H,94H,84H,0B4H,0A4H,04H
                                  82H,01H,81H,94H,84H,0C4H,0B4H,04H
        00D5    94 84 B4
        00D8    A4 04 82
        00DB    01 81 94
        00DE    84 C4 B4
        00E1    04
        00E2                                                        ;4
00E2    82 01 81            DB    82H,01H,81H,0F4H,0D4H,0B4H,0A4H,94H
                                  0E2H,01H,0E1H,0D4H,0B4H,0C4H,0B4H,04H,00
        00E5    F4 D4 B4
        00E8    A4 94 E2
        00EB    01 E1 D4
        00EE    B4 C4 B4
        00F1    04 00
00F3                        END
```

思 考 题

按照上面的编程方法，编写一段程序，播放《我爱北京天安门》乐曲。

第17章　任务8——温度控制设计

在日常生活中需要对温度进行控制的地方很多，如空调、冰箱、热水器，以及工业电机温度监控等。在这些场合无一例外要用到温度传感器。本章主要介绍如何使用温度传感器DS18B20实现温度控制。

17.1　DS18B20 的介绍

美国 Dallas 半导体公司的数字化温度传感器 DS18B20 是世界上第一片支持"一线总线"接口的温度传感器。其在内部使用了在板（ON-BOARD）专利技术。全部传感器元件及转换电路集成在一只形如三极管的集成电路内。"一线总线"独特而且经济的特点，使用户可轻松地组建传感器网络，为测量系统的构建引入了全新概念。现在，新一代的 DS18B20 体积更小、更经济、更灵活，使你可以充分发挥"一线总线"的优点。

在传统的模拟信号远距离温度测量系统中，需要很好地解决引线误差补偿问题、多点测量切换误差问题和放大电路零点漂移误差问题等技术问题，才能够达到较高的测量精度。另外，一般监控现场的电磁环境都非常恶劣，各种干扰信号较强，模拟温度信号容易受到干扰而产生测量误差，影响测量精度。因此，在温度测量系统中，采用抗干扰能力强的新型数字温度传感器是解决这些问题的最有效的方案。新型数字温度传感器 DS18B20 具有体积更小、精度更高、适用电压更宽、采用一线总线、可组网等优点，在实际应用中取得了良好的测温效果。DS18B20 实物如图 17.1 所示。

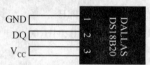

图 17.1　DS18B20 实物图

DS18B20 可以用程序设定 9 ~ 12 位的分辨率，精度为 ±0.5℃。分辨率，及用户设定的报警温度存储在 EEPROM 中，掉电后依然保存。测量温度范围为 −55℃ ~ +125℃，在 −10℃ ~ +85℃范围内，精度为 ±0.5℃。

1. DS18B20 的主要特性

（1）电压范围：3.0 ~ 5.5V，在寄生电源方式下可由数据线供电。

（2）独特的单线接口方式：DS18B20 在与微处理器连接时仅需一条接口线即可实现微处理器与 DS18B20 的双向通信。

（3）DS18B20 支持多点组网功能，多个 DS18B20 可以并联在唯一的三线上，实现组网多点测温。

（4）DS18B20 在使用中不需要任何外围元件，全部传感元件及转换电路都集成在一只形如三极管的集成电路内。

（5）温范围为 −55℃ ~ +125℃，在 −10℃ ~ +85℃时的精度可为 ±0.5℃。

（6）可编程的分辨率为 9 ~ 12 位，对应的可分辨温度分别为 0.5℃、0.25℃、0.125℃和 0.0625℃，可实现高精度测温。也就是说，当分辨率为 9 位时的精度为 ±0.5℃，当分辨率为 12 位时的精度为 ±0.0625℃。

（7）9 位分辨率时最多可在 93.75ms 内把温度转换为数字；12 位分辨率时最多可在750ms 内把温度值转换为数字，速度更快。

（8）测量结果直接输出数字温度信号，以"一线总线"串行传送给 CPU，同时可传送CRC 校验码，具有极强的抗干扰纠错能力。

（9）负压特性：电源极性接反时，芯片不会因发热而烧毁，但不能正常工作。

2. DS18B20 引脚定义

（1）DQ 为数字信号输入/输出端。

（2）GND 为电源地。

（3）V_{DD} 为外接供电电源输入端（在寄生电源接线方式时接地）。

3. DS18B20 内部结构

DS18B20 内部结构如图 17.2 所示

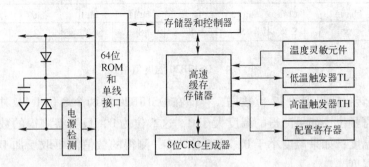

图 17.2　DS18B20 内部结构图

4. DS18B20 工作原理

DS18B20 测温原理如图 17.3 所示。图中低温度系数晶振的振荡频率受温度影响很小，它用于产生固定频率的脉冲信号送给计数器 1。高温度系数晶振随温度变化振荡率明显改变，所产生的信号可作为计数器 2 的脉冲输入。计数器 1 和温度寄存器被预置在 −55℃ 所对应的一个基数值上。计数器 1 对低温度系数晶振产生的脉冲信号进行减法计数，当计数器 1的预置值减到 0 时，温度寄存器的值将加 1，计数器 1 的预置将重新被装入，计数器 1 重新开始对低温度系数晶振产生的脉冲信号进行计数，如此循环直到计数器 2 计数到 0 时，停止温度寄存器值的累加，此时温度寄存器中的数值即为所测温度。图 17.3 中的斜率累加器用于补偿和修正测温过程中的非线性误差，其输出用于修正计数器 1 的预置值。

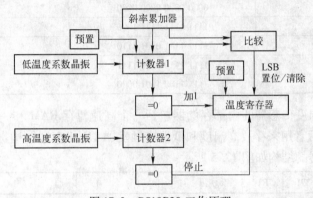

图 17.3　DS18B20 工作原理

DS18B20 有 4 个主要的数据部件。

（1）光刻 ROM 中的 64 位序列号是出厂前被光刻好的，它可以看做是该 DS18B20 的地址序列码。64 位光刻 ROM 的排列是，开始 8 位（28H）是产品类型标号，接着的 48 位是该 DS18B20 自身的序列号，最后 8 位是前面 56 位的循环冗余校验码（CRC = X8 + X5 + X4 + 1）。光刻 ROM 的作用是使每一个 DS18B20 都各不相同，这样就可以实现一根总线上挂接多个 DS18B20 的目的了。

（2）DS18B20 中的温度传感器可完成对温度的测量，以 12 位转化为例，由 16 位符号扩展的二进制补码读数形式提供，以 0.0625℃/LSB 形式表达，其中 S 为符号位，如图 17.4 所示。

	bit 7	bit 6	bit 5	bit 4	bit 3	bit 2	bit 1	bit 0
LS Byte	2^3	2^2	2^1	2^0	2^{-1}	2^{-2}	2^{-3}	2^{-4}

	bit 15	bit 14	bit 13	bit 12	bit 11	bit 10	bit 9	bit 8
MS Byte	S	S	S	S	S	2^6	2^5	2^4

图 17.4　DS18B20 温度值格式

这是 12 位转化后得到的 12 位数据，存储在 DS18B20 的两个 8 位 RAM 中，二进制数中的前面 5 位是符号位，如果测得的温度大于 0，这 5 位为 0，只要将测得的数值乘以 0.0625 即可得到实际温度；如果温度小于 0，这 5 位为 1，测得的数值需要取反加 1 再乘以 0.0625 才能得到实际温度。

例如，+125℃ 的数字输出为 07D0H，+25.0625℃ 的数字输出为 0191H，-25.0625℃ 的数字输出为 FF6FH，-55℃ 的数字输出为 FC90H，如表 17.1 所示。

表 17.1　DS18B20 温度数据表

温　度	二进制数输出 （Binary）	十六进制数输出 （Hex）
+125℃	0000 0111 1101 0000	07D0H
+85℃	0000 0101 0101 0000	0550H
+25.0625℃	0000 0001 1001 0001	0191H
+10.125℃	0000 0000 1010 0010	00A2H
+0.5℃	0000 0000 0000 1000	0008H
0℃	0000 0000 0000 0000	0000H
-0.5℃	1111 1111 1111 1000	FFF8H
-10.125℃	1111 1111 0101 1110	FF5EH
-25.0625℃	1111 1110 0110 1111	FF6FH
-55℃	1111 1100 1001 0000	FC90H

（3）DS18B20 温度传感器的内部存储器包括一个高速暂存 RAM 和一个非易失性的可电擦除的 EEPRAM，后者用来存放高温度和低温度触发器 TH、TL 和结构寄存器。

（4）配置寄存器的结构如图 17.5 所示。

TM	R1	R0	1	1	1	1	1

图 17.5　配置寄存器结构

低 5 位一直都是 "1"，TM 是测试模式位，用于设置 DS18B20 在工作模式还是在测试模式。在 DS18B20 出厂时该位被设置为 0，我们不必改动。R1 和 R0 用来设置分辨率，如表 17.2 所示（DS18B20 出厂时被设置为 12 位）。

表 17.2　温度分辨率设置表

R1	R0	分辨率	温度最大转换时间
0	0	9 位	93.75ms
0	1	10 位	187.5ms
1	0	11 位	375ms
1	1	12 位	750ms

5. 高速暂存存储器

高速暂存存储器由 9 个字节组成，其分配如表 17.3 所示。当温度转换命令发布后，经转换所得的温度值以双字节补码形式存放在高速暂存存储器的第 0~1 个字节中。单片机可通过单线接口读到该数据，读取时低位在前，高位在后。在对应的温度计算方面，当符号位 S = 0 时，直接将二进制数转换为十进制数；当 S = 1 时，先将补码变为原码，再计算十进制数的值。

表 17.3　DS18B20 暂存寄存器分布

寄 存 器 内 容	字 节 地 址
温度值低位（LS Byte）	0
温度值高位（MS Byte）	1
高温限值（TH）	2
低温限值（TL）	3
配置寄存器	4
保留	5
保留	6
保留	7
CRC 校验值	8

根据 DS18B20 的通信协议，主机（单片机）控制 DS18B20 完成温度转换必须经过 3 个步骤，即每一次读/写之前都要对 DS18B20 进行复位操作，复位成功后发送一条 ROM 指令，最后发送 RAM 指令，这样才能对 DS18B20 进行预定的操作。复位要求主 CPU 将数据线下拉 500μs，然后释放，当 DS18B20 收到信号后等待 16~60μs 后，发出 60~240μs 的低脉冲，主 CPU 收到此信号表示复位成功。ROM 和 RAM 指令如表 17.4 和表 17.5 所示。

表 17.4　ROM 指令表

指　　令	约定代码	功　　能
读 ROM	33H	读 DS18B20 温度传感器 ROM 中的编码（即 64 位地址）
符合 ROM	55H	发出此命令之后，接着发出 64 位 ROM 编码，访问单总线上与该编码相对应的 DS18B20，使之做出响应，为下一步对该 DS18B20 的读/写做准备。

指　　令	约定代码	功　　能
搜索 ROM	0F0H	用于确定连接在同一总线上 DS18B20 的个数和识别 64 位 ROM 地址。为操作各器件做好准备
跳过 ROM	0CCH	忽略 64 位 ROM 地址，直接向 DS18B20 发温度变换命令。适用于单片工作
警告搜索命令	0ECH	执行后只有温度超过设定值上限或下限的片子才做出响应

表 17.5　　RAM 指令表

指　　令	约定代码	功　　能
温度变换	44H	启动 DS18B20 进行温度转换，12 位转换时最长为 750ms（9 位为 93.75ms）。结果存入内部 9 字节 RAM 中
读暂存器	0BEH	读内部 RAM 中 9 字节的内容
写暂存器	4EH	发出向内部 RAM 的 3、4 字节写上、下限温度数据的命令，紧跟该命令之后，传送的是两字节的数据
复制暂存器	48H	将 RAM 中第 3、4 字节的内容复制到 EEPROM 中
重调 EEPROM	0B8H	将 EEPROM 中内容恢复到 RAM 中的第 3、4 字节
读供电方式	0B4H	读 DS18B20 的供电模式。寄生供电时 DS18B20 发送"0"，外接电源供电时 DS18B20 发送"1"

6. DS18B20 使用中的注意事项

DS18B20 虽然具有测温系统简单、测温精度高、连接方便、占用口线少等优点，但在实际应用中也应注意以下几方面的问题。

（1）较小的硬件开销需要相对复杂的软件进行补偿，由于 DS18B20 与微处理器间采用串行数据传送，因此在对 DS18B20 进行读/写编程时，必须严格保证读/写时序，否则将无法读取测温结果。在使用 C 语言进行系统程序设计时，对 DS18B20 操作部分最好采用汇编语言实现。

（2）在 DS18B20 的有关资料中均未提及单总线上所挂 DS18B20 的数量问题，这容易使人误认为可以挂任意多个 DS18B20，其实在实际应用中并非如此。当单总线上所挂 DS18B20 超过 8h，就需要解决微处理器的总线驱动问题，这一点在进行多点测温系统设计时要加以注意。

（3）连接 DS18B20 的总线电缆是有长度限制的。试验中，当采用普通信号电缆进行传输时，长度超过 50m 时，读取的测温数据将发生错误。当将总线电缆改为双绞线带屏蔽电缆时，正常通信距离可达 150m，当采用每米绞合次数更多的双绞线带屏蔽电缆时，正常通信距离进一步加长。这种情况主要是由总线分布电容使信号波形产生畸变造成的。因此，在用 DS18B20 进行长距离测温系统设计时要充分考虑总线分布电容和阻抗匹配问题。

（4）在 DS18B20 测温程序设计中，向 DS18B20 发出温度转换命令后，程序总要等待 DS18B20 的返回信号，一旦某个 DS18B20 接触不好或断线，当程序读该 DS18B20 时，将没有返回信号，使程序进入死循环。这一点在进行 DS18B20 硬件连接和软件设计时也要给予一定的重视。

（5）测温电缆线建议采用屏蔽 4 芯双绞线，其中一对线接地线与信号线，另一组接 V_{cc} 和地线。

17.2 DS18B20 与单片机的连接

DS18B20 温度传感器与单片机的连接，如图 17.6 所示。

只需要通过 P1.7 连接 DS18B20 温度传感器的 DQ 端即可，正如前面提到的，硬件简单而软件复杂。下面是对 DS18B20 温度传感器的应用程序，用汇编语言编写的。一定要加深理解。

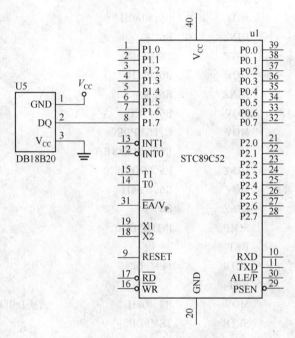

图 17.6 DS18B20 温度传感器与单片机的连接图

17.3 程序清单

```
TEMPDIN       BIT     P1.7
TEMPHEAD      EQU     36H
BITST         DATA    20H
TIME1SOK      BIT     BITST.1
TEMPONEOK     BIT     BITST.2
TEMPL         DATA    26H
TEMPH         DATA    27H
TEMPHC        DATA    28H
TEMPLC        DATA    29H
              CLR     TEMPONEOK
MAIN:         JNB     TIME1SOK,MAIN2
              CLR     TIME1SOK            ;测温每 1s 1 次
              JNB     TEMPONEOK,MAIN1     ;上电时温度先转换 1 次
              LCALL   READTEMP1           ;读出温度值
```

MAIN1:	LCALL	READTEMP	;温度转换开始
	SETB	TEMPONEOK	
INITDS1820:	SETB	TEMPDIN	;DS18B20 初始化
	NOP		
	NOP		
	CLR	TEMPDIN	
	MOV	R6,#0A0H	
	DJNZ	R6, $	
	MOV	R6,#0A0H	
	DJNZ	R6, $	
	SETB	TEMPDIN	
	MOV	R6,#32H	
	DJNZ	R6, $	
	MOV	R6,#3CH	
LOOP1820:	MOV	C,TEMPDIN	
	JC	INITDS1820OUT	
	DJNZ	R6,LOOP1820	
	MOV	R6,#064H	
	DJNZ	R6, $	
	SJMP	INITDS1820	
	RET		
INITDS1820OUT:	SETB	TEMPDIN	
	RET		
READDS1820:	MOV	R7,#08H	;从 DS18B20 中读出 1 字节的数据
	SETB	TEMPDIN	
	NOP		
	NOP		
READDS1820LOOP:	CLR	TEMPDIN	
	NOP		
	NOP		
	NOP		
	SETB	TEMPDIN	
	MOV	R6,#07H	
	DJNZ	R6, $	
	MOV	C, TEMPDIN	
	MOV	R6,#3CH	
	DJNZ	R6, $	
	RRC	A	
	SETB	TEMPDIN	
	DJNZ	R7,READDS1820LOOP	
	MOV	R6,#3CH	
	DJNZ	R6, $	
	RET		
WRITEDS1820:	MOV	R7,#08H	;向 DS18B20 中写入 1 字节的数据

```
                        SETB        TEMPDIN
                        NOP
                        NOP
WRITEDS1820LOP：        CLR         TEMPDIN
                        MOV         R6,#07H
                        DJNZ        R6, $
                        RRC A
                        MOV         TEMPDIN,C
                        MOV         R6,#34H
                        DJNZ        R6, $
                        SETB        TEMPDIN
                        DJNZ        R7,WRITEDS1820LOP
                        RET
READTEMP：              LCALL       INITDS1820
                        MOV         A,#0CCH
                        LCALL       WRITEDS1820
                        MOV         R6,#34H
                        DJNZ        R6, $
                        MOV         A,#44H
                        LCALL       WRITEDS1820
                        MOV         R6,#34H
                        DJNZ        R6, $
                        RET
READTEMP1：             LCALL       INITDS1820
                        MOV         A,#0CCH
                        LCALL       WRITEDS1820
                        MOV         R6,#34H
                        DJNZ        R6, $
                        MOV         A,#0BEH
                        LCALL       WRITEDS1820
                        MOV         R6,#34H
                        DJNZ        R6, $
                        MOV         R5,#09H
                        MOV         R0,#TEMPHEAD
                        MOV         B,#00H
READTEMP2：             LCALL       READDS1820
                        MOV         @ R0,A
                        INC         R0
READTEMP21：            LCALL       CRC8CAL
                        DJNZ        R5,READTEMP2
                        MOV         A,B
                        JNZ         READTEMPOUT
                        MOV         A,TEMPHEAD + 0
                        MOV         TEMPL,A
```

```
                        MOV         A,TEMPHEAD + 1
                        MOV         TEMPH,A
READTEMPOUT:            RET
CRC8CAL:                PUSH        ACC
                        MOV         R7,#08H
CRC8LOOP1:              XRL         A,B
                        RRC         A
                        MOV         A,B
                        JNC         CRC8LOOP2
                        XRL         A,#18H
CRC8LOOP2:              RRC         A
                        MOV         B,A
                        POP         ACC
                        RR          A
                        PUSH        ACC
                        DJNZ        R7,CRC8LOOP1
                        POP         ACC
                        RET
                        END
```

附录 A 课 程 设 计

通过第 10~17 章的学习，我们已经了解了 8 个工作任务的实施方法和步骤，为了提高单片机的综合应用能力，使学生在实际应用中能合理分配单片机的有限资源，本附录将结合前面的 8 个任务进行综合设计，实现 8 个任务的一体化。

A. 1 课程设计内容

对任务 1~8 完成集成设计、付诸实施、形成产品，并写出课程设计报告。

A. 2 课程设计目的

全面了解完成一个完整单片机产品的全过程，进一步提高单片机应用的软、硬件动手能力。

A. 3 实 验 步 骤

1. 完成 8 个任务的硬件设计
硬件连接参考如图 A. 1 到图 A. 4 所示。

（1）限于篇幅，这里将一张完整的图纸分成 4 部分（图中采用标号绘制方法，不影响整体读图）。

第 1 部分是单片机及其通信模块。

第 2 部分是 LED 显示模块。

第 3 部分是按键、流水灯、蜂鸣器、温度传感器、电源指示灯、液晶屏、电源输入、USB 接口，以及译码器等模块。

第 4 部分是数码管模块。

（2）各部分的连接方法是遵循 PROTEL 99SE 的标号放置原则，读者在绘制原理图时可将 4 张图绘制还原成一张完整的图纸，特别是标号绝对不能搞错。

（3）单片机的 4 个并行口的标号如下。

P1 口 kai1 ~ kai6、FMQ、DS18B20。

P3 口 rx RXDP3. 0 AD0、tx TXDP3. 1 AD1、AD2 BXCP3. 2、E AD3、R/W AD4、RS AD5、AD6、AD7。

P0 口 L1 ~ L7。

P2 口 P2. 0 ~ P2. 3、COM1 ~ COM3。

2. 利用 PROTEL 99SE 工具将原理图设计成 PCB 文件
PCB 文件参考如图 A. 5 所示。

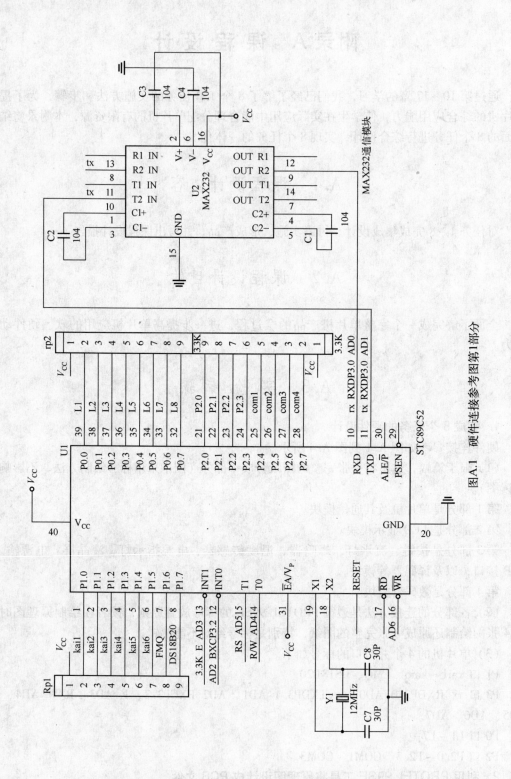

图A.1　硬件连接参考图第1部分

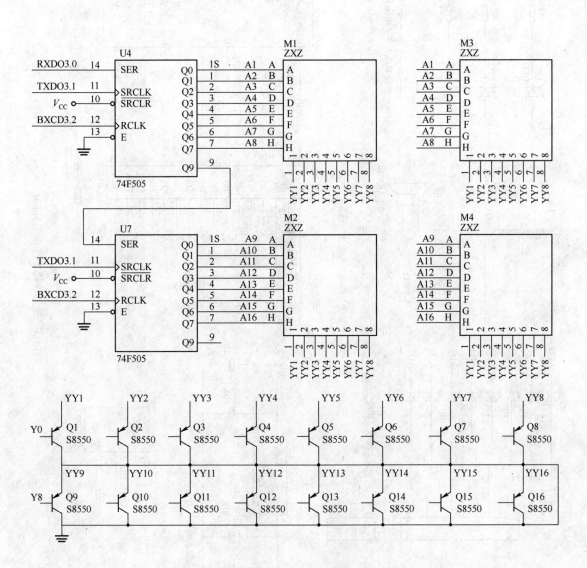

图 A.2　硬件连接参考图第 2 部分

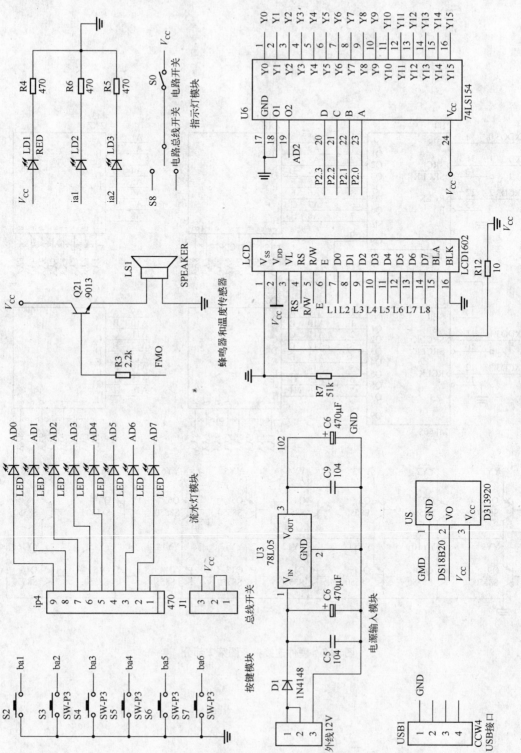

图A.3　硬件连接参考图第3部分

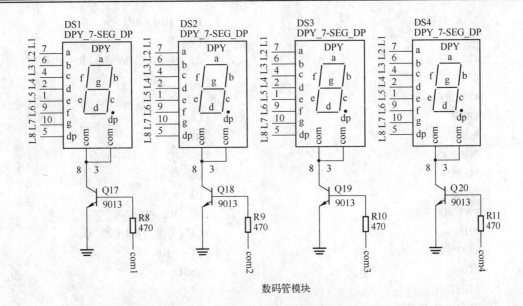

数码管模块

图 A.4 硬件连接参考图第 4 部分

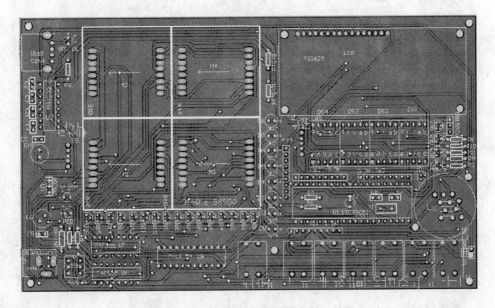

图 A.5 PCB 文件参考图

3. 到电子市场按下面的清单采购元器件

电子元器件清单：

元件型号	数量	名称
10	1	R12
104	6	C2，C3，C4，C5，C9，C11
10K	1	R2
10U	1	C1
12MHz(晶振)	1	Y1
2.2K	1	R3

3.3K（排阻）	3	RP1，RP2，RP3
30P	2	C7，C8
470	8	R1，R4，R5，R6，R8，R9，R10，R11
R11		
470（排阻）	1	RP4
470UF	2	C6，C10
5.1K	1	R7
74HC595	2	U4，U7
74LS154	1	U6
78L05	1	U3
8×8 点阵模块	4	M1，M2，M3，M4
9013	5	Q17，Q18，Q19，Q20，Q21
8550	16	Q1～Q16
CON4	1	USB1
DB18B20	1	U5
SM410501 数码管	4	DS1，DS2，DS3，DS4
发光二极管（绿色）	1	LD3
IN4148	1	MM1
发光二极管（红色）	8	D1～D8
MAX232	1	U2
发光二极管（红色）	1	LD1
蜂鸣器	1	LS1
STC89C52	1	U1
按键开关	5	S2～S7
跳线器	1	J1
TS1602	1	LCD
选择开关	1	S8
发光二极管（黄色）	1	LD2
电源插座	1	DIANYUAN1
复位开关	1	S1
电源切换开关	1	S9
印制板	1	

注：本教材提供整套元器件，如需购买可联系。

4. 按照 PCB 所示位置将元器件焊接好

注意事项如下。

（1）由于 PCB 上的元器件比较拥挤，焊点不宜过大。

（2）核准元器件的插入方向，不能插错。

（3）集成电路最好采用插座。

（4）通电前认真检查，排除短路和断路。

5. 编写程序

参考程序清单如下：

```
FMQ EQU P1.6
```

```
RS EQU P3.5                          ;液晶接口的定义
RW EQU P3.4
E   EQU P3.3
TEMPDIN BIT P1.7                     ;温度
TEMPHEAD EQU 36H
BITST DATA 20H
TIME1SOK BIT BITST.1
TEMPONEOK BIT BITST.2
TEMPL DATA 26H
TEMPH DATA 27H
TEMPHC DATA 28H
TEMPLC DATA 29H
JPD1 EQU 2EH
JPD0 EQU 2FH
GDZ EQU 2CH
DDZ EQU 2DH
LSDW EQU 2BH
ORG 000H
LJMP MAIN
ORG 000BH                            ;TIMER0 中断起始地址
LJMP TIM0                            ;跳至 TIMER0 中断子程序
ORG 001BH
PUSH PSW
PUSH ACC
MOV TH1,#0B1H
MOV TL1,#0E0H;恢复初值
MOV A,#3FH
ORL P1,A
MOV JPD1,JPD0
MOV A,P1
CPL A
MOV JPD0,A
RETUN:POP ACC
POP PSW
RETI
COM:MOV A,JPD0
JZ RET0
XRL A,JPD1
JNZ RET0
JB 78H,LSD;P1.0 流水灯
JB 79H,SMG;P1.1 数码管
JB 7AH,YJ;P1.2 液晶
JB 7BH,LED;P1.3 点阵
JB 7CH,YY;P1.4 音乐
```

```
       JB 7DH,WD;P1.5 温度
       RET0:RET
       LSD:DEC SP
       DEC SP
       MOV DPTR,#LSD0
       CLR A
       JMP @ A + DPTR
       SMG:DEC SP
       DEC SP
       MOV DPTR,#SMG0
       CLR A
       JMP @ A + DPTR
       YJ:DEC SP
       DEC SP
       MOV DPTR,#YJ0
       CLR A
       JMP @ A + DPTR
       LED:DEC SP
       DEC SP
       MOV DPTR,#LED0
       CLR A
       JMP @ A + DPTR
       YY:DEC SP
       DEC SP
       MOV DPTR,#YY0
       CLR A
       JMP @ A + DPTR
       WD:DEC SP
       DEC SP
       MOV DPTR,#WD0
       CLR A
       JMP.@ A + DPTR
       MAIN:MOV SP,#68H
       MOV TMOD,#11H
       MOV TH1,#0B1H
       MOV TL1,#0E0H
       MOV IE,#8AH
       SETB TR1
       ;流水灯程序
       LSD0:MOV JPD0,#00H
       MOV JPD1,#00H
       MOV P0,#01H ;清屏
       ACALL ENABLE
       MOV P2,#0
```

```
        CLR E
        CLR FMQ
        SETB P3. 6
        CLR TR0
        MOV LSDW,#0FEH
LSD1:ACALL COM
        MOV A,LSDW
        MOV P3,A
        ACALL LSDDELY
        RL A
        MOV LSDW,A
        SJMP LSD1
LSDDELY:MOV R2,#0
LSDDELY0:MOV R1,#0
LSDDELY1:MOV B,41H
        DJNZ R1,LSDDELY1
        DJNZ R2,LSDDELY0
        RET
;数码管
SMG0:MOV JPD0,#00H
        MOV JPD1,#00H
        MOV P0,#01H ;清屏
        ACALL ENABLE
        MOV P2,#0
        CLR P3. 2
        CLR FMQ
        CLR TR0
        CLR P3. 3
        SETB P3. 6
        MOV DPTR,#SMGTAB
SMG1:MOV R0,#0
        MOV R1,#0
SMG2:MOV A,R0
        MOV B,#10
        DIV AB
        MOVC A,@A+DPTR
        MOV P0,A
        MOV P2,#80H
        ACALL SMGDELY
        MOV A,B
        MOVC A,@A+DPTR
        MOV P0,A
        MOV P2,#40H
        ACALL SMGDELY
```

```
        MOV A,R1
        MOV B,#10
        DIV AB
        MOVC A,@ A + DPTR
        MOV P0,A
        MOV P2,#20H
        ACALL SMGDELY
        MOV A,B
        MOVC A,@ A + DPTR
        MOV P0,A
        MOV P2,#10H
        ACALL SMGDELY
        ACALL COM
        INC R1
        CJNE R1,#100,SMG2
        INC R0
        MOV R1,#0
        CJNE R0,#100,SMG2
        SJMP SMG1
SMGDELY:MOV R6,#10
SMGDELY1:MOV R5,#0
SMGDELY2:NOP
        DJNZ R5,SMGDELY2
        DJNZ R6,SMGDELY1
        RET
;液晶
YJ0:MOV JPD0,#00H
        MOV JPD1,#00H
        MOV P2,#00
        CLR  P3.2
        CLR FMQ
        SETB P3.6
        CLR TR0
        MOV P0,#01H ;清屏
        ACALL ENABLE
        MOV P0,#38H ;显示功能
        CALL ENABLE
        MOV P0,#0FH ;显示开关控制
        CALL ENABLE
        MOV P0,#06H ; +1
        CALL ENABLE
        MOV P0,#80H;第一行的开始位置
        CALL ENABLE
        MOV DPTR,#YJTAB1;显示
```

```
CALL WRITE1;到 TABLE1 取码?
MOV P0,#0C0H;第二行的位置
CALL ENABLE
MOV DPTR,#YJTAB2;显示
CALL WRITE1;到 TABLE2 取码
;MOV P0,#0C2H;光标定位 0C0H
CALL ENABLE
YJ1:ACALL COM
SJMP YJ1
ENABLE: CLR RS ;送命令
CLR RW
CLR E
CALL DELAY
SETB E
RET
WRITE1: MOV R1,#00H ;显示 TABLE 中的值
A1: MOV A,R1;到 TABLE 取码
MOVC A,@A+DPTR
CALL WRITE2 ;显示到 LCD
INC R1
CJNE A,#00H,A1 ;是否到 00H
RET
WRITE2:MOV P0,A ;显示
SETB RS
CLR RW
CLR E
CALL DELAY
SETB E
RET
DELAY: MOV R4,#05
D1:MOV R5,#0FFH
DJNZ R5, $
DJNZ R4,D1
RET
;点阵,取点方式为横向 8 点左高位,字节排列为右到左,上到下
LED0:MOV JPD0,#00H
MOV JPD1,#00H
CLR FMQ
CLR TR0
MOV P0,#01H ;清除 LCD 屏
ACALL ENABLE
MOV SCON,#0;串口方式 0
CLR P3.6
LED1:MOV DPTR,#LEDTAB
```

```
MOV GDZ,DPH
MOV DDZ,DPL
MOV R1,#90H
NEXTH:
MOV R4,#50;同 1 帧送 50 次
SEND:MOV DPH,GDZ
MOV DPL,DDZ;字符首地址送 DPTR
MOV R2,#0FH;列信号从第 15 列开始
MOV R3,#10H;16 列控制
SEND0:CLR P3.2;移位寄存器不进锁存器
CLR A
MOVC A,@ A + DPTR;取第一个字符
MOV SBUF,A;发送第一个字符
WAIT:JNB TI,WAIT;等待发送器空
CLR TI;清除发生器空标志
INC DPTR
CLR A
MOVC A,@ A + DPTR;取第二个字符
MOV SBUF,A;发送第二个字符
WAIT0:JNB TI,WAIT0;等待发送器空
CLR TI;清除发送器空标志
SETB P3.2;将 595 的数据从寄存器送入锁存器
INC DPTR
MOV P2,R2;列信号送 P2 口
DEC R2;修改列信号
ACALL DELY;延时 2ms
DJNZ R3,SEND0;没有送完 1 帧,继续
ACALL COM
DJNZ R4,SEND;连续 50 次没有送完,继续
MOV DPH,GDZ
MOV DPL,DDZ
INC DPTR
INC DPTR
MOV GDZ,DPH
MOV DDZ,DPL
DJNZ R1,NEXTH
AJMP LED1
DELY:MOV R7,#10
DELY0:MOV R6,#10H
DJNZ R6, $
DJNZ R7,DELY0
RET
;音乐
YY0:MOV JPD0,#00H
```

```
        MOV JPD1,#00H
        MOV P0,#01H ;清屏
        ACALL ENABLE
        SETB P3.6
        MOV P2,#0
        CLR E
START0: MOV         30H,#00H            ;取简谱码指针
NEXT:
        MOV         A,30H              ;简谱码指针载入 A
        MOV         DPTR,#YYTAB        ;至 TABLE 取简谱码
        MOVC        A,@A+DPTR
        MOV         R2,A               ;取到的简谱码暂存于 R2
        JZ          END0               ;是否取到 00(结束码)
        ANL         A,#0FH             ;不是,则取低 4 位(节拍码)
        MOV         R5,A               ;将节拍码存入 R5
        MOV         A,R2               ;将取到的简谱码再载入 A
        SWAP        A                  ;高低 4 位交换
        ANL         A,#0FH             ;取低 4 位(音符码)
        JNZ         SING               ;取到的音符码是否为零
        CLR         TR0                ;是,则不发音
        SJMP        SING1
SING:   DEC         A                  ;取到的音符码减 1(不含 0)
        MOV         22H,A              ;存入(22H)
        RL          A                  ;乘 2
        MOV         DPTR,#YYTAB1       ;至 TABLE1 取相对的高位字节计数值
        MOVC        A,@A+DPTR
        MOV         TH0,A              ;取到的高位字节存入 TH0
        MOV         21H,A              ;取到的高位字节存入(21H)
        MOV         A,22H              ;再载入音符码
        RL          A                  ;乘 2
        INC         A                  ;加 1
        MOVC        A,@A+DPTR          ;至 TABLE1 取相对的低位字节计数值
        MOV         TL0,A              ;取到的低位字节存入 TL0
        MOV         20H,A              ;取到的低位字节存入(20H)
        SETB        TR0                ;启动 TIMER0
SING1:  ACALL       YYDELAY            ;基本单位时间 1/4 拍 187ms
        ACALL       COM
        INC         30H                ;取简谱码指针加 1
        SJMP        NEXT               ;取下一个码
END0:   CLR         TR0                ;停止 TIMER0
        SJMP        START0             ;重复循环
```

;;

;TIME0 中断服务子程序用来产生相应的音调脉冲频率。

;;

```
TIM0:
        PUSH        ACC                     ;将 A 的值暂存于堆栈
        PUSH        PSW                     ;将 PSW 的值暂存于堆栈
        MOV         TL0,20H                 ;重设计数值
        MOV         TH0,21H
        CPL         FMQ                     ;将蜂鸣器反相
        POP         PSW                     ;至堆栈取回 PSW 的值
        POP         ACC                     ;至堆栈取回 A 的值
        RETI                                ;返回主程序
;;;;;;;;;;;;;;;;;;;;;;;;;;;;;;;;;;;;;;;;;;;;;;;;;;;;
YYDELAY:MOV         R7,#02H                 ;187ms
D2:     MOV         R4,#187
D3:     MOV         R3,#248
        DJNZ        R3, $
        DJNZ        R4,D3
        DJNZ        R7,D2
        DJNZ        R5,YYDELAY              ;决定节拍
        RET
;温度
WDCLR TEMPONEOK
MAIN:JNB TIME1SOK,MAIN2
CLR TIME1SOK;测温每1s 1 次
JNB TEMPONEOK,MAIN1;上电时温度先转换 1 次
LCALL READTEMP1;读出温度值
MAIN1:LCALL READTEMP;温度转换开始
SETB TEMPONEOK
INITDS18B20:SETB TEMPDIN;DS18B20 初始化
NOP
NOP
CLR TEMPDIN
MOV R6,#0A0H
DJNZ R6, $
MOV R6,#0A0H
DJNZ R6, $
SETB TEMPDIN
MOV R6,#32H
DJNZ R6, $
MOV R6,#3CH
LOOP1820:MOV C,TEMPDIN
JC INITDS18B20OUT
DJNZ R6,LOOP1820
MOV R6,#064H
DJNZ R6, $
SJMP INITDS18B20
```

```
RET
INITDS18B20OUT:SETB TEMPDIN
RET
READDS18B20:MOV R7,#08H;从 DS18B20 中读出 1 字节数据
SETB TEMPDIN
NOP
NOP
READDS18B20LOOP:CLR TEMPDIN
NOP
NOP
NOP
SETB TEMPDIN
MOV R6,#07H
DJNZ R6, $
MOV C, TEMPDIN
MOV R6,#3CH
DJNZ R6, $
RRC A
SETB TEMPDIN
DJNZ R7,READDS18B20LOOP
MOV R6,#3CH
DJNZ R6, $
RET
WRITEDS18B20:MOV R7,#08H;向 DS18B20 中写入 1 字节数据
SETB TEMPDIN
NOP
NOP
WRITEDS18B20LOP:CLR TEMPDIN
MOV R6,#07H
DJNZ R6, $
RRC A
MOV TEMPDIN,C
MOV R6,#34H
DJNZ R6, $
SETB TEMPDIN
DJNZ R7,WRITEDS18B20LOP
RET
READTEMP:LCALL INITDS18B20
MOV A,#0CCH
LCALL WRITEDS18B20
MOV R6,#34H
DJNZ R6, $
MOV A,#44H
LCALL WRITEDS18B20
```

```
        MOV R6,#34H
        DJNZ R6, $
        RET
READTEMP1:LCALL INITDS18B20
        MOV A,#0CCH
        LCALL WRITEDS18B20
        MOV R6,#34H
        DJNZ R6, $
        MOV A,#0BEH
        LCALL WRITEDS18B20
        MOV R6,#34H
        DJNZ R6, $
        MOV R5,#09H
        MOV R0,#TEMPHEAD
        MOV B,#00H
READTEMP2:LCALL READDS18B20
        MOV @R0,A
        INC R0
READTEMP21:LCALL CRC8CAL
        DJNZ R5,READTEMP2
        MOV A,B
        JNZ READTEMPOUT
        MOV A,TEMPHEAD+0
        MOV TEMPL,A
        MOV A,TEMPHEAD+1
        MOV TEMPH,A
READTEMPOUT:RET
CRC8CAL:PUSH ACC
        MOV R7,#08H
CRC8LOOP1:XRL A,B
        RRC A
        MOV A,B
        JNC CRC8LOOP2
        XRL A,#18H
CRC8LOOP2:RRC A
        MOV B,A
        POP ACC
        RR A
        PUSH ACC
        DJNZ R7,CRC8LOOP1
        POP ACC
        RET
YJTAB1:DB 'I AM A S'
        DB 'TUDENT'
```

```
        DB 00H
YJTAB2:DB 'I LOVE S'
        DB 'CIENCE'
        DB 00HSMGTAB:DB 3FH
                DB 06H
                DB 5BH
                DB 4FH
                DB 66H
                DB 6DH
                DB 7DH
                DB 07H
                DB 7FH
                DB 6FH
LEDTAB:
;我
DB 000H,001H,000H,001H,020H,001H,010H,005H
DB 000H,019H,070H,009H,080H,00FH,090H,038H
DB 0A0H,00AH,040H,00CH,0C0H,038H,024H,0CBH
DB 014H,018H,00CH,008H,004H,000H,000H,000H
;们
DB 000H,000H,000H,008H,000H,009H,0B8H,010H
DB 008H,012H,008H,032H,008H,052H,008H,092H
DB 008H,012H,008H,012H,008H,012H,008H,012H
DB 018H,012H,008H,010H,000H,000H,000H,000H
;喜
DB 000H,001H,0F0H,001H,000H,01FH,0C0H,001H
DB 000H,00EH,0C0H,007H,040H,008H,0C0H,007H
DB 040H,008H,0FEH,004H,000H,0FFH,0E0H,001H
DB 020H,00EH,040H,008H,080H,007H,000H,000H
;欢
DB 080H,000H,080H,000H,080H,000H,000H,001H
DB 078H,019H,090H,069H,020H,00AH,080H,048H
DB 080H,028H,080H,010H,040H,029H,020H,041H
DB 018H,082H,00EH,004H,000H,000H,000H,000H
;学
DB 020H,000H,020H,012H,020H,009H,040H,000H
DB 0FCH,023H,008H,03CH,0C0H,063H,080H,044H
DB 000H,001H,0F8H,001H,080H,07EH,080H,000H
DB 080H,000H,080H,002H,000H,001H,000H,000H
;习
DB 000H,000H,0F0H,000H,010H,01FH,010H,000H
DB 010H,004H,010H,002H,0D0H,000H,010H,001H
DB 010H,006H,020H,038H,020H,000H,020H,000H
DB 040H,001H,0C0H,000H,000H,000H,000H,000H
```

```
        ;单
        DB 020H,000H,040H,008H,080H,004H,0F0H,007H
        DB 010H,019H,0A0H,017H,020H,011H,0C0H,00FH
        DB 000H,001H,0FCH,001H,000H,0FFH,000H,001H
        DB 000H,001H,000H,001H,000H,001H,000H,000H
        ;片
        DB 040H,000H,040H,008H,040H,008H,040H,008H
        DB 070H,008H,080H,00FH,000H,008H,0C0H,008H
        DB 040H,00FH,040H,008H,040H,010H,040H,010H
        DB 040H,020H,040H,040H,000H,000H,000H,000H
        ;机
        DB 000H,010H,000H,010H,000H,010H,070H,010H
        DB 090H,01CH,0A0H,070H,0A0H,010H,0A0H,018H
        DB 0A0H,034H,022H,051H,022H,091H,01EH,012H
        DB 000H,014H,000H,010H,000H,000H,000H,000H
        ;笑脸
        DB 0C0H,003H,030H,00CH,008H,010H,004H,020H
        DB 032H,04CH,049H,092H,001H,080H,001H,080H
        DB 001H,080H,001H,080H,022H,044H,0C4H,023H
        DB 008H,010H,010H,008H,060H,006H,080H,001H
YYTAB1:DB  0FBH,04H,0FBH,90H,0FCH,0CH,0FCH,44H
       DB  0FCH,0ACH,0FDH,09H,0FDH,34H,0FDH,82H
       DB  0FDH,0C8H,0FEH,06H,0FEH,22H,0FEH,56H
       DB  0FEH,85H,0FEH,9AH,0FEH,0C1H
YYTAB:
       ;1
       DB
82H,01H,81H,94H,84H,0B4H,0A4H,04H,82H,01H,81H,94H,84H,0C4H,0B4H,04H
       ;2
       DB
82H,01H,81H,0F4H,0D4H,0B4H,0A4H,94H,0E2H,01H,0E1H,0D4H,0B4H,0C4H,0B4H,04H
       ;3
       DB
82H,01H,81H,94H,84H,0B4H,0A4H,04H,82H,01H,81H,94H,84H,0C4H,0B4H,04H
       ;4
       DB
82H,01H,81H,0F4H,0D4H,0B4H,0A4H,94H,0E2H,01H,0E1H,0D4H,0B4H,0C4H,0B4H,
04H,00H
       END
```

6. 撰写课程设计实验报告

课程设计实验报告如表 A.1 所示。

表 A.1　课程设计实验报告参考表　　　　日期：

序号	内容	学生班级：	学生姓名：	评分：
		步骤	体会	疑问
1	硬件设计	1.		
		2.		
		3.		
		4.		
		5.		
		6.		
		7.		
		8.		
2	PCB 设计	1.		
		2.		
		3.		
		4.		
		5.		
		6.		
		7.		
		8.		
3	元器件采购	1.		
		2.		
		3.		
		4.		
		5.		
		6.		
		7.		
		8.		
4	焊接	1.		
		2.		
		3.		
		4.		
		5.		
		6.		
		7.		
		8.		
5	程序编制	1.		
		2.		
		3.		
		4.		
		5.		
		6.		
		7.		
		8.		
备注：				

附录 B MCS－51 系列单片机指令表

1. 算术运算指令

十六进制代码	助 记 符	功 能	对标志影响 P	OV	AC	Cy	字节数	周期数
28~2F	ADD A,Rn	A + Rn→	√	√	√	√	1	1
25	ADD A,direct	A + (direct) →A	√	√	√	√	2	1
26,27	ADD A,@ Ri	A + ((Ri)) →A	√	√	√	√	1	1
24	ADD A,#data	A + data→A	√	√	√	√	2	1
38~3F	ADDC A,Rn	A + Rn + Cy→A	√	√	√	√	1	1
35	ADDC A,direct	A + (direct) + Cy→A	√	√	√	√	2	1
36,37	ADDC A,@ Ri	A + ((Ri)) + Cy→A	√	√	√	√	1	1
34	ADDC A,#data	A + data + Cy→A	√	√	√	√	2	1
98~9F	SUBB A,Rn	A − Rn − Cy→A	√	√	√	√	1	1
95	SUBB A,direct	A − (direct) − Cy→A	√	√	√	√	2	1
96,97	SUBB A,@ Ri	A − ((Ri)) − Cy→A	√	√	√	√	1	1
94	SUBB A,#data	A − data − Cy→A	√	√	√	√	2	1
04	INC A	A + 1→A	√	×	×	×	1	1
08~0F	INC Rn	Rn + 1→Rn	×	×	×	×	1	1
05	INC direct	(direct) + 1→(direct)	×	×	×	×	2	1
06,07	INC @ Ri	((Ri)) + 1→(i)	×	×	×	×	1	1
A3	INC DPTR	DPTR + 1→DPTR					1	2
14	DEC A	A − 1→A	√	×	×	×	1	1
18~1F	DEC Rn	Rn − 1→Rn	×	×	×	×	1	1
15	DEC direct	(direct) − 1→(direct)	×	×	×	×	2	1
16,17	DEC @ Ri	((Ri)) − 1→((Ri))	×	×	×	×	1	1
A4	MUL A B	A × B→AB	√	√	×	0	1	4
84	DIV A B	A ÷ B→AB	√	√	×	0	1	4
D4	DA A	对 A 进行十进制调整	√	×	√	√	1	1

2. 逻辑运算符

十六进制代码	助 记 符	功 能	对标志影响 P	OV	AC	Cy	字节数	周期数
58~5F	ANL A,Rn	A ∧ Rn→A	√	×	×	×	1	1
55	ANL A,direct	A ∧ (direct)→A	√	×	×	×	2	1
56,57	ANL A,@ Ri	A ∧ ((Ri))→A	√	×	×	×	1	1
54	ANL A,#data	A ∧ data→A	√	×	×	×	2	1
52	ANL direct,A	(direct) ∧ A→(direct)	√	×	×	×	2	1
53	ANL direct,#data	(direct) ∧ data→(direct)	√	×	×	×	3	2
48~4F	ORL A,Rn	A ∨ Rn→A	√	×	×	×	1	1
45	ORL A,direct	A ∨ (direct)→A	√	×	×	×	2	1
46,47	ORL A,@ Ri	A ∨ ((Ri))→A	√	×	×	×	1	1
44	ORL A,#data	A ∨ data→A	√	×	×	×	2	1
42	ORL direct,A	(direct) ∨ A→(direct)	×	×	×	×	2	1
43	ORL direct,#data	(direct) ∨ data→(direct)	×	×	×	×	3	2
68~6F	XRL A,Rn	A ∀ Rn→A	√	×	×	×	1	1
65	XRL A,direct	A ∀ (direct)→A	√	×	×	×	2	1
66,67	XRL A,@ Ri	A ∀ ((Ri))→A	√	×	×	×	1	1
64	XRL A,#data	A ∀ data→A	√	×	×	×	2	1
62	XRL direct,A	(direct) ∀ A→(direct)	×	×	×	×	2	1
63	XRL direct,#data	(direct) ∀ #data→(direct)	×	×	×	×	3	2
E4	CLR A	0→A	×	×	×	×	1	1
F4	CPL A	$\overline{A}$	×	×	×	×	1	1
23	RL A	A 循环左移一位	×	×	×	×	1	1
33	RLC A	A 带进位循环左移一位	√	×	×	√	1	1
03	RR A	A 循环右移一位	×	×	×	×	1	1
13	RRC A	A 带进位循环右移一位	√	×	×	√	1	1
C4	SWAP A	A 半字节交换	×	×	×	×	1	1

3. 数据传送指令

十六进制代码	助 记 符	功 能	对标志影响				字节数	周期数
			P	OV	AC	Cy		
E8 ~ EF	MOV A,Rn	Rn→A	√	×	×	×	1	1
E5	MOV A,direct	(direct)→A	√	×	×	×	2	1
E6,E7	MOV A,@ Ri	((Ri))→A	√	×	×	×	1	1
74	MOV A,#data	data→A	√	×	×	×	2	1
F8 ~ FF	MOV Rn,A	A→Rn	×	×	×	×	1	1
A8 ~ AF	MOV Rn, direct	(direct)→Rn	×	×	×	×	2	2
78 ~ 7F	MOV Rn,#data	data→Rn	×	×	×	×	2	1
F5	MOV direct,A	A→(direct)	×	×	×	×	2	1
88 ~ 8F	MOV direct,Rn	Rn→(direct)	×	×	×	×	2	2
85	MOV direct1,direct2	(direct2)→(direct1)	×	×	×	×	3	2
86,87	MOV direct,@ Ri	((Ri))→(direct)	×	×	×	×	2	2
75	MOV direct,#data	data→(direct)	×	×	×	×	3	2
F6,F7	MOV @ Ri,A	A→((Ri))	×	×	×	×	1	1
A6,A7	MOV @ Ri,direct	(direct)→((Ri))	×	×	×	×	2	2
76,77	MOV Ri,#data	data→((Ri))	×	×	×	×	2	1
90	MOVDPTR,#data16	data16→DPTR	×	×	×	×	3	
93	MOVCA,@ A + DPTR	(A + DPTR)→A	√	×	×	×	1	2
83	MOVC A,@ A + PC	PC + 1→PC,(A + PC)→A	√	×	×	×	1	2
E2,E3	MOVX A,@ Ri	((Ri))→A	√	×	×	×	1	2
E0	MOVX A,@ DPTR	((DPTR))→A	√	×	×	×	1	2
F2,F3	MOVX @ Ri,A	A→((Ri))	×	×	×	×	1	2
F0	MOVX @ DPTR,A	A→((DPTR))SP + 1→SP	×	×	×	×	1	2
C0	PUSH direct	(direct)→(SP)	×	×	×	×	2	2
D0	POP direct	(SP)→(direct)SP − 1→SP	×	×	×	×	2	2
C8 ~ CF	XCH A,Rn	A ⟷ Rn	×	×	×	×	1	1
C5	XCH A,direct	A ⟷ (direct)	×	×	×	×	2	1
C6,C7	XCH A,@ Ri	A ⟷ Ri	×	×	×	×	1	1
D6,D7	XCHD A,@ Ri	A03 ⟷ ((Ri))03	×	×	×	×	1	1

4. 位操作指令

十六进制代码	助 记 符	功 能	对标志影响				字节数	周期数
			P	OV	AC	Cy		
C3	CLR C	0→Cy	×	×	×	√	1	1
C2	CLR bit	0→bit	×	×	×		2	1
D3	SETB C	1→Cy	×	×	×	√	1	1
D2	SETB bit	1→bit	×	×	×		2	1
B3	CPL C	$\overline{Cy}$→Cy	×	×	×	√	1	1
B2	CPL bit	$\overline{bit}$→Bit	×	×	×		2	1
82	ANL C,bit	Cy ∧ bit→Cy	×	×	×	√	2	2
B0	ANL C,/bit	Cy ∧ $\overline{bit}$→Cy	×	×	×	√	2	2
72	ORL C,bit	Cy ∨ bit→Cy	×	×	×	√	2	2
A0	ORL C,/bit	Cy ∨ $\overline{bit}$→Cy	×	×	×	√	2	2
A2	MOV C,bit	Bit→Cy	×	×	×	√	2	1
92	MOV bit,C	Cy→bit	×	×	×	×	2	2

5. 控制转移指令

| 十六进制代码 | 助 记 符 | 功　　能 | 对标志影响 | | | | 字节数 | 周期数 |
			P	OV	AC	Cy		
*1	ACALL addr11	PC + 2→PC, SP + 1→SP, PCL→(SP) SP + 1→SP, PCH→(SP), Addr11→PC10 ~ 0	×	×	×	×	2	2
12	LCALL addr16	PC + 3→pc, sp + 1→SP, PCL→(SP), SP + 1 →SP, PCH→(SP) addr16→PC	×	×	×	×	3	2
22	RET	(SP)→PCH, SP − 1→SP, (SP)→PCL, SP − 1→SP	×	×	×	×	1	2
32	RET1	(SP)→PCH, SP − 1→SP, (SP)→PCL, SP − 1→SP, 从中断返回	×	×	×	×	1	2
*1	AJMP addr11	PC + 2→PC, addr11→PC10 ~ 0	×	×	×	×	2	2
02	LJMP addr16	Addr16→PC	×	×	×	×	3	2
80	SJMP rel	PC + 2→PC, PC + rel→PC	×	×	×	×	2	2
73	JMP @ A + DPTR	(A + DPTR)→PC	×	×	×	×	1	2
60	JZ rel	PC + 2→PC, 若 A = 0, PC + rel→PC	×	×	×	×	2	2
70	JNZ rel	PC + 2→PC, 若 A 不等于 0, 则 PC + rel→PC	×	×	×	×	2	2
40	JC rel	PC + 2→PC, 若 cy = 1, 则 PC + rel→PC	×	×	×	×	2	2
50	JNC rel	PC + 2→PC, 若 cy = 0, 则 PC + rel→PC	×	×	×	×	2	2
20	JB bit, rel	PC + 3→PC, 若 bit = 1, 则 PC + rel→PC	×	×	×	×	3	2
30	JNB bit, rel	PC + 3→PC, 若 bit = 0, 则 PC + rel→PC	×	×	×	×	3	2
10	JBC bit, rel	PC + 3→PC, 若 bit = 1, 则 0→bit, PC + rel→PC	×	×	×	×	3	2
B5	CJNE A, direct, rel	PC + 3→PC, 若 A 不等于 (direct), 则, PC + rel→PC, 若 A < (direct) 则 1→cy	×	×	×	×	3	2
B4	CJNE A, #data, rel	PC + 3→PC, 若 A 不等于 data, 则 PC + rel→PC 若 A 小于 data, 则 1→cy	×	×	×	×	3	2
B8 ~ BF	CJNE Rn, #data, rel	PC + 3→PC, 若 Rn 不等于 data, 则 PC + rel→PC 若 Rn < data, 则 1→cy	×	×	×	×	3	2
B6、B7	CJNE @ Ri, #data, rel	PC + 3→PC, 若 Ri 不等于 data, PC + rel→ PC 若 Rn < data, 则 1→cy	×	×	×	×	3	2
D8 ~ DF	DJNZ Rn, rel	Rn − 1→Rn, PC + 2→PC, 若 Rn 不等于 0, 则 PC + rel→PC	×	×	×	×	2	2
D5	DJNZ direct, rel	PC + 2→PC, (direct) − 1→ (direct) 若 Direct 不等于 0, 则 PC + rel→PC	×	×	×	×	3	2
00	NOP	空操作	×	×	×	×	1	1